恋物語の悪役をあなたに

マーガレット・ムーア

長澤 栞 訳

RHブックス＋プラス

KISS ME QUICK

by

Margaret Moore

わたしを忍耐強く支え、なにより笑わせてくれる、ふたりのすばらしい子供
たちと最愛の夫に感謝を込めて。

恋物語の悪役をあなたに

登場人物

ダイアナ・ウェストーヴァー……公爵令嬢
エドモンド・テリントン…………アダーリー子爵
カリオペ・フィッツバートン……ダイアナの父方のおば。未亡人
ユーフェニア・ハーベッジ………ダイアナの父方のおば。未亡人。カリオペの姉
クリスピン・フォールストン……ダートンビー伯爵。ダイアナの求婚者
ブリクストン・スマイス＝メドウェイ卿……………………エドモンドの親友。愛称ブリックス
アデリーナ・フォックスバロ……ラム酒製造会社の社長令嬢

第一章

その謎《なぞ》めいた見知らぬ男性に、エヴァンジェリンの胸はときめきと名状しがたい不安に満たされた。
彼はお辞儀をすると、彼女の手にキスをした。「どうか自己紹介させてください。私はコーロヴスキー伯爵です」

ウェストーヴァー著『コーロヴスキー伯爵の城』初稿

英国バース、一八一七年

理論のうえでは、わたしの計画はほぼ完璧《かんぺき》だ。レディ・ダイアナ・ウェストーヴァーはおばたちと〈パンプ・ルーム〉に向かいながら思った。ただし、実行するのは予想以上に難しそうだわ。おかげで手袋をはめた両手がすっかり汗ばんでいる。こんなに鼓動が激しくなったのは、十歳のとき、乗っていた馬が暴走して以来だ。

バースはもはや流行の発信地ではないけれど、自分があまりにも野暮ったくて情けないほど準備不足だと痛感せずにはいられない。頭痛がすると言って、おばのタウンハウスに戻ろうかしら——あるいはリンカンシャーの実家に。

とはいえ、今さらこの計画を投げ出すわけにもいかない。社交界の人々を間近で観察するという計画を。

厳密に言えば、男性を。そう、男性たちと出会う必要があるのだ。

ローマ時代から温泉地として有名なバースに住むおばたちを頼ったのもそのためだ。予想どおり、カリオペもユーフェニアもわたしを歓迎してくれた。もともとふたりは何年も前からわたしの面倒を見たがっていた。

ダイアナは今、澄みきった五月の空の下、ライラック色の外套《がいとう》と、ごてごてと花飾りがついたボンネット、キッドの薄い手袋を身につけて、健康にいいと評判の湧き水が配られる大きな建物を目指していた。手にした小さなハンドバッグ《レティキュール》には気つけ薬ぐらいしか入っていない。カリオペが、きちんとした令嬢なら外出時は必ず気つけ薬を持ち歩くものだと言って譲らなかったのだ——そんなものは使ったことがなく、馬が暴走したときでさえ必要なかったと説明したにもかかわらず。

カリオペはそれを聞いただけでもおののき、ダイアナがよく付き添い人《シャペロン》なしで何キロも田舎を歩くことがあると打ち明けたときには寝込んでしまった。

〈パンプ・ルーム〉に近づくと、ダイアナは儀仗兵《ぎじょうへい》のごとく両脇《わき》を固めるおばたちをふたたび盗み見た。レディ・カリオペ・フィッツバートンは最新流行の服を身につけているものの、偽物の果物とリボンで飾られたボンネットは中年女性の頭よりビュッフェ・テーブルのほうがお似合いだった。ただし、おばは若い女性にも負けないほど溌剌《はつらつ》として観察眼が鋭い――隠し事をしようとする人間にとって厄介なことに。

年長のレディ・ユーフェニア・ハーベッジのほうが聡明《そうめい》かつ寡黙で、装いも落ち着いていた。ギャンブル好きな浪費家の夫のせいで、衣装にかけるお金がきわめて限られているのだ。幸い夫はすでに他界し、彼女はダイアナ同様、未亡人の妹の屋敷に客人として身を寄せている。ユーフェニアの場合、半永久的な客人だが。

ユーフェニアがダイアナの腕をそっと叩《たた》いた。「〈パンプ・ルーム〉に来るのはあなたにとって初めての経験だし、長居をするつもりはないわ」安心させるように言う。「知り合いがいたら何人かと話をして、帰りましょうね」

ダイアナの緊張が少しだけほぐれた。そうよ、なにをそんなに心配しているの？　探しているものを見つけるチャンスが今回しかないわけでも、社交界の洗練された人々に支配されているわけでもないのに。

まるで戦いに臨む気分だわ。トロイ戦争の勇士ヘクトルや、アキレス、テルモピュライの戦いのスパルタ人のように。

いいえ、スパルタ人はだめね。彼らは全滅したもの。

「すぐに帰るなんてだめよ」カリオペが声を張りあげ、その勢いでボンネットが危険なほど傾いた。「ダイアナがみんなの目にとまるまではいないと」

「わたしは注目の的になりたくないわ」ダイアナは本音を口にした。ここには観察しに来たのであって、社交に参加する気はないし、リンカンシャーで暮らしたことがない男性と必要以上に知りあいたいとも思わない。

「もちろんそうね。そんなことは謙虚でも上品でもないし、あなたは本当に控えめな育ちのいい令嬢だもの」ユーフェニアが言った。「それでも、あなたはとてもきれいだし、若い紳士たちもきっとそう思うはずよ」

ダイアナは心優しいおばの言葉に対し、自分が男性から見て不器量というほどではないにしても、バースの若者をとりこにするほど美人ではないと指摘するのはやめておいた。

「マダム・ロッテリーニがダイアナのために作ってくれたそのボンネットは、今までで最高の出来じゃない？」カリオペがユーフェニアにきいた。

「ええ、そうね。それにあなたが選んだ服の色も正解だったわ。ライラック色はダイアナにぴったりだし、ブルーの瞳を際立たせるもの。ミセス・ジェンキンズが仕立ててくれたこのドレスも完璧だわ」

「きっと、すぐに結婚相手が見つかるわよ」カリオペはダイアナに言った。「もっとも、わたしなら本の話はあまりしないようにするわ。というより、いっさい口にしないわね。おしゃべりは若い紳士に任せておきなさい」

「はい、おばさま」ダイアナは従順にうなずいたものの、いたずらっぽく瞳をきらめかせた。「できるだけおしとやかに振舞うようにするわ。運がよければ今日、アクアエ・スリスの古代ローマの神が未来の夫に引きあわせてくれるかもしれないものね。未来の伴侶《はんりょ》からおしゃべりな女だとは思われたくないわ」

カリオペはぴたりと立ちどまった。「ダイアナ、お願いだから〈パンプ・ルーム〉では古代の神の話なんかしないでちょうだい！　みんなから異教徒だと思われるわよ」

ダイアナはまじめな顔でうなずいたが、おばがもっと注意を払っていれば、姪《めい》の明るいブルーの瞳がきらりと光ったのを見逃さなかっただろう。「ええ、ローマの神々や彼らの行ないについて話すのは差し控えるわ。たしかに、彼らのモラルに欠けた振舞いを考えると、上流階級の人々との会話にはふさわしくないわね」

「ええ、まったくもって不適切よ！」カリオペはふたたび〈パンプ・ルーム〉へと歩きだした。「それに、未来の伴侶の話題も口にしてはいけません」

「でも、ここに来た未婚の男女は皆、結婚相手との出会いを望んでいるのでしょう?」ダイアナは邪気のない声できいた。「そうでなければ品評会で売られる馬のように〈パンプ・ルーム〉や街路や公園や遊歩道を練り歩くはずがないもの。わたしはいっそのこと、こうしようかしら。自分が亡き五代目ディルビー公爵を父に持つ独身女性であることや、持参金の正確な額を紙に書いて身につけるの。そうすればかなりの時間を節約できるし無駄な会話も省けるでしょう」

「ダイアナ!」

ユーフェニアが吹き出した。「まあ落ち着きなさい、カリオペ。ダイアナが本気でないことぐらいわかるでしょう?」いらだったふりをしてダイアナにしかめっ面を向け、かぶりを振った。「あなたも冗談はほどほどにね、さもないと気の毒なおばさまが発作を起こすわよ」

「もちろん、ただの冗談なのはわかっていたわ」カリオペは鼻を鳴らした。「ダイアナ、なにか話さなければならなくなったら、社交に適した話題だけになさい」

「はい、おばさま」ダイアナは禁じられた話題を復唱した。「政治、宗教、摂政皇太子の最近の悪ふざけや王の容態にはいっさい触れないこと。物議を醸したりショックを与えたりする話題も避けること」つまり、おもしろい話題は禁物だ。「幸い今日は観察しかしないつもりよ」

おばの不安を和らげるつもりで言ったのだが、カリオペはますます眉間《みけん》に皺《しわ》を寄せた。「でも、人を凝視するのはやめなさい。あなたはじっと見つめて相手をまごつかせる癖があるけれど、そんなことはもってのほかよ」

「なるべく気をつけるけど至難の業でしょうね。つい眺めたくなるような興味深い人がきっと大勢いるはずだもの」

「それでもじろじろ見てはいけませんよ、ダイアナ！」

ちょうどそのとき〈パンプ・ルーム〉の入り口に到着し、ダイアナは返事をせずにすんだ。

喉が締めつけられ、彼女は戸口でためらった。亡き父がこの様子を見たら、きっと別人がわたしになりすましていると思うに違いない。シンプルなモスリンのドレスではなく、ベルベットで縁取られた外套と凝った装飾のドレスを身にまとい、髪を巻き毛にして飾りたて、常に自分の意見を口にするよう父から言われていたにもかかわらず、自分の話し方に対する批判を甘んじて受け入れているのだから。

けれども父は亡くなり、わたしは近いうちに自分のなすべきことを、つまり結婚を、しなければならない。ただ、その前にどうしてもかなえたい夢がある。そのためにバースの〈パンプ・ルーム〉を着飾って練り歩き、珍しいものがあっても目をとめず、おもしろいことをいっさい口にしてはならないというのなら、それに従うまでだ。

先頭に立って建物に入ったカリオペは、広間の戸口で足をとめ、軍艦の船橋に立つ提督のように室内を見渡した。背の高い窓から陽光が差しこみ、淡い色の壁を照らしている。広間の奥の小さな舞台では三人の楽士がバッハの協奏曲を奏でていた。その頭上には、階下に集まった人々を見おろせる欄干つきの狭い回廊があった。

人々はひと固まりで立っているか、物憂げに室内をぶらついていた。舞踏会やカードゲームやファッションに関する会話が断片的に聞こえてきたが、その口調は話し手の表情同様退屈そうだった。まるで会話するのも億劫《おっくう》だと言わんばかりに。

ダイアナは思った。今ここで〝火事よ!〟と叫んだらどうなるだろう。この場の洗練された人々は一目散に逃げ出すのだろうか? それとも、汗をかくくらいなら命を危険にさらすほうがましだと考え、悠然と部屋をあとにするのかしら?

さらに奇妙なのは、誰もがより地位の高いおもしろい話し相手を探しているらしく、周囲や広間の反対側にまで視線をさまよわせていることだ。意外にも、この失礼な行為に憤慨する人はひとりもいなかった。みんな同じことをしているのだから当然だろう。

ダイアナは故郷での生き生きした会話を思い出した。もしこれがバースでの礼儀正しい会話の形なのだとしたら、故郷に戻っても恋しくなることはないだろう。

そばにいる三人組の令嬢は、将来肺結核で早死にしそうなほど薄い生地のおしゃれなドレスに身を包み、小さな舞台をしきりに眺めていた。演奏はまずまずだが絶賛するほどではないので、ダイアナは彼女たちがなにに目を奪われているのかわからなかった。人垣が分かれ、チェロ奏者の一番そばに立った男性が目に飛びこんでくるまでは。

その瞬間、嬉《うれ》しさと興奮が稲妻のごとく全身を駆け抜けた。ああ、もう見つかったわ！

彼なら非の打ちどころがない。まさに完璧だ。漆黒の髪。きりりとして端整な目鼻立ち。高い頬骨。がっしりとした顎。広い肩。引きしまった腰。乗馬ブーツが似合うすらりと長い脚。

喜びのさざ波が背筋を滑り落ちるなか、ダイアナは彼が目の前の美しい令嬢に親しげに身を寄せるのを眺めた。室内にいる大勢の人々とは異なり、彼がその話し相手に心から注意を注いでいるのは明らかだった。

ダイアナは感心しながら首を傾け、さりげない優雅さが漂う彼の立ち姿を見つめた。ふたりはなにを話しているのだろう？　きっとただの知り合いではないわね。彼のような男性に話しかけられた彼女は、今なにを考え、なにを感じているのかしら。彼に関心を寄せられるのはどんな気分だろう？

おそらく、わたしがそれを知ることはないだろう。あの女性は、つややかな黒髪に優美な首筋、透きとおるような白い肌にハート形の顔と、まさに絵に描《か》いたような美人だ。その装いは富や豪華な暮らしぶりを雄弁に物語っている。

ドレスでは劣らなくても、ほかのすべての面で彼女には太刀打ちできないと、ダイアナは自覚していた。わたしの目は大きすぎるし、あんなに優美な顔立ちでもない。

普段ダイアナは自分の外見をほとんど気にかけなかった。鏡に映った自分の姿をたまたま目にしたときぐらいしか。今朝メイドに髪を結ってもらったときも、自分の顔をしげしげと眺めるより本を読んでいる時間のほうが長かった。

じっと見つめたところで顔が変わるわけではないのだから、眺めても仕方ない。自分が美人でないことは十歳のときから知っている。〝地位が高くても美人に生まれるとは限らないなんて、お気の毒よね〟と隣人の娘が悪意に満ちた甘い声で言ったのを立ち聞きしたときから。

ダイアナはカップルに視線を戻した。彼があの女性と逢引《あいびき》の約束をしようとしたらどうなるだろう？　彼女は承諾するのかしら？

別の方向を見ながら近くで聞き耳を立てている年配女性は誰だろう？　あの美女の身内、それとも恥知らずに盗み聞きをする噂《うわさ》好きかしら？

信じられないほどハンサムな男性がゆっくりと背筋を伸ばしたかと思うと、やや当惑した顔つきになった。

美女になにを言われたのだろう？

次の瞬間、彼はさっとダイアナのほうに振り返り、無言で問いかけるようにダークブラウンの眉をつりあげた。

寝室を盗み見ていたところを見つかったかのような罪悪感に襲われ、ダイアナはあわてておばに向き直った。

なにも言うことを思いつかないうちに、カリオペに腕をつかまれた。「まあ、あの男ったら!」

ショックやばつの悪い思いが込みあげ、おばの機嫌を損ねたのではないかと心配になり、ダイアナは真っ先に頭に浮かんだことを口にした。

なんのことかわからないふりをして言った。「あの男って誰のこと?」

ああ、われながらなんて間抜けな口ぶりかしら。

「あの……鼻持ちならない男のことよ!　あんな横柄な目でわたしを見るなんて!」

カリオペがこれほど不快感をあらわにするのは初めてだわ。「チェロ奏者のそばに立っている男性のこと?　彼は誰?　なぜ鼻持ちならないの?」

「あんな男の名前を知る必要はないわ」カリオペは声を荒らげた。

たしかに名前を知る必要はないとダイアナは思った。彼を眺められれば充分だ。だが、なぜおばが彼を見てこんなに気分を害したのか知りたくてたまらなかった。

「いったいどうしたの、カリオペ?」ユーフェニアがきいた。

「アダーリー卿《きょう》が厚かましくわたしを見たのよ。あの図々《ずうずう》しいろくでなしが!」

「たしかに図々しいろくでなしかもしれないけれど」ユーフェニアがいつもの冷静な声で言った。「彼は子爵よ。だからそんな大声で話すのはやめなさい」

子爵なら、彼の物腰が洗練されて優雅なのも納得だわ。

カリオペは腐った食べ物を目にしたように小鼻に皺を寄せた。「アダーリー卿は完全なごろつきよ」姉の忠告に従い、できるだけ小声でダイアナにささやく。「女たらしのギャンブル好きで軍隊にも入隊しなかった。もっとも、兵士になってもたいした役には立たなかったでしょうね。ウェリントン公が賭博《とばく》の席で戦をしたなら話は別だけど」

どうりで、ウォルター・フィッツバートン将軍閣下の未亡人のカリオペが、アダーリー卿にこれだけ手厳しいはずだわ。

「誰もが軍人に向いているわけではないわ」ユーフェニアが指摘した。「若い士官のなかには任官免状を購入しないでほしいような人もいるわよ。軍服姿の自分がいかにりりしく見えるかしか頭にない人だって」

カリオペが身を乗り出してひそひそとささやいた。「彼は正真正銘のならず者よ。ギャンブルや闘鶏に興じ、愛人が大勢いるという噂だもの。上流階級に出入りできるのは、単に容姿と家柄がいいから。とはいえ、〈パンプ・ルーム〉で彼がそっぽを向かれないなんて世の中どうなっているのかしら?」

「あの手の男性は皆そうだけど、彼は魅力的よ」ユーフェニアは言った。「容姿もいいわ。だけどそもそも、誰かがダイアナにアダーリー卿と結婚するよう勧めているわけじゃないのよ。この子が彼を受け入れるわけでもないし。たしかに噂話にはいくらか真実が含まれている可能性もあるから――」

「いくらかですって?」カリオペが叫んだ。「わたしは一番の情報通に聞いたのよ」

つまり、カリオペは子爵の不埒《ふらち》な行為について下品なまでの詳細を友人から吹きこまれたのだろうと、ダイアナは推察した。

「噂話に一抹の真実が含まれているなら、なおさら心配は無用よ。ダイアナはそんな男性に気を持たせるほど無分別ではないもの、そうでしょう、ダイアナ?」

ダイアナがうなずく間もなく、カリオペが言った。「そうであることを願うわ」念を押すようにダイアナの手を軽く叩く。「子爵に関心を寄せられたとしても、彼の狙《ねら》いはあなたの資産よ、ダイアナ。そのことを忘れないでね」

「心配しないで」ダイアナは素直に言った。「その手の男性は小説のなかでは魅力的だけど、現実には欠点が多いもの。幸いわたしの持参金の額では子爵の関心を引けないと思うわ。彼は年に一万五千ポンド以下では身を売らないでしょうから」

「ダイアナ、お願いだからやめてちょうだい!」カリオペが大声をあげた。「誰かが身を売るなんて言い方は絶対にしちゃだめよ! まるで、お金のためならなんでもすると言っているみたいじゃない!」

「わかったわ」ダイアナは真剣な声で言った。「ただ、みんながみんなおばさまのように子爵に批判的ではなさそうよ。たとえば、彼と話している、あの豪華に着飾った令嬢とか。彼女は誰なの？」

「彼女はレディではないわ」カリオペは反論した。「アデリーナ・フォックスバロはラム酒製造業者の娘よ。彼女の持参金は年に二万ポンドで西インド諸島にも資産があるとか。子爵が彼女に目をつけるのも無理はないわね」

「子爵は負債を抱えているの？」

カリオペは赤面した。「いいえ、その点に関して悪い噂を聞いたことはないわ。だからといって、彼が借金を抱えていないとは限らないけど」

おばの論理は明らかにおかしいわ。子爵はこれだけあれこれ言われているのだから、もし本当に借金があれば、必ず応接室や舞踏会で噂が飛び交っているはず。

「アデリーナ・フォックスバロは高貴な生まれではないけれど、しっかり教育を受けているようね」ユーフェニアは観察しながら言った。「称号はなくても、彼女なら子爵にはもったいないほどいい妻になるでしょう」

「歴史やラテン語やほかの死に絶えた分野の知識はあるのかもしれないけれど、アダーリー卿に好意を持っている時点で、きちんと躾《しつ》けられたとは言いがたいわ」カリオペはきっぱりと言った。「それに彼女の付き添い人を務めるあの女性は大の間抜けね。噂話をするのに忙しくて自分の役目をすっかり忘れているじゃない」

「もうあの人たちのことを気にするのはやめなさい」ユーフェニアはそう言うと、健康にいい湧き水が配られているカウンターのほうを顎でしゃくった。「ほら、エリス侯爵夫人とその息子のダートンビー伯爵クリスピン・フォールストンよ」

カリオペは嬉しそうににっこりした。もはや不愉快で厚かましいアダーリー卿のことは眼中にないらしい。

「それは最高だわ！」カリオペは大声で言った。「フォールストン卿はあなたにぴったりよ、ダイアナ！　それに挙式前日に婚約者に駆け落ちされた彼は、すてきな若い女性と幸せになってしかるべきだわ」

「彼は婚約したことがあるの？」ダイアナは尋ねた。

「ええ、でも遺憾なことに、夢見がちなその婚約者は彼の元友人と国外に駆け落ちしたのよ」

「あの子爵と？」

「いいえ、別の男性よ」ユーフェニアが答えた。

「バースにはならず者が大勢いるようね」ダイアナは指摘した。「わたしはずっとリンカンシャーにいるべきだったのかも」

ユーフェニアはほほえんだ。「でも、そうしたらわたしたちはあなたと過ごせなかったわ、ダイアナ。それに兄の悪口は言いたくないけど、あなたは公爵令嬢で、とっくに社交界にデビューしているべきだったのよ。さあ、行きましょう」

もう一度子爵を眺めたい気持ちをこらえ、ダイアナは綱でつながれた子犬のような気分で、カウンターの脇に立つ親子のもとに向かうおばたちのあとを追った。

おしゃれなおばたちとは対照的に、侯爵夫人とその息子は簡素な装いだった。彼のシャツの襟はぴんと立っていないし、ジャケットも側仕《そばづか》えが必死にボタンをとめなければならないほど細身のカットではなく、ベストも色鮮やかな組み合わせではない。実際、彼はバース一地味ないでたちの若者だといってもよかった。

フォールストン卿はダイアナたちが近づいてきたのに気づくと、彼女におずおずとほほえみかけ、額に垂れた栗《くり》色の髪をかきあげた。背はダイアナより高く、もちろんもう子供ではなかったが、その自意識過剰なしぐさやまばらなそばかすは内気な少年を思わせた。

おばたちはエリス夫人やその息子と挨拶《あいさつ》を交わした。いつもどおり、カリオペは陽気に、ユーフェニアは愛想よく穏やかに。互いの紹介がすむと、フォールストン卿が歩み出てダイアナの手を取った。

彼女はその場に凍りつき固唾《かたず》をのんだ。今までわたしの手に口づけしたのは父と同年代の古い知人だけだ。

フォールストン卿の唇が彼女の手袋をかすめた。

えっ、これだけ？　手袋の上からキスされることにそれほど期待を持っていたわけではないけれど、それでもがっかりだわ。

「お知り合いになれて光栄です、レディ・ダイアナ」彼は身を起こして言った。

ダイアナはフォールストン卿に笑みを向けた。わたしの過剰な期待を満たさなかったからといって、彼に落ち度があるわけではない。

「一緒に室内を歩きませんか？」

おばたちを見ると、カリオペはうっとりした顔をし、ユーフェニアは承認するようにうなずいた。

フォールストン卿が腕を差し出し、ダイアナは生まれて初めて出会ったばかりの男性の腕に手をかけた。

「あなたはバースにいらしてまだ間もないのでしょう？」フォールストン卿は歩きだしながらきいた。「これまで〈パンプ・ルーム〉でも劇場でも舞踏会でもお見かけしたことがありませんし、見れば覚えているはずですから」

服装と髪型が印象を大きく左右するというおばたちの意見はあたっているようだ。わたしは思ったよりきれいに見えるのかもしれない。「社交界に顔見せする前にミルソン・ストリートで服を新調しなければならなかったんです。この一年は喪に服して黒い手袋をはめていましたから」

フォールストン卿は礼儀正しく気遣う表情を見せた。「すみません。つらいことを思い出させてしまって」

ダイアナは謝罪を受け入れるように小さくほほえんだ。「バースに来る以前は、わたしは亡き父とリンカンシャーで静かに暮らしていたので、流行の服を買う理由もその機会もほとんどありませんでした。カリオペはバースに到着したわたしがおしゃれな服を持っていないことに愕然《がくぜん》とし、ドレスを新調するまで社交界に足を踏み入れてはならないと言い張ったんです。わたしは服が時代遅れであろうと図書館に行くと言って譲らず、お互い妥協することになりました。わたしたちは日替わりで仕立屋と図書館に通い、ようやく何枚もの新しい服と何冊もの本を手に入れました」

ふたりは国が荒廃しつつあると強い口調で不満を訴える老人の一団を通り過ぎた。どうやら一七四九年から荒廃が始まったらしい。

「読書がお好きなんですか?」フォールストン卿が尋ねた。

「ええ、とても! 刺繡《ししゅう》をするほど器用でも忍耐強くもありませんから。わたしは本当に無芸なんです」

その言葉が口から飛び出したとたん、彼女は内心たじろいだ。カリオペがもし耳にしていたら、きっと卒倒したに違いないわ!

幸いフォールストン卿の顔にショックや不快感は表われなかった。「読書家の若い女性はバースでは貴重な存在です。きっと詩がお好きなんでしょうね？」

「いいえ。『イリアス』や『オデュッセイア』やミルトンの作品なら別ですが」

さすがに、彼女はホメロスの描く戦闘シーンが一番のお気に入りで、『失楽園』の悪魔を邪悪ながらも興味深いと感じていることは伏せておいた。

フォールストン卿はほっとした顔でほほえんだ。「実を言うと私も、バイロンや彼と同類の作品にはどれも魅力を感じません。若い女性を感心させたくて何篇か詩を暗唱しようとしましたが、大半の詩に耐えられませんでした」

ふたりはさまざまな持病や治療について話す三人の年配女性の脇を通った。三人はそれぞれ症状の重さや死の床に医者を呼び寄せた回数を競いあっているようだ。

ダイアナはあの図々しい子爵が姿を消し、美女が付き添い人の隣に移動したことに気づいた。彼女はむっとしているようだ。おそらく子爵がいないことと関係しているのだろう。

「わたしは小説のほうが好きです」ダイアナは会話に注意を戻して言った。「とくに背筋がぞくぞくするような本が。『ユードルフォの謎』も愛読書のひとつです」

彼は目を見張った。「あなたは小説を読むことを許されているんですか？」

「父はわたしが小説を読んでもとがめませんでした。オウィディウスの一部の作品を除いては。第一、小説はそれほど有害なものではありません。ただのお話ですもの」

「ですが、若い女性が読むべき啓発的な本とは言えません」

ダイアナはとっさに聞き返したくなった。あらゆる読書が教訓的なものであるべきだとおっしゃるのなら、最近どんな教養本をお読みになったのかと。だが、おばの厳しい忠告が頭に浮かび、思いとどまった。とはいえ、この件に関して黙っていることはできなかった。「まさか小説が女性を堕落させるとお考えではないでしょう?」

「小説など時間の無駄ですよ。もっと有効な時間の使い道があるはずです」

「多くの令嬢が噂話に興じているようですが、わたしはそれより読書のほうがいいと考えています」

「それに関して異論はありませんが、私が問題視しているのは女性が読む本の内容です」

「女性はなにを読むべきだとお考えですか? 『天路歴程』とか?」

彼の歩みが遅くなった。「あなたを侮辱するつもりはなかったんです、レディ・ダイアナ」

彼女はまた内心たじろいだ。「どうかお気になさらないでください。こちらこそあなたの気分を害していなければよいのですが、閣下」

ほっとしたことに、フォールストン卿はほほえんだ。「では、見解の相違を認めることにしましょう。正直に話していただいて嬉しかったです。ただ作り笑いを浮かべてお世辞を言ったり、媚《こび》を売ったりする令嬢にはうんざりしていますから。あなたのような方はとても新鮮です」

「そう思っていただいて光栄です。作り笑いは浮かべないとお約束しますわ」

背後から男らしい低音の声が割りこんだ。「やあ、フォールストン。作り笑いはしないと約束した、このすてきなお嬢さんを紹介してくれないか?」

ダイアナは会話に割りこんできた男性のほうに振り向いた。

その拍子に、アダーリー卿の愉快そうに輝くダークブラウンの目と目が合った。

鼓動が一秒、いや、二秒とまった。こうして間近にすると、子爵は息をのむほど魅力的だ。単にハンサムなだけでなく、男らしい精悍《せいかん》さを放っていて、〈パンプ・ルーム〉にいるほかの人々が半ば死にかけているように見える。

フォールストン卿でさえ人形のようにこわばっていた。彼の言葉も同様にぎこちなかった。「レディ・ダイアナ・ウェストーヴァー、アダーリー卿を紹介します」

子爵は手を伸ばしてダイアナの手を取った。「お会いできて嬉しいです、レディ・ダイアナ」彼の風貌《ふうぼう》にふさわしい低い声でつぶやかれると、彼女は暗闇《くらやみ》で秘密をささやかれている気分になった。手袋に包まれた彼女の手の甲に子爵のすてきな唇が押しつけられた。

ただ唇が手袋をかすめただけじゃないわ！　子爵はしっかりと唇を押しつけ、すぐに離さなかった。彼の唇が触れたところから、快感の波が広がり、彼女はベルベットの毛布で全身を包みこまれた気がした。

ああ、これこそわたしが想像していたものよ。ただし、この気持ちを味わわせてくれたのはならず者だけど。

子爵はダイアナの手を放して後ろにさがった。このうえなく魅力的にほほえむ彼にダークブラウンの目でじっと見つめられ、彼女は喜びと警戒心が胸に込みあげ、体がほてりだした。

「私も作り笑いをする女性は嫌いでね」子爵の低い声はその目に劣らず魅力的だった。

「どうしてですか？」おばに警告されたにもかかわらず、好奇心に屈して尋ねた。

すると、子爵の顔に笑みが広がった。不意に彼の承認がなによりの褒め言葉のように感じられた。「作り笑いが自信のなさの表われだからだよ。私は自分の意見を持ち、それを口にすることを恐れない女性が好みだ」

父は聡明で自信のある男性は議論を歓迎し、性別にかかわらず参加する者を非難しないと常々言っていた。

「きみはどんな女性だろうとおかまいなしだろ」フォールストン卿は依然として閲兵式の兵隊のようにこわばっていた。

ダイアナは自分の耳を疑った。そのほのめかしはあまりにも露骨なうえにみだらで、人あたりのいい隣の男性が発したものとは思えなかった。

子爵はショックを受けた表情を浮かべたが、それが見せかけであることは明らかだった。「おいおい、フォールストン、レディの前でそんな口の利き方をしていいのか?」

ダイアナも同感だったが、フォールストン卿が恥じ入って赤面しているのを見て、子爵に対するおばたちの意見を思い出した。子爵がギャンブル好きのごろつきだとしたら、彼はフォールストン卿をたしなめる立場にないわ。

「お気遣いいただき、ありがとうございます、アダーリー卿」彼女は憤慨したふりをした子爵同様、うわべだけ愛想よく振舞った。「ただ、田舎育ちとはいえ、多くの若い男性たちがどんなお相手とどのように過ごしているかはよく存じております。立場と機会に恵まれている彼らがそのような時間の使い方をするのははなはだ遺憾ですが、それが現実ですわ。わたしたちはただ、そういう浪費や、女性が同じ立場や機会に恵まれないことを残念に思うしかありませんけど」

子爵が眉根を寄せた。「女性のほうが浮ついた気晴らしをしないとでも?」

「わたしはその手のことを〝浮ついた気晴らし〟とは呼びません。ただ、一般的に女性のほうが男性より高潔だと信じるほど無知でもありません。それでも、女性は男性ほど愚かではないはずです」彼女は彼に向かってにっこりほほえんだ。「そろそろ失礼します、おばたちやエリス夫人のもとに戻らなければなりませんから」

ダイアナは仰天したフォールストン卿の腕に手をかけたまま踵《きびす》を返し、ぽかんと口を開けているおばたちとエリス夫人のもとへ引き返した。人々は道を空けてくれたが、そよ風に揺れる枯れ葉のようなささやき声がずっとふたりにつきまとった。

頬を真っ赤に染め、ダイアナは唇を嚙《か》んだ。意に反して注目の的になってしまった、しかも悪い意味で。なにも言うべきではなかったのかも……。

「あれは」フォールストン卿が歩きながらつぶやいた。「最高でした！　あんなに驚いたアダーリーを見たのは初めてです」彼の頬は紅潮していた。「そもそも私も、彼に対してあんなことを言ってしまい、すみま――」

「本当に大丈夫ですから」彼が気分を害していないことにほっとして、彼女は言った。

その安堵《あんど》はおばたちのもとにたどり着いたとたんかき消えた。カリオペは今にも窒息しそうな様子で、エリス夫人はまるで奇妙な生物を目にしたようにダイアナを見つめ、ユーフェニアでさえ不安げな面持ちだった。

カリオペはただちにダイアナを脇に引っ張ってささやいた。「あなたがあのろくでなしに話しかけるのを見て、わたしはこの場で卒倒するかと思ったわ。なぜあんなことをしたの？」

「アダーリー卿のほうから話しかけてきたのよ。それに対して黙っているのは失礼でしょう？」

「沈黙を貫くことはできたし、そうすべきだったわ！」

「彼女を叱《しか》らないでください」フォールストン卿が助け船を出した。「レディ・ダイアナはアダーリーを見事なまでにやりこめたんですから。ぜひお聞かせしたかったですよ」

そして彼は困ったことに、さきほどの出来事を大袈裟《おおげさ》に長々と説明し始め、ダイアナが冗談を言ったのではなく、議会で注目すべき演説を行ったかのように語った。

それでもフォールストン卿が語り終えたころには、ダイアナも彼の説明に感謝していた。エリス夫人の冷ややかな態度はいくぶん和らぎ、ユーフェニアは明らかにほっとした様子で、カリオペも喜んでいたからだ。

「よくやったわ、ダイアナ！」カリオペが感嘆の声をあげた。「そろそろ誰かがあの男に身の程を思い知らせるべきだったのよ」

「おっしゃるとおりです」フォールストン卿が熱心な口調で言った。「彼女は最高です」

ユーフェニアはダイアナに賞賛のまなざしを向けた。「この子があの手の男性を言い負かしたと聞いても驚かないわ。非常に賢い子ですから」

だがその資質はエリス夫人のお気に召さなかったらしい。「今日はもう充分〈パンプ・ルーム〉で過ごしましたし、そろそろ失礼します」夫人は有無を言わせぬ命令口調で言った。

だが、フォールストン卿は完全に母親の言いなりではないらしく、それを無視した。「私たちは今夜シドニー・ガーデンズのパーティーに出かける予定です」彼はダイアナに問いかけた。「あなたがたもいらっしゃいますか？」

「もちろんですとも！」ダイアナが答える間もなく、カリオペが叫んだ。「絶対に行きますわ。ダイアナは花火を見たことがないんです。そうでしょう、ダイアナ？」

ダイアナはうなずきながらも、エリス夫人の不満げな表情に目をとめた。どうやらい印象を持たれなかったようだ。もっとも、田舎育ちで読書好きのせいで変わり者扱いされることには慣れている。それに、わたしも侯爵夫人にいい印象を抱いてはいない。

フォールストン卿はダイアナの手を取り、ふたたび口元に引き寄せた。今回はもっと強く唇を押しつけられたが、子爵にキスをされたときのようなときめきは感じなかった。

なぜだろうとダイアナは自問した。フォールストン卿には好感を持ったのに。彼は端整な顔立ちの謙虚な男性だ。ろくでもない放蕩《ほうとう》者よりフォールストン卿に関心を寄せられたいと思うのが当然だろう。

でも、フォールストン卿には本物の情熱を期待できるとは思えない。一方、あの子爵は……。

ダイアナはフォールストン卿に笑みを向けられていたことに気づいた。「では、今夜お会いするのを楽しみにしています」彼はプレゼントをほしがる少年のように熱心に言った。

「いらっしゃい、クリスピン！」侯爵夫人が命じた。

ダイアナがフォールストン卿にほほえむと、エリス夫人は踵を返して立ち去った。忠実な息子をかたわらに従えて。

「今日はフォールストン卿に会えて本当によかったわね！」ふたりが声の届かないところまで遠ざかると、カリオペが大声で言った。「彼は立派な若者で、教養もあって礼儀正しく謙虚だわ」

「たしかにいい人そうね」ダイアナは同意した。

「それより重要なのは、フォールストン卿があなたにすっかり夢中だということよ。彼が〈パンプ・ルーム〉であんなふうに令嬢と話す姿は見たことがないもの」カリオペは満面の笑みを浮かべた。

「フォールストン卿は立派な紳士で評判も完璧よ」ユーフェニアも太鼓判を押した。

「あの忌々しいアダーリー卿とは大違いね」カリオペは言った。「これで、あなたはあのならず者を避けるべき理由がもうひとつ増えたわ、ダイアナ。フォールストン卿はあの男をとても嫌っているの」

ダイアナは温厚なフォールストン卿にそんな激しい感情があるとは信じられなかった。「どうして?」

「ハロー校でのいたずらがひどい結果を招いたという話よ。気の毒なフォールストン卿は危うく溺《おぼ》れるところだったとか」カリオペは説明した。「彼が深夜に校長先生の平底舟を漕《こ》いだら友達になってもいいとアダーリー卿が約束したんだけど、舟が浸水したらしいの。舟底には故意に穴が開けられていたと、フォールストン卿は考えているわ」

「なんて卑劣な子爵かしら」ダイアナはつぶやいた。

「だから、金輪際あの男にかかわらないようにしなさい。それから、今夜はフォールストン卿を唖然《あぜん》とさせるようなことを言ってはだめよ。さもないと、変わり者だと思われて愛想を尽かされかねないわ」

おばたちにこれ以上心配をかけたくなくて、ダイアナはうなずいた。「シドニー・ガーデンズでは精一杯上品に、慎み深く振舞うと約束するわ」ユーフェニアの用心深い目つきに気づいてつけ加えた。「もちろん、バースのどこに行っても。もうそろそろ帰ってもいいかしら?」

「ええ」ユーフェニアは言った。「今夜出かけるなら休んだほうがいいわ」

カリオペは立ち去りがたい様子だった。〈パンプ・ルーム〉をさっと見まわして、自分たちが今も詮索《せんさく》の目にさらされていることに気づくまでは。「ええ、そうしたほうがよさそうね」

ダイアナはおばたちと広間をあとにしたが、休むつもりなどなかった。子爵と出会った記憶が鮮明なうちに、彼に対する印象を書きとめたい。

アダーリー卿の風貌、物腰、低く魅惑的な声、ダークブラウンの強烈なまなざし。彼女に言葉でやりこめられたときに見せた怒りの炎……。

そうよ、彼こそまさにぴったりだ。わたしの小説に登場して美しいエヴァンジェリンの強敵となる悪漢、コーロヴスキー伯爵のモデルに。

第二章

エヴァンジェリンは目を開けると、あたりを見まわした。鞄《かばん》が荒らされて中身が路上に散乱している。供の者はひとりも見あたらなかった。

横転した馬車の陰からひとりの男性が現われ、彼女を見るなり駆け寄ってきた。「お嬢さん、いったいなにがあったんだ?」

かたわらにひざまずいて彼女の手を取ったのは、コーロヴスキー伯爵だった。「怪我《けが》はないかい? あっ! きみはこのあいだパーティーで会った麗しい女性ではないか、ファリネリ家の子息の婚約者だろう」

「はい」彼女は彼の手を借りて立ちあがった。「ロドルフォに会いに行く途中、馬車が襲われたんです。わたしの供の者たちはどうなったのでしょう?」

「わからない」伯爵が答えた。「私はたった今着いたばかりだ」そして彼は声を落とし、優しい口調で懇願した。「どうかきみの力にならせてくれ。私の城はここから遠くない。具合がよくなるまで、ひとまず城に来てはどうだろうか?」

「でも、ロドルフォが――」

「少し休んでから、私の馬車で彼のもとに向かえばいい」伯爵は彼女に断わられたら胸が張り裂けてしまうと言わんばかりの表情で訴えた。「それに、ここにいるわけにはいかないだろう。無法者がいつ戻ってくるかわからないのに」

エヴァンジェリンは伯爵のことをほとんど知らなかったが、ほかにどうすることもできなかった。たったひとりでひとけのない危険な田舎道にいるうえに、喉の渇きと空腹で衰弱している。伯爵はとても親切で心から気遣ってくれているようだし、彼の寛大な申し出を受け入れることにしよう。

『コーロヴスキー伯爵の城』

その日の午前、アダーリー子爵エドモンド・テリントンは、クイーン・スクエアにあるブリクストン・スマイス＝メドウェイ卿の邸宅の書斎に足を踏み入れた。古いオークの鏡板が張られた立派な内装の書斎はいかにも風通しが悪そうだった。そこに染みついた葉巻の香りが、家具用ワックスや四半世紀は開かれていない革装本の匂《にお》いと混ざりあっている。壁に並ぶ祖先の肖像画。見事な鬘《かつら》をかぶった、そのいかめしい顔つきの面々は、なぜ自分たちの高貴な血筋から薄茶色の髪をした細身のブリクストンが誕生したのかといぶかしむように見おろしていた。

ブリックスことブリクストンは解《ほど》いたクラヴァットを首から垂らし、三つのデカンターと数個のグラスが置かれた小テーブルの前に立っていた。グリーンの目の下に濃い隈《くま》ができているところを見ると、ゆうべは一睡もしていないのだろう。

「ブランデーを飲むにはいささか早すぎるんじゃないか」エドモンドは張りぐるみの袖《そで》つき安楽椅子に腰をおろした。

ブリックスは宙で手をとめた。「これは今夜最初の一杯だぞ」背の高い窓から差しこむ陽光に目をやった。「というより、朝の一杯か」

「今回の徹夜の理由はなんだ？　カードゲーム？　それとも女性か？」

「どうしても知りたいなら言うが、シドニー・ガーデンズの迷路で迷ったんだよ。連中は迷路を作り替えたに違いない」

「そんな話、バースの誰からも聞いたことがないがね」

ブリックスはにやりとした。エドモンドがハロー校で出会った少年の面影そのままに。当時ブリックスは、由緒ある学校で開校以来誰も目にしたことがないような驚くべきいたずらをやりたがっていた。

「わかったよ」ブリックスは笑いながら言った。「実はファニー・エッピングを避けようとして迷っただけさ。十四年前にたった一度キスしただけで、彼女の生涯の恋人になってしまったようだ。おかげで、ゆうべは暗闇のなかを何時間もうろうろする羽目になった」

エドモンドは同情するより困惑してかぶりを振った。どうして彼女の思いにはこたえられないと、本人に直接伝えないのか理解できない。だが、そうしたほうがいいと勧めるたびに、ブリックスは冗談を言って話題を変えるのだ。

ただ、今日はブリックスとファニー・エッピングのことを話しに来たわけではない。もっと真剣な話があることが顔に出たのか、ブリックスは探るような目でエドモンドを眺めまわして言った。「きみこそ強い酒を飲んだほうがよさそうだぞ。どうしてこんなに早い時間に訪ねてきたんだ？　まさか、あの魅力的なミス・フォックスバロとなにか問題が生じたわけではないだろう？」

エドモンドは椅子の背に頭を預けて目を閉じると、うめき声をあげた。「ミス・フォックスバロ？　ああ、彼女のことはすっかり忘れていた」

ブリックスがブランデーをこぼした。「年に二万ポンドの持参金がある、あの美女を忘れたのか？」

エドモンドは目元をこすった。今日は急速に悪化の一途をたどっているようだ。「きみも私と同じ状況に陥ったらそうなるさ」

ブリックスはふたつのグラスにブランデーを注《つ》いでエドモンドに片方を手渡し、向かいの色あせたソファーに座った。「では、その尋常でない状況とやらを聞かせてもらおうか。ただし手短にな。もうへとへとなんだ」

エドモンドは口を開く前にブランデーをあおった。酒が喉を通って、いつもの心地よいぬくもりが広がるなか、話す内容を頭のなかで整理した。「〈パンプ・ルーム〉でミス・フォックスバロと話していたときのことだ。彼女が前の晩のコンサートについてしゃべっていると、誰かに監視されているような妙な感覚に襲われた。振り返ると、若い女性が部屋の反対側から私をじっと見ていた。うなじの毛が逆立つようなまなざしで」

ブリックスは困惑した表情を浮かべた。「きみはしょっちゅう人からじろじろ見られているじゃないか。もう慣れてもいいころだぞ」

慣れるなんて無理さ。エドモンドは空のグラスを手のなかで転がしながら思った。幼いころから人にじろじろ見られてきたが、それは彼の見た目がいいからだと知ったのは何年もたってからだった。高潔な志に燃える両親は息子にいっさいうぬぼれを抱かせないために、彼がいかに容姿に恵まれていないかをことあるごとに口にし、屋敷に鏡を置かなかったのだ。エドモンドは自分がひどく醜いと思いこんでいた。新人の皿洗いのメイドが、あんなにハンサムな子なのに孤独でかわいそうだと料理人にもらすのを立ち聞きするまでは。それを聞いたとたん、八歳だった彼は水車場まで全力で走り、水面に映った姿を見て自分がそれほど醜くないと知った。

「いや、あれはそういうのとは違った。とにかく妙なんだ」彼はダイアナの詮索のまなざしがことさら気にさわった理由を説明しようとした。「最初はクラヴァットがおかしいか、ジャケットの縫い目がほつれているんだろうと思って確かめたが、そうではなかった」

ブリックスはにんまりとほほえみ、クッションにもたれてくつろいだ。「なんだ、相手は女性だろう。きっときみにうっとり見とれていたんだよ」

「いや、そうじゃない」エドモンドはそう言いながら、いい例えを探した。「虫好きのバギーが、寮で飼っていた瓶入りの蜘蛛《くも》を見つめていたときと同じ目つきさ」

ブリックスは顔をしかめて身震いをした。「それはたまらないな！　あのときは、あいつがそのうち視力を失うか、蜘蛛を食べ始めるんじゃないかと思ったよ」

「あの令嬢はまさにあんな目で私を見つめていたんだ。彼女がバギーで、私が蜘蛛になったような感じだ」

あるいは、彼女はスペインの異端審問でエドモンドの邪悪きわまりない秘密を暴こうとする執行官のようだった。

その例えのばかばかしさに気づき、エドモンドの緊張が和らいだ。彼は人々に噂される恥ずべき行為の半分も、いや、その四分の一もやっていないのだ。

「彼女には私に気づかれたと知るや」エドモンドは話を再開した。「さっと目をそらして顔を赤くするだけのたしなみはあった」

ピンク色に染まる彼女の頬を思い出した拍子に、花びらが開きかけた淡いピンクの薔《ば》薇《ら》が頭に浮かんだ。

エドモンドはそんな空想を頭から締め出し、話を続けた。「私は彼女の正体を突きとめることにした。彼女はフォールストンと一緒にいたから、やつに紹介させたよ」

ブリックスはまたぽかんと口を開けた。「フォールストンだって？　あの忌々しい下劣な男にか？」

エドモンドは広い肩をすくめた。「ほかにどうすればよかったんだ？〈パンプ・ルーム〉で尋ねまわるのは気が進まなかった。そんなことをすれば、あの女に気があると思われかねないからな。私はただ彼女が何者で、なぜ珍しい生物を見るような目で私を凝視していたのか知りたかっただけだ」

「ということは、彼女は美人じゃないんだな？」

エドモンドは眉間に皺を寄せて傷だらけのサイドテーブルにグラスを置いた。彼女は快活さにあふれる容貌で、鮮やかなブルーの瞳には知的な輝きが見てとれたが、ブリックスやバースのほかの若者がその魅力に気づくとは思えない。きっと、彼女をアデリーナ・フォックスバロのような典型的美人と比較して平凡だと見なすだろう。「美人であろうがなかろうがまったく関係ない」

「だが、きみはその奇妙な女性の正体をなんとしても突きとめたくて、フォールストンに話しかけたんだな」ブリックスはかぶりを振った。「やつはその場できみの首を絞めたかったんじゃないか。乗っていた舟が沈んだことを根に持って、決して僕らを許そうとしないからな」

「もう水に流してもいいころだが。とはいえ、やつにしてはずいぶん礼儀正しかったよ」

ふと、エドモンドはその不可解さに気づいた。おそらくフォールストンは澄んだ瞳の令嬢を感心させるためにことさら礼儀正しく振舞ったのだろう。

「で、彼女は何者だ?」ブリックスが尋ねた。

「レディ・ダイアナ・ウェストーヴァーだよ」

ブリックスの目が丸くなった。

「彼女についてなにか知っているのか?」

「きみは知らないのか?」

「知っていたら、わざわざ尋ねに来るはずがないだろう」エドモンドは指摘した。

「そうだな」

「で、彼女は頭がおかしいのか?　それとも精神が錯乱しているのか?」

「僕が知る限りその可能性はないが、彼女の父親は正真正銘の変わり者だよ。おまけに彼女の父方のおばは、レディ・カリオペ・フィッツバートンだ」

エドモンドは空になったグラスを覗《のぞ》きこんだ。どうりであの令嬢の意見が辛辣《しんらつ》だったはずだ。とはいえ、彼女がほほえみながらそれを口にしたせいで、いまだに腹の虫がおさまらない。

「だから、女性から見たきみの魅力が衰えたのだろうかと憂う必要はない。きっとレディ・カリオペはきみのことを好色なごろつきだと説明しただろうし、フォールストンもきみを悪魔の化身だと吹きこんだに決まってる」

「そうだな、ふたりの話を聞いて、レディ・ダイアナは私を英国一の悪党だと思ったに違いない」エドモンドはうんざりしたため息をこらえた。

「なぜフォールストンがきみについて触れまわっている嘘《うそ》に反論しないんだ？」

「前にも言っただろう、ブリックス。わざわざそんな労力を費やすべきことではないと。それに、紳士はそんな取るに足らないことを気にするべきじゃない」

「フォールストンが悪い噂を広めるのをやめさせるのは、取るに足らないことなんかじゃない。きみが国中に愛人を持ち、来る日も来る日も賭博に興じていて――」

「もうよせ！」友の表情を見て、エドモンドはきつい口調を悔やんだ。「すまない、その手の噂は本当に癪《しゃく》にさわるんだ」

「だからこそ蕾《つぼみ》のうちに摘み取ったほうがいい」

「ブリックス、もうこの話はよそう」彼は命令とも懇願ともつかない声で言った。

「わかっているさ」ブリックスはにっこりして陽気な仲間の顔に戻った。「噂話や憶測の的になるのは、とびきりハンサムであるがゆえの厄介な代償なんだろ。幸い僕はその手の悩みと無縁だが。実はこの髪も、僕の魅力を半減させるためにわざと染めているんだ」

エドモンドは吹き出した。ブリックスは彼がどんなに不機嫌でも必ず笑わせてくれる。いかなる状況にも愉快な面を見いだし、くそまじめで感情をいっさい表に出さないエドモンドの両親とは対照的だ。だからこそ、彼はブリックスがとても好きだった。

「そんなことをしても無駄だよ、ブリックス。きみには充分魅力がある。そのもつれた髪をときどきとかしさえすればな」

ブリックスは憮然《ぶぜん》とした。「そんなことをして〈パンプ・ルーム〉で見知らぬ女性にじろじろ見られる危険を冒せと言うのか？　遠慮しておくよ！」

「それで、レディ・ダイアナの父親はどのくらい変わり者なんだ？」エドモンドは話をもとに戻した。

ブリックスは立ちあがり、それぞれのグラスに二杯目を注いだ。「妻に先立たれた後、五代目ディルビー公爵はきわめて辺鄙《へんぴ》な場所にあるリンカンシャーの屋敷に引っこんで——」

「彼女の父親は公爵なのか？」

ブリックスはうなずいた。「五代目ディルビー公爵はリンカンシャーに移り住んで以来、屋敷から一歩も出なかったそうだ。彼は娘を手元に置いた。僕の母によれば、完全に廃墟《はいきょ》と化した荘園《しょうえん》らしい。きみがいつも読んでいるゴシック小説に登場するような屋敷なんじゃないか。『オトラントの謎』とかいう小説に」

亡き両親はエドモンドを躾けるために、彼が怖がりそうな物語を読み聞かせた。そのせいで悪夢を見ることはあったものの、彼のゴシック小説に対する興味は逆にかき立てられた。それを知ったら両親は草葉の陰で呆然《ぼうぜん》となるに違いないと、エドモンドは思った。「正確には『オトラントの城』と『ユードルフォの謎』だよ」

「ふうん」ブリックスはグラスを振って聞き流した。「レディ・ダイアナは学校に通ったことさえないと思うが、母に尋ねてみるよ。母なら知っているはずだ」

彼女の父親はどんな人物だったのだろうとエドモンドは思った。単に静かな田舎暮らしを好む内気なご隠居だったのだろうか、それとも自ら選んだ隠遁《いんとん》生活には暗く身勝手な理由があったのか？

後者だった場合、ダイアナは内気な女性に育ち、あの魅力的な唇をめったに開こうとしないはずだ。だが、どう考えても彼女はそういうタイプではない。

ということは、前者だな。ダイアナの父親は静かな田舎暮らしが好きだっただけなのだろう。エドモンドは彼女から辛辣なことを言われたにもかかわらず、ひそかに安堵した。誰だろうと、たとえそれが図々しく人を凝視する大胆な女性であろうと、彼のように愛情を受けずに育ってほしくない。

ブリックスはエドモンドのグラスにブランデーを注ぎ足した。「フォールストンが愛想よく振舞い、彼女もきみを凝視しただけなら、なにをそんなに怒っているんだ?」

エドモンド自身、本当は腹など立てたくはなかった。「彼女に……ちょっとしたことを言われたんだ」その言葉は自分でも自信がなさそうに聞こえた。

ブリックスはグラスを手にしたままソファーの背にもたれた。「なにを言われた? その場でののしられたのか?」

「彼女がなにを言ったかよりその言い方が問題なんだ」エドモンドは今朝のことを思い返した。「じろじろ見られたときと同じくらい当惑させられたよ」ブランデーをもうひと口飲んだ。「まあ、フォールストンなら彼女にお似合いだ」それは本心だった。彼女にはもう充分心の平安をかき乱された。

「つまり、麗しいミス・フォックスバロへの求愛を続けるわけか?」

「私はミス・フォックスバロが美人だという理由だけで興味を持ったわけじゃない」

ブリックスはまた皮肉っぽい顔で乾杯するようにグラスを掲げた。「無論そうだろう。彼女はバースで一番裕福な女性相続人だものな」

エドモンドはほかの男たち同様美しい女性には惹《ひ》かれるが、妻を選ぶ場合、真っ先に頭に浮かぶのは美貌や莫大《ばくだい》な富ではないことを、ブリックスにわからせるのはあきらめた。

ブリックスは芝居がかったため息をもらした。「伯爵のしがない末息子の僕には、二万ポンドの持参金つきの麗しいミス・フォックスバロに求婚するなんて絶対無理だな。とりわけ、アダーリー卿が彼女に目をつけたとあっては――もう手も出したのか？」

「私は彼女に対して高潔そのものだ」

「ほう、それは本当か？　なんとまあ」

「ブリックス、正直に答えてくれ。きみはアデリーナ・フォックスバロに求愛したいのか？」

ブリックスはとっさに本物の笑みを浮かべ、かぶりを振った。「いいや。もっとも家族がどれだけ憤慨するか確かめてみたい気はするが。ラム酒製造業者の娘だなんて聞いたら卒倒するだろうな。だが、僕は壮年期を過ぎて家名を残すために跡継ぎが必要になるまで結婚する気はない。きみはラム酒製造業者の女性相続人を妻に迎えたいのか？」

エドモンドは答えにつまった。「まだ決めかねている。ただ、彼女の反感は買いたくない。今朝あんなふうに置き去りにしたのだから、怒られて当然だが」

「きみのことだからきちんと謝るだろうし、そうすればきっと許してもらえるさ」ブリックスは明るく言った。「彼女はきみを――それにきみの称号を――あっさり手放しはしないだろうから」

エドモンドはため息をついた。「まるで私が繁殖場に連れていかれる種馬みたいな物言いだな」

ブリックスは笑った。「いずれにしろ僕らはみんなそうさ。僕は遠い未来に穏やかな雌馬と家名を継ぐ子馬がいればそれでいい」

「きみは救いようがないな、ブリックス」

「だから僕らは親友なんだろ、閣下。似た者同士だからな」

ふたりは完全に似ているわけではないが、エドモンドはブリックスの言いたいことがわかった。ふたりは数々のいたずらをともにした仲で、出会った日から親友になった。

「それはそうと」エドモンドは言った。「〈パンプ・ルーム〉でミス・フォックスバロを置き去りにする前に、今夜シドニー・ガーデンズで花火を見ようと話していたんだ。一緒に来ないか?」

「ファニー・エッピングがふた晩続けてやってきて、僕が身を潜めなければならなくなる危険性はどのくらいあるだろう?」ブリックスは考えこんだ。「それに、きみはひと晩中僕につきまとわれたくないだろう。ミス・フォックスバロに謝る絶好の機会だしな」

「私もそれは考えた」エドモンドは友人に向かって聖人のようにほほえんだ。「今夜は精一杯行儀よく振舞うと約束するよ」

ブリックスは皮肉めいた笑みを浮かべた。「ミス・フォックスバロはそんなことを望んでいないと思うぞ。きみだって彼女をがっかりさせたくないだろう?」

エドモンドは答えずに、またグラスに口をつけた。

ダイアナはペンを置いた。本当は夜のシドニー・ガーデンズでのパーティーに備えて休むつもりだったのだが、興奮しすぎて昼寝はおろかじっと横たわっていることすらできない。それに、今朝アダーリー卿と対峙《たいじ》したときの記憶をもとに、エヴァンジェリンと謎めいた伯爵が出会う場面をどうしても書き直したかったのだ。

目の前の原稿を見つめ、書き直したばかりの箇所を読み返した。

その謎めいた見知らぬ男性に、エヴァンジェリンの胸はときめきと名状しがたい不安で満たされた。

彼はお辞儀をしてエヴァンジェリンの手を取り、魅力的な唇に引き寄せた。ただの礼儀正しいしぐさなのに、彼の唇が手に押しつけられた瞬間、馴染《なじ》みのないほてりが全身に広がった。彼がダークブラウンの鋭い目をあげてエヴァンジェリンをひたと見つめると、彼女の体はいっそう熱くなった。

「どうか自己紹介させてください」彼の低い声に彼女は身を震わせた。「私はコーロヴスキー伯爵です」

「このほうがずっといいわ」ダイアナは満足げな吐息をもらした。

実家から持ってきた書き物机に原稿をしまって鍵《かぎ》をかけ、ペチコートのポケットに鍵を入れた。別におばたちや使用人を信用していないわけではなく、執筆中の作品を見られた場合に、どんな反応をされるかが恐ろしかったのだ。

カリオペは最初は当惑するだけかもしれないが、ダイアナがその小説を書いたと認めたら、おののくだろう。身内がそんな恥ずべきことをするなどもってのほかだと叫び、上流社会の大半が賛同するという意見をまくしたてるはずだ。

ユーフェニアは小説家になりたいという姪の夢に反対しないにしても、ダイアナが選んだ小説のジャンルには納得しないに違いない。わたしが謎めいた男性や廃墟と化した城や生命の危機に胸を躍らせる理由を理解しないだろうし、わたしも説明できる自信がない。この手のことは、純粋に楽しめるか楽しめないかのどちらかだ。

フォールストン卿は絶対に楽しめないだろうし、彼がこういう小説を書く女性をどう思うかは容易に察しがつく。残念だわ、彼はいい人そうなのに。ただ、こんなに早く花婿候補に出会うとは予期していなかった。

本当は、すぐに出会わないほうがいいと思っていた。結婚生活に腰を落ち着ける前に、小説家としてデビューを果たす夢をもっと追い求めたかったから。おそらく上流階級の男性の多くは、小説を書いて人々に読んでもらいたいと願う女性に対してフォールストン卿と同じ意見を抱くはずだ。

もちろん、さまざまな事情で婚約にいたらない可能性はある。お互いをより深く知るにつれうまくいかなくなることは充分に考えられる。だから、自分の自由が失われつつあるとか、目標を達成する時間が短くなったと心配する必要はないわ。どのみち、彼の母親はわたしを気に入らないようだし。そう思うと、大いにほっとした。

呼び鈴に向かう途中で彼女はぴたりと立ちどまった。ほっとするなんて変よ。結婚相手にふさわしい男性の母親には気に入られたいと思うのが当然なのに。どんなに困難に思えても、彼女に与えた悪い印象をぬぐい去る努力を精一杯すべきだわ。わたしは結婚することを望んでいるんだもの。いつかは結婚したい。危険な香りが漂うごろつきではなく、すてきな男性と。

アダーリー卿のお母さまはまだご存命かしら？　ダイアナは呼び鈴へと近づきながら考えた。どんな方だろう？　きっと彼女も身内が小説家になることに反対するでしょうね。でも、彼は？

そんなくだらない考えにかぶりを振って、ダイアナはメイドのサリーに夕食のための身支度を手伝ってもらうべく呼び鈴を鳴らした。アダーリー卿はもちろん、彼の母親のことなども、考えるべきではないわ。

それでも、今夜彼はシドニー・ガーデンズに来るかしらと思わずにはいられなかった。もちろんそれは、子爵をさらに観察すれば小説に役立つからだけれど。

あるいは自分にそう言い聞かせることで、アダーリー卿が来ることを想像したとたんに興奮のさざ波が体を駆けめぐったことや、フォールストン卿にはそういう気持ちをかき立てられなかった事実を無視したかったのかもしれない。

第三章

その城は海を見おろす断崖《だんがい》に立っていた。崩れた屋根の上空をかもめが鳴きながら舞い、外壁の大部分は瓦礫《がれき》と化している。風にあおられた海は渦を巻いて泡立ち、四頭立ての黒い馬車が櫓門《やぐらもん》の跡を騒々しく通り抜けたことに立腹しているかのようだ。今や屋根のなくなった門の天井に開いた石落としの穴からは、暮れゆく空が見えた。その昔、城の衛兵がこの天井裏に身を潜め、眼下を通過する侵入者に石を投げ落としたり熱した油を浴びせたりしていたのだろうと、エヴァンジェリンは思った。

隣に座った伯爵が笑みを浮かべ、磨きこまれた黒曜石のように黒い目を輝かせた。

「心配なさらなくても大丈夫ですよ、レディ。私の城は古く修理が必要ですが、女性の要望を満たすべく城内はいたって快適ですから」

エヴァンジェリンはかすかに身を震わせた。

『ゴーロヴスキー伯爵の城』

美しいアデリーナ・フォックスバロが、反省するエドモンドに向けたグレーがかったグリーンの瞳は、紛れもなく冷ややかだった。彼女の高級な香水の香りが、夜露に濡《ぬ》れた草木の匂いとせめぎあっていたが、彼には葉の匂いのほうが好ましかった。

アデリーナの付き添い人のミセス・ジェサーは少し距離を置き、シドニー・ガーデンズの外れにある酒場の裏のこのバルコニーで管弦楽団の演奏に耳を傾けながら、たまに女主人のほうを振り返った。音楽や花火や噂話を楽しもうとやってきたほかの人々は砂利道をぶらぶら歩いている。近くには内輪で酒を酌み交わす人向けに覆いつきのボックス席が設けられ、公園の中央へと進むと、もっと親密な行為のための東屋《あずまや》や人工の洞窟《どうくつ》があった。それ以外の場所はランプに照らされ、ケネット運河やエイヴォン運河には美しい鉄橋がかかっていた。

「あなたには本当に頭に来たわ、なんてひどい人なの」アデリーナは大袈裟なふくれっ面をしてエドモンドの肩を扇子で叩き、身を寄せながら演奏にかき消されない程度に声を張りあげた。だが、耳の遠いミセス・ジェサーには聞こえなかったはずだ。「〈パンプ・ルーム〉でわたしを置き去りにするなんて失礼きわまりないわ」

「ああ」彼は誠実な声で言った。「本当に――」

彼女はさらに強く彼を叩いた。「ここはうるさすぎるわ！　あなたはきちんと謝りたいでしょうし、わたしはその言葉を一語たりとも聞き逃したくない。どこかもっと静かなところはないかしら？　たとえば神秘的な洞窟とか？」

洞窟がときにどんな目的のために使われているかを、アデリーナがまったく知らないなんてあり得るだろうかと、エドモンドは自問した。洞窟は純粋な密会には不適切だ。とはいえ、ふたりきりになれるし、ここからそう遠くない。邪魔が入ることなくさっさと謝れるし、いなくなったことを誰にも気づかれずに戻ってこられるだろう。今夜は美しいアデリーナと過ごしたい気分ではなかったので、彼女の提案は否定しがたいほど魅力的だった。「わかった。洞窟に行くとしよう」

「あなたがどうしてもとおっしゃるのなら」アデリーナはそうささやくと、こっそりあたりをうかがった。自分から提案したことをすっかり忘れているらしい。「でも、ほんの少しだけよ。わたしは評判を落とすわけにいかないもの」

アデリーナは〝わたしは今から彼とこっそり逢引します〟と書いた大きな看板を首からさげているも同然だった。繊細な配慮に欠ける彼女に、エドモンドは感心しなかった。

ふと彼の胸に疑念が芽生えた。アデリーナはかなり浮き足立っているようだ。瞳が貪《どん》欲《よく》に光っているのは、単に私とふたりきりになれるからだろうか？

頭のなかで小さな警告のベルが鳴りだした。アデリーナは謝罪の言葉をはっきりと耳にして、人目を忍んでキスしたいだけではないのだろう。深刻な結果を引き起こしかねない計画があるのかもしれない。これは考え直したほうがよさそうだ。

だが、その時間はなかった。次の花火が打ちあがり、金色の火花が降り注ぐと、アデリーナに手をつかまれ、洞窟へと引っ張られたのだ。

とまるように命じようかとも思ったが、彼女は騒ぎ立てそうだし、そんな事態は絶対に避けたかった。

彼はこの機会を最大限にいかすことにした。さっさと謝罪して、できるだけ早く彼女を付き添い人の年配女性のもとに連れ戻そう。

足早に迷路を通り過ぎると、哀れなブリックスが出口を探して右往左往する姿が頭に浮かんだ。彼に、今度迷路に足を踏み入れるときはギリシャ神話の英雄テセウスのように、糸を使ってもと来た道を引き返すよう、助言しておくべきだった。

大きな柳の木のせいで一番人目につかない洞窟にたどり着くと、アデリーナはあたかも侵略軍からともに逃げてきたかのような勢いで彼を暗く涼しい内部に引きこんだ。

エドモンドは突然わき起こった懸念を振り払い、子供のころ罪の報いについて散々説教されたせいだと自分に言い聞かせた。アデリーナは友人と紅茶を飲みながら話すときのための、刺激的な話題がほしいだけなのさ。

そう結論づけると、彼は芝居がかった後悔の表情を浮かべた。「今朝はあんなふうに突然立ち去って本当にすまない、ミス・フォックスバロ。きちんと断わりを言うべきだった。どうか許してもらえないか？」

アデリーナは扇の端をつかみ、彼を見ずに言った。「わたしは本当に腹を立てているのよ、閣下」

どうやら彼女はこの謝罪をできるだけ引き延ばすつもりのようだ。

エドモンドはため息を押し殺した。彼女が刺激を求めているなら、求めに応じて片をつけるまでだ。一度のキスで充分だといいが。

アデリーナの顎の下に拳《こぶし》を差し入れ、目が合うよう上を向かせた。「私の配慮のなさをどうすれば償えるだろうか?」身を寄せてささやき、魅力的にほほえみかける。

彼女はキスをされる前に顔をそむけた。「あなたは別の令嬢にもっと関心があるのでしょう? 彼女と話していたときのあなたはそう見えたわ」

彼は彼女の肩にそっと両手をのせた。「いやな意味で興味をそそられただけだよ」

彼女はまだふくれていた。「なぜ興味をそそられたの?」

エドモンドは大人の女性のふくれっ面は作り笑いと同じくらい嫌いだったが、自分が謝ろうとしていることを思い出し、嫌悪感を顔に出さないようにした。「彼女がフォールストンと一緒にいて、やっと陽気に話していたからだ。だが、彼女はあまりにも生意気だし、私の好みではないと断言できる」

「大胆な女性はお好みでないということ、閣下?」アデリーナは胸の谷間の上までゆっくりと扇を這《は》わせた。

エドモンドは、この手の熟練したしぐさで男の目を巧みに自分の曲線美に引きつける経験豊富な高級娼婦《しょうふ》たちを見たことがあった。だが、今回は美しい体つきのアデリーナと人目を忍んだ場所にいるにもかかわらず、疑念が高まっただけだった。

もうこんなことはうんざりだ。媚を含んだ表情、あてこすりやからかい、愛の駆け引き。永遠の幸せではなく、利益や体の歓《よろこ》びだけを求めて、絶えず相手を値踏みすること。彼はバースにもその社交界にも嫌気が差していた。ここ最近で退屈しなかったのは本を読んでいたときと——ダイアナと議論を戦わせたときだけだ。

早々にけりをつけるべく、エドモンドはアデリーナを引き寄せ、ボンネットの長く白い羽根に目を突かれないように体の位置をややずらした。均整の取れた彼女の体に両腕をまわし、ゆっくり唇を重ねる。そこには情熱のかけらもなかった。

遺憾なことに、アデリーナは身を引かず、抗《あらが》いもしなかった。肩の力を抜いてもたれかかってきたかと思うと、情熱的にこたえだした。

明らかに、彼の戦略は自分の意図とは反対の効果をもたらしたようだ。

エドモンドはキスをやめて後ろにさがった。「これで許してくれるかい?」

アデリーナは彼を抱きしめて体を密着させてきた。「もちろんよ、閣下」そうささやき、爪先《つまさき》立ちになってまたキスをした。

その気になれば、おそらくこの場でアデリーナを誘惑できただろう。だが、エドモンドはあの鮮やかなブルーの瞳をした学究肌の令嬢が思っているような、好色なごろつきではない。「アデリーナ、こんなことをしてはいけない——」

そのとき、葉ががさがさと音を立てて遠くの花火の音をかき消し、彼は押し黙った。今夜は風が吹いていなかったはずだ。

「どうしたの？　誰かいるの？」彼が肩越しに洞窟の広い入り口を振り返ると、アデリーナが尋ねた。

エドモンドはアデリーナに鋭い目を戻した。彼女は不安そうにも怒っているようにも見えず、むしろ好奇心に駆られた様子だ。「わからない」無愛想に答えた。もしかしてアデリーナは、ふたりの不名誉な行為が目撃されれば、エドモンドが彼女と結婚せざるを得なくなると考え、これを最初から計画していたのか？

もしそうだとしたら、アデリーナの思惑どおりにはさせない。エドモンドは外に出た。彼女はそれなりに好ましい女性だが、結婚の罠《わな》にはめられるつもりはない。たとえ年に二万ポンドの持参金が手に入るとしても。

地面を踏みしめて両手を腰にあて、彼はゆっくりとあたりを見まわした。

すると、柳の葉の陰にブルーのスカートが見えた。

エドモンドは爪先でこつこつと地面を叩きながらブルーのスカートの裾《すそ》をにらみつけ、その女性に無言で挑んだ。出てくるなら出てこい、清純なアデリーナを誘惑しよう

とした と非難してみろ。

ブルーのスカートの裾はまったく動かなかった。

アデリーナの共謀者とおぼしき人物は賢明にも考え直しているようだ。

「誰かに見られたの?」アデリーナが背後から心配そうに尋ねた。

彼は彼女に向き直った。「念のため、きみはミセス・ジェサーのもとに戻ったほうがいい」

いい。それから、今夜はもうふたりでいるところを見られないようにすべきだ」

彼女は初めて怯《おび》えた顔をしたが、それが計画が不首尾に終わったからなのか、それともエドモンドがいらだちを隠さなかったからなのかは、不明だった。

エドモンドはアデリーナの手を取り、もといた場所に急いで引き返し始めた。彼女が息を切らしているのに気づいて若干歩調をゆるめたが、ゆっくり歩きはしなかった。あの柳の木に急いで戻って、ふたりがキスする現場を目撃した人物を突きとめ、それがアデリーナの送りこんだスパイかどうか確かめたい。

今も管弦楽団の演奏を楽しんでいる群衆に近づくと、彼は足をとめた。「ミセス・ジェサーはさっきと同じ場所にいる。彼女はきみがいなくなったことに気づいてもいないはずだ。さあ、急いで彼女のところに行ったほうがいい」

ありがたいことに――そして賢明にも――アデリーナは異を唱えずに従順に立ち去り、エドモンドは踵を返して洞窟へ戻った。あたりを見まわしたが、ブルーのドレスの女性は見あたらない。

あのスパイは、怖《お》じ気づいて柳の木の陰から出てこられなくなったのだろうか？

ちょうどそのとき、当の女性を発見した。こちらに背を向けてボンネットをかぶった頭をかがめ、スカートの裾を持ちあげて洞窟から迷路へと足早に移動している。エドモンドたちがいなくなるのを見届け、隠れていた場所から出てきたのだろう。

彼の口元が弧を描いた。そうやすやすと逃がしてたまるか。

女性は迷路の入り口で立ちどまると、小さなレティキュールのなかを探って入場料を支払った。金を受けとった男はいぶかしげな顔をしたが、それも無理はない。たったひとりで夜の迷路に足を踏み入れるなんて、いったいどういう女だ？

入り口に駆け寄り驚いた様子の係員に小銭をほうると、エドモンドもなかに入った。そこで足をとめて周囲を見まわすと、ブルーの裾が角を曲がって消えるのが見えた。

鼓動が高鳴った。まるでブリックスや友人たちとハロー校で夜中にいたずらをしたときのようだ。ラテン語の教師の机を屋根にのせたり、卵をごっそり盗み出して校長のベッドに入れたりしたな。

あそこだ！　ブルーのスカートがまた角を曲がって消えた。彼は走った。彼女が誰であれ逃げ足が速いのは確かだ。知り合いにこれだけ俊足の女性がいるとは思えない。

幸い夜の迷路はひとけがなかった。おかげであの女性を捜しやすい。おそらくみんな花火を見ているのだろう。それにしても彼女はどこに行ったんだ？

エドモンドは胸を波打たせて分かれ道で立ちどまった。どちらに行けばいいか見当もつかない。一瞬息を殺し、彼女の足音に耳を澄ませた。

手がかりは皆無だった。物音はまったくせず、気配もない。まるで彼女は忽然《こつぜん》と姿を消したかのようだ。

周囲を見まわし、汗ばんだ顔をぬぐう。泥酔した哀れなブリックスがそうしたように、あの女性もシドニー・ガーデンズでもっとも身を隠しやすい場所を巧妙に選んだようだ。

そのとき、エドモンドは自分も迷っていることに気づいた。

スパイを見つけようと躍起になるあまり、彼女のあとをつけることしか頭になく、自分がたどった経路に注意を払わなかった。

一瞬考えてから、女性のことは忘れてもと来た道を引き返すのが最善だと判断した。

だが、歩きだそうとした矢先、誰かが急いで背後の角を曲がって勢いよくぶつかってきた。

エドモンドはとっさに手を伸ばして不注意な人物を支え、それが女性だと気づいた。均整の取れた体つきの彼女はブルーのドレスを着ている。見覚えのあるブルーだ。

「つかまえたぞ！」彼は勝ち誇った声で叫び、彼女の両腕をつかんだ。

ブルーのボンネットのつばが傾いて裏地の銀色のフリルが覗き、ダイアナ・ウェストーヴァーの顔が現われた。

悪態をのみこんで手を離すと、ダイアナは驚くほど優雅に膝《ひざ》を折ってお辞儀をした。

忌々しいことに、いたって平静で、ほとんど息も切らしていない。

「すみません、アダーリー卿」彼女は美しい音色のような声で言った。「あなたがここにいらっしゃるとは思わなくて」

エドモンドは彼女のほのかな香水を無視しようと努めた。それは夏のさわやかな風とかぐわしい野の花の香りを彷彿《ほうふつ》させた。

「私こそきみと鉢合わせするとは思ってもみなかったよ、レディ・ダイアナ」彼はぎこちなくお辞儀をした。「というより、きみに衝突されるとは。いったいここでなにをしている？」

「おばたちとはぐれてしまったんです。ふたりとも迷路のどこかにいるはずですが」彼女は小首をかしげ、思わずたじろぎそうになるほどじっと彼を見つめた。「あなたも道に迷われたんですか？」

そんなことは彼女の知ったことではない。「きみは私を監視していたのか？」

「えっ、どこで、ですか？　この迷路で？　もちろん違います」ブリックスが普段彼と話すときと同じような様子で、彼女は愛想よく答えた。「わたしはたまたまあなたにぶつかっただけです」

「迷路でじゃない。洞窟でだ」

彼女はいかにも潔白そうな表情を浮かべた。「なぜわたしがそんなことを?」

「いや、あれはきみに間違いない。そのドレスには見覚えがある」

ダイアナはブルーベルの花を彷彿させるドレスを見おろした。「それが事実だと仮定して——もちろん認めたわけではありませんが——なぜわたしがあなたを監視すると思われるんですか?」

エドモンドは今にも爆発しそうな癇癪《かんしゃく》をぐっとこらえた。「きみの動機などわかるわけがないだろ」

「閣下、そんな物言いは、レディに対する紳士のものとはとても言えませんわ」

「話をそらすんじゃない。きみは私たちを監視していた」

彼女はいぶかしむように眉をつりあげた。「私たちというと?」

彼はまた悪態を嚙み殺し、戦術を変えた。「きみはうらやましくてやったんだろう」

彼女は〈パンプ・ルーム〉やおばの屋敷の応接室で長年の友人と談笑するように、ふたたび穏やかにほほえんだ。「わたしがうらやましいと思うのはミセス・ラドクリフだけですわ」

またしても予想外の——そして興味深い——答えが返ってきた。「作家のか?」

彼女の眉がさらにつりあがった。「彼女のことをご存じなの?」

彼は胸の前で腕を組んだ。「一部の連中が私に関してでたらめな情報をまき散らしているが、私はまったくの無知ではない。彼女の作品には精通している」

ダイアナがまたほほえんだ。なんてすてきな笑顔だろう。包み隠さず正直で実に魅力的だ。「ミセス・ラドクリフの著書をご存じだなんて、あなたはとても興味深い方でいらっしゃるのね」

エドモンドは両親の家を離れて以来、数々の褒め言葉をかけられてきたが、こんな気持ちになるのは初めてだった。あたかも自分が本当に興味深い人間で、それが外見以上の魅力だという気分になった。

怒りが薄れると同時に、なぜダイアナは私に惹かれないのだろうという疑問が浮かんだ。だが、彼女にどう思われようと関係ないと自分に言い聞かせた。

「きみがなぜここにいるにせよ、付き添い人なしに迷路や公園を歩きまわるべきではない」彼は警告した。「危険な目に遭いかねないぞ」

「わたしだって、そんなつもりはありませんでした。さきほど説明したように道に迷ってしまっただけです。もっとも、男性が角に突っ立って通路をふさいでいなければ、それほど危険ではないと思いますが」

彼女の小生意気な返事が癪にさわり、彼は一歩近寄って狼《おおかみ》のような笑みを浮かべた。「私が言ったのはその手の危険ではない」

ダイアナがふたたび小首をかしげるのを見て、彼は好奇心旺盛《おうせい》なリスを連想した。

「つまり、ほかにもみだらな男性がうろついていて、一時的に付き添い人とはぐれたわたしは彼の奔放な欲望の餌食《えじき》になりかねないとおっしゃるのね？」

みだらな男性がうろついて……。エドモンドの怒りがぱっと燃えあがった。「誰がうろついているにしろ、この私は違う」

ダイアナは彼の憤慨にもその返事にもまったく動じた様子はなかった。「あなたの懸念がいかに見当違いだとしても、わたしは必要とあらば自分の身を守れます」

彼は笑い声をあげた。「その毒舌だけでは太刀打ちできないかもしれないぞ」

「そうかしら？」彼女はいらだたしいほど平静を保ったままきいた。

エドモンドがさらになにか言う前に、ダイアナが手袋をはめた手の指先で、クラヴァットが巻かれた彼の喉元を素早く突いた。

「くそっ！」その鋭い突きに彼はあえぎ、後ろによろめいた。

彼女はまた愛想よくほほえんだ。「これでおわかりになったでしょう、閣下。田舎育ちの若い女性だからといって、だまされやすい鴨《かも》とは限りません。わたしは危害を加えようとする男性の対処の仕方を重々心得ています」

「私はきみに危害を加えるつもりなどなかった」彼は息を切らして体勢を整えた。プライドが傷ついたものの好奇心のほうが勝った。「その技はどこで教わったんだ？」

「父の従僕が、フランス軍と戦うスペインのゲリラ兵と一時行動をともにしていたんです。彼は興味深い技をいくつも知っていました」

「そのようだな。彼はほかにもいろいろな技をあますところなく披露したんだろう」エドモンドはわざとみだらな目つきできいた。

だが、彼女を怒らせることはできなかった。

「あなたには男女が情事以外の関係を共有できることが理解しがたいのでしょうね」彼女は落ち着いた声で言った。「ですが、閣下、ベントンは五十歳の既婚者ですし、彼が教えてくれたのは護身術だけです」

「私は女性と情事以外の関係を築けるし、実際女友達もいる」彼は言い返した。

「あら？　正直驚きましたわ。ですが、あなたはご自分の忠告に従ってそろそろ迷路をあとになさったほうがよろしいでしょう」

「いつ立ち去るかは自分で決めるさ」

「どうぞご自由に、閣下。でも、今朝お話ししたとき、同じ機会が与えられたら女性は男性より高潔に振舞うかどうかを議論しましたね。覚えておられるでしょうが、わたしは女性が男性より高潔だとは思いません。ですから、あなたは今の弱った状態で、そんな令嬢に見つからないほうが賢明でしょう。彼女はあなたの広い肩や端整な顔立ちにうっとりしてわれを忘れかねません。彼女がみだらなことをしようと考えたら、あなたはその女性を払いのけられないかもしれませんよ」

ダイアナにみだらなことをされるという考えに、エドモンドは思いがけずそそられた。彼は彼女の体に目を走らせた。長い手足、ほっそりした腰つき。丸みのあるこぶりの胸は私のてのひらにぴったりおさまりそうだ。

ダイアナは私の言葉に純情ぶったり、慎《つつ》ましさを装ったりしなかった。大胆かつ率直で、恥知らずなほどだ。彼女がベッドのなかでも同じように振舞う姿が容易に想像できる。物怖じせず、積極的に歓びを求めて愛を交わすに違いない。

この澄んだ瞳の令嬢がエドモンドの下に裸で横たわり、好奇心ではなく欲望に目をきらめかせ、彼にキスされながら体を波打たせる光景が、ありありと脳裏に浮かんだ。彼が身を沈めると、ダイアナは彼に長い脚を巻きつけて引き寄せるだろう。快感を与えられた彼女のささやき声や、かすかなうめき声や、歓びの叫びが今にも聞こえてきそうだ。そうさ、私は必ずや彼女を満足させるだろう！

エドモンドはダイアナのほうにゆっくり足を踏み出し、ふたりの距離を縮めた。彼をじっと見つめて唇を開いた彼女の息遣いが乱れた。もはや表情も平静でなくなっている。だがそれは不安の表情でもなかった。

彼はそれがなにかわかっていた。自分も同じ気持ちを味わっていたからだ。

「きみのことは払いのけないかもしれない、レディ・ダイアナ」抑制された欲望にかすれた声でささやく。その欲望は彼女を怖じ気づかせたい衝動をもしのぐほど激しかった。「試してみるかい？」

とたんに彼女は吹き出し、彼を笑い飛ばした。

「どうやらきみを楽しませたようだね」彼はその言葉に本物の警告をにじませ、さらに近づいて彼女を迷路の壁とのあいだに挟みこんだ。

「あなたが本気でないとわかっていますから、閣下」彼女は自分がどれほど魅力的か気づいていないようだ。「わたしは美人ではありませんし、男性を引きつける魅力もほとんど備えていません。さきほど申しあげたとおり、あなたは興味深い方だと思いますが、それは欲望とは無関係の純粋な感情です。あなたがわたしに抱いている関心もきっと同じでしょう——あなたが正直にお認めになれば」

欲望とは無関係だと？　それなら彼女への関心がどんなものか示してやろう。

彼は彼女の細い腕に両手を滑らせた。「それは誤解だ、レディ・ダイアナ。私はきみをとても魅力的だと思っている」

エドモンドを見つめ返すダイアナのまなざしは恥知らずで大胆不敵だが、不思議と無垢《む》《く》なところがあった。「わたしにキスをなさるおつもり？」

彼は彼女の柔らかい頰を指先でかすめた。「ああ、そのつもりだよ」

ダイアナは目を閉じて直立不動の姿勢をとった。

「いったいなにをしているんだ？」

彼女は片目を開けた。「なにってキスを待っているんです。きっと目新しい経験になるでしょうから」

その淡々とした物言いに、彼の燃えさかる欲望は一気に冷めた。

ダイアナは正真正銘の変わり者だ。私が賢明なら、もう彼女とはかかわらないだろう。ダイアナを腕に抱く妄想が頭に焼きついていたとしても。

彼女は両目を開けた。「これだけ待たされるということは、あなたはもうキスをする気がなくなったんですね、閣下」

そんなにほっとした顔をしなくてもいいだろう。「ああ、考え直したよ」

ダイアナは手を伸ばしてエドモンドの胸をぽんぽんと叩いた。「お気になさらないでください、閣下。本当にあなたにキスをされるとは思っていませんでしたから」

「だからといって、若い女性が夜間にシドニー・ガーデンズをうろついても安全だというわけではない。きみが危害から自分の身を守れると考えていようがいまいが」彼は言い返した。ダイアナはバースで一番うぶで癪にさわる令嬢だ。「控え目に言っても、きみは自分の評判を危険にさらしているんだぞ」

彼女は手を胸にあて、ショックを受けたようにさがった。「まあ、礼儀作法から自分の評判の守り方まで忠告してくださるなんて本当にご親切だこと。あなたはどちらの面でも模範でいらっしゃいますものね。では、女性は男性よりもはるかに評判が傷つきやすいことをいっそう肝に銘じ、これでおいとましますーー」

ダイアナが踵を返して立ち去ろうとしたが、エドモンドは手を伸ばして引きとめた。そのまま抱き寄せて彼女のキスが想像どおりすばらしいか確かめたい衝動に駆られたが、ぐっとこらえた。「きみは私を監視していたのか？」

彼女は嫌悪感もあらわに彼の手を見おろした。「手を離してください、閣下。さもないと、痛い目に遭わせなければなりませんよ」

火に油を注ぐように、彼女の挑発が彼の血をたぎらせた。「ぜひそのお手並みを拝見したいな」

「おやめになったほうがよろしいわ。ベントンはすばらしい師匠でしたし、あなたも痣《あざ》だらけになった理由を側仕えに説明するのはばつが悪いでしょうから。さあ、手を離してください。それとも、あなたはおばのカリオペが言うとおりのごろつきなの？」

彼は即座に手を離した。「きみはレディ・カリオペから私のことを軽蔑《けいべつ》すべきならず者だと聞いたんだろうな」

「ええ、おっしゃるとおりよ。おばがあなたについて語ったことにはとても衝撃的な内容が含まれていたわ」

「それはみんなでたらめだ」

その言葉を真剣に吟味するように、彼女は眉間にかすかに皺を寄せた。「わたしのおばが嘘つきだと?」

彼は彼女の眉間にキスをして、その皺を消し去ってやりたかった。「彼女が故意に嘘をついたわけではない」怒りが徐々に薄れていった。「他人から吹きこまれた噂話をきみに伝えただけだ」

「でしたら、国中に愛人がいるという噂を否定なさるの?」

「愛人はひとりもいない」

「今は、ということですか?」

くそっ。エドモンドは学生のように赤面した。彼女に私の世界のなにがわかるというんだ? 落ち着き払った様子でそこに立ち、私に自分を恥じるべきだと思わせるなんて! そんな思いは子供のころいやというほど味わった。

エドモンドが答える間もなく、ふたりの女性の声が近くで響いた。「ダイアナ! あ、どこにいるの? フォールストン卿がお待ちかねよ!」

ダイアナはほほえんだ。「おばたちがすぐそばにいるようね。もうお逃げになったほうがいいわ。あなたはあなたなりにとても魅力的だけど、一緒にいるところを見つかって名誉が汚されたせいで、結婚する羽目になるのはごめんですもの。あなただってそんな状況でわたしと結婚するのはおいやでしょう」

こんなに癪にさわる女性がかつていただろうか？「私はいかなる状況であっても、きみと結婚する気はない。たとえ裸で抱きあっているところをきみのおばたちに見つかったとしても」彼はうなるように言った。

彼女はまた吹き出し、さも嬉しそうな低い含み笑いをもらした。「でしたら一目散にお逃げなさい、閣下」

彼は駆け出さなかったものの、足早に遠ざかった。

エドモンドがいなくなると、ダイアナはゆっくりと深く息を吐いた。ちょうどおばたちに呼ばれ、子爵が行ってくれてよかった。わたしは脚ががくがくするあまり、一歩も踏み出せない状態だった。本当にキスをされていたら、美しいドレスなどおかまいなしに地面に崩れ落ちていただろう。いまだに息をすることすらままならない。

わたしは子爵がかき立てた炎とたわむれた。その炎は魅惑的であると同時にとても危険で、彼に心を乱されていないふりをするために自制心を総動員しなければならなかった。本心をさらけ出さずにいられたのは、自意識過剰の間抜けな女だと思われるのが目に見えていたからだ。わたしはしょせん不器量なダイアナだ。子爵がわたしに惹かれたように振舞ったのは、わたしを怖じ気づかせるか、まごつかせるためだろう。

子爵のもくろみはもう少しで成功するところだった。ふたりで抱きあっている姿を偶然誰かに見られたらどれほど滑稽《こっけい》に思われるか、わたしが気づかなければ。カリオペの仰天した顔が頭に浮かび、ダイアナは笑い声をあげた。

幸い誰にも目撃されなかった。そんな事態になっていれば釈明するのにひと苦労だっただろうし、スキャンダルを引き起こしたかもしれない。

もっとも、そうなっていたとしても、子爵と結婚する気はなかった。おばたちに話したとおり、あの手の男性は小説のなかでは魅力的だけれど、実際は違う。まず、彼には誠実さは望めないだろう。カリオペが熱心に話していた噂話や、父が田舎暮らしを好む理由としてあげたロンドンの社交界の逸話から判断して、子爵のように爵位のある貴族は妻に対して誠実であり続ける清廉潔白さも、そうする意志も持ちあわせていないはずだ。

そういう男性との結婚にも利点はあるだろうけれど、信用ならない浮気症の夫と長年暮らしていくだけの価値はないわ。

どのみち、子爵がわたしと結婚することはない。本人もそう明言していたし。

気の毒に、アダーリー卿は立ち去るころには相当いらだっていた。たとえ裸で抱きあっているところを見られても結婚しないと言われてわたしが内心ショックを受けたと知ったら、きっと気をよくするだろう。裸の男性は一度も見たことがないけれど、ギリシャ彫刻は何度も目にしているから男性の裸体はある程度想像できるし、子爵の裸にがっかりすることはないはずだ。

実際、子爵は危険すぎるほど誘惑的だ。わたしが賢明なら、今後は安全な距離から観察するだろう。彼に近づきたい衝動にどれほど駆られたとしても。

ブリックスを取り巻く女性たちを無視し、エドモンドは友人に近づいて腕をつかむと、ケネット運河の橋の方向へと引っ張った。「私の四輪馬車でもう帰るぞ」

エドモンドは幸い、アデリーナや彼女の付き添い人と鉢合わせしなかった。今はアデリーナと話すことはおろか、いちゃつく気になど到底なれないし、彼女になれなれしくされるのもごめんだった。

ブリックスは地面を踏みしめてエドモンドの手を振り払った。「どうしたんだ、具合でも悪いのか?」

エドモンドはブリックスをにらんだ。「いいや」

「僕はたった今彼女たちと出会ったばかりで――」

「きみがスペイン王女と出会って、彼女がきみに夢中だったとしても関係ない」エドモンドは声を荒らげた。「もう帰る」

ブリックスは肩をすくめた。「わかったよ」

エドモンドはずんずん進み、ブリックスがそのあとを追った。

「まさか」ブリックスはやや息を切らして言った。「謝罪が失敗に終わって、アデリーナ・フォックスバロと口論になったわけじゃないだろうな」

「ああ、大丈夫だ。きちんと謝ってすべて許してもらったよ」

「だったら、なにが問題なんだ？」

エドモンドはぴたりと立ちどまり、ゆっくり息を吐いた。きっと、ブリックスはさきほどの出来事を信じないだろう。私自身信じられないくらいだ。エドモンド・テリントンが女性とそのおばにあたるふたりの未亡人から逃げ出したなんて！

まったく決まりが悪すぎる。

「いや、なんでもない。こんなふうに頑固に振舞ってすまなかった」

ブリックスは真剣な面持ちでエドモンドをしげしげと眺めた。「なにをそんなに腹を立てているんだ？　きみがそんなに憤慨するのは初めて見たぞ」

エドモンドは今までブリックスに嘘をついたことはなかった。たまにそうしたい気持ちに駆られることもあったが。たとえば今夜のように。「レディ・ダイアナ・ウェストーヴァーとまた鉢合わせしただけさ。正確には彼女のほうが迷路のなかでぶつかってきた。彼女は眼鏡をかけるべきだ。あんなふうにじろじろ見るのも目が悪いせいだろう」

「そういうことか。そのうえレディ・フィッツバートンからならず者とこきおろされたんだろう」ブリックスは結論づけた。「きみが人と談笑する気になれないのもわかる」

エドモンドはダイアナのことを持ち出さなければよかったと後悔した。「いや、レデイ・フィッツバートンはあの場にいなかった」

「やれやれ、それはよかったな。レディ・ハーベッジのほうが良識的だし、少なくともあんなふうに嫌悪感をあらわにしない」

「彼女もいなかったんだ」

ブリックスは興味津々で目を丸くした。「つまり、レディ・ダイアナ・ウェストーヴァーはひとりきりだったのか?」

エドモンドはダイアナが恥ずべきことをしたかのような印象をブリックスに与えたことを悔やんだ。「きみが知りあったばかりの友人たちはいらだっているようだな」

その女性たちを改めて観察すると、胸元が大きく開いたドレスや口紅が目についた。ブリックスにはいささか世間知らずなところがある。付き添い人を伴わずに夜間にシドニー・ガーデンズを歩きまわり、その危険性に気づかせようとしただけの男を侮辱した、あの軽率な令嬢のように。

ダイアナのことを頭から振り払い、友人の窮地に注意を向けた。「彼女たちは?」

「女優だよ」ブリックスは陽気な声で答えた。「心配は無用だ。彼女たちに金は注ぎこまないから。もっとも、ワインを酌み交わして一緒に過ごしてくれたお礼を渡すくらいはいいだろう。彼女たちはほがらかで楽しいいし、慎ましく装ったりもしない。実に新鮮だよ」

ブリックスが分別を失わない限り、エドモンドは口を挟むつもりはなかった。この件に関しては友を信頼できそうだ。「自宅に戻ったら御者と四輪馬車を差し向けるよ」

ブリックスは肩越しに振り返り、若い女優たちがエドモンドを卑しいほどうっとりと眺めているのを見やった。「あのブロンドはきみにご執心のようだ」わざと不愉快そうな顔をして眉間に皺を寄せた。「というより、彼女たち全員がきみに夢中だよ。もう帰ってくれ。きみが一緒に来たら、僕は彼女たちに完全に無視されかねない」

「女性に関して、きみはいつだって引けを取らないじゃないか」エドモンドは指摘した。「だがどのみち、今夜の私はいい話し相手になれそうにない。屋敷に戻って強い酒でもあおり、少し本を読んで寝ることにするよ」

ブリックスはまるでエドモンドから十年間地下牢《ろう》に閉じこもると宣言されたかのような顔をした。「まるで老人のような口ぶりだな」

「もうかつてのように若くはないからな」

「僕がきみのような容姿の持ち主だったら、ベッドに行く理由はひとつしかないよ」

「きみが無意味で虚《むな》しい情事を繰り広げることしか望まないなら」エドモンドは疲れた声で言った。人から容姿についていろいろ言われるのはほとほとうんざりだ。「そのままの道を突き進めばいいさ。ただ、きみが思うほど楽しいとは限らないぞ」

ブリックスが不意に納得した目つきになった。にやりとして指を振る。「まさか、きみが固唾をのんで待ち構えていた本が、ついにこのバースの果てに到着したのか?」

エドモンドはにっこりした。「残念ながら違う。今夜は『呪《のろ》われたホールトンの館《やかた》』で満足しなければならない。それも身の毛もよだつ物語のはずだが」

ブリックスはあきらめたようにかぶりを振った。「もうお手上げだ。完全にお手上げだよ。きみはレディ・ケンティステン以上に救いようがないな」エドモンドの肩を叩く。「さあ帰ってくつろいで本を読め。だが、地下牢や幽霊や、頭に巨大な鉄兜《かぶと》が落ちてくる悪夢を見たとしても自業自得だし、僕はいっさい同情しないからな」

「好みは人それぞれさ、ブリックス。きみは美女と楽しく過ごせばいい。だが、あまり散財するなよ。私なら財布から目を離さない。ブリストルでの出来事を覚えているだろ」

ブリックスは笑った。「ああ、財布からは目を離さないし、酔っ払わないようにする。じゃあな、冥界の王《ハデス》」

「ああ、またな」

ブリックスは踵を返し、エドモンドは自宅に向かった。

家に帰り着くと、エドモンドはウィスキーをグラスに注ぎ、『呪われたホールトンの館』を開いたが、一文字も頭に入らなかった。代わりに迷路でダイアナと会ったときのことを思い返し、あのときなにを言えばよかったたか、五時の時報が鳴るまで考え続けた。

第四章

エヴァンジェリンの胸は切望感に張り裂けそうだった。ロドルフォ、ああ愛《いと》しのロドルフォ！　彼のたくましい腕にふたたび抱かれ、もう安心だと実感したい。彼の甘く優しいキスが恋しくてたまらない。
ロドルフォに寄り添い、そのウェーブがかった豊かな黒髪に手を差し入れ――。

『コーロヴスキー伯爵の城』

羽根ペンを置くと、ダイアナはうなじをさすった。表では、この三日間淡い黄土色の建物や石畳の道に絶え間なく降り続いていた小雨がおさまりつつあった。雨天のせいで大半の人は屋内で過ごし、彼女も小説の執筆にいそしむことができた。おばたちと暮らし始めた今、その機会がなかなかないのだ。空は晴れあがりそうなので、間もなくまたバースのめまぐるしい社交生活に戻り、小説を書く時間はなくなるだろう。
原稿を見おろした彼女は、最後の一行が自分ではなく、なんらかの超常現象によって書かれたかのように目を見張った。最終的にエヴァンジェリンの愛を勝ちとる若者、ロドルフォは、黒髪ではない。彼は金髪という設定だった。

彼女は思わず頬を染めた。これではまるで〝わたしの注意力は自分の小説にではなく、あの子爵に向いていました〟と全世界に向けて書いたも同然だ。

くしゃくしゃっと原稿を丸め、改めて書き始めた。今度こそ意識を集中し、必要なときだけシドニー・ガーデンズでの記憶を用いて小説にロマンティックな雰囲気を与えるとしよう。

ああ、ロドルフォとふたりきりで過ごしたい。先日彼の父親の牧場にある柳の木の下で一緒にたたずんだときのように。あの柳の木は大地が生み出した礼拝堂のようだった。春の空気に漂う柳の葉の匂い。近くの岩肌を流れ落ちる滝。その陰にはロドルフォに初めてキスをされた洞窟があった。

ロドルフォはわたしの体にたくましい腕をまわし、わたしの顎を指先であげて上を向かせると、優しくも情熱的なキスをした。すっかり身をゆだねたわたしは、彼に守られ愛されていると実感した。愛情深い言葉をささやかれながら……。

ダイアナはそこでペンをとめた。洞窟にたたずんでいた子爵とミス・フォックスバロにもう少し近づき、彼が彼女に告げた言葉を聞けたらよかったのに。

ダイアナは自分の行為を振り返り、またしても良心の呵責《かしゃく》に襲われた。あんなふうにふたりを尾行したのは間違いだった。フォールストン卿と彼の厳格な母親が到着する前に、おばたちの鋭い監視の目から逃れたときは、男女の親密なひとときを盗み見るつもりなどなかった。ただ、しばらくひとりになって美しい公園を静かに眺めたかったのだ。ちょうどそのとき、子爵とあの美女が目に入った。人目を忍んで足早に移動するふたりを見て——少なくともミス・フォックスバロはこそこそしていた——ひそかに逢引するのだと察しがついた。

男性とふたりきりになった経験がないダイアナは、そういうときに男性が女性に告げる言葉について知識がなく、ふたりのあとをつけるのはいい考えのように思えた。別にみだらな目的で盗み見るわけではないと、自分に言い聞かせて。これは純粋な探求心によるもので、小説のための調査だと。

まさか、見つかって追いかけられ、迷路で間違った角を曲がって子爵につかまるとは思ってもみなかった。まんまと子爵をまいたと確信した矢先、筋肉質な彼の体に正面からぶつかったのだ。

わたしに分別があれば、なにも言わずに逃げただろう。だが、あのときのわたしは分別など持ちあわせていなかった。

もちろん理由はわかっている。あんなに胸が躍る経験は生まれて初めてだったからだ。抱擁の序章のように腕をつかまれたとたん、どんな結果になろうとその場にとどまりたい衝動に駆られた。

エヴァンジェリンなら、コーロヴスキー伯爵に口づけされそうになれば恐怖におののくだろう。馴染みのない興奮に胸がときめいたり、全身をほてらせたりしないはずだ。欲望などいっさい感じないに決まっている。

それに、口づけされそうになって吹き出したりもしないだろう。男性が彼女にキスをしたがることは、別に滑稽ではないのだから。

ダイアナはため息をついた。子爵の否定しがたい魅力をどうにか書き表わせば、きっと読者はエヴァンジェリンがコーロヴスキー伯爵の申し出を受け入れて彼の城に避難したことを疑問に思わないはずだ。アダーリー卿になぞらえて伯爵を描き、相手をぞくぞくさせる子爵の話し方や所作を忠実に再現できれば、調査の甲斐《かい》もあったと言える。

羽根ペンを手に取り、ある場面の描写を再開しようとペン先をインクに浸した。伯爵の朽ち果てた城の塔にひとり残されたエヴァンジェリンは、ロドルフォと結婚するために旅を再開して彼のもとに向かいたがっていた。けれども不可解な出来事が次々に起こって出発できず、やがて彼女は伯爵が思ったほど親切な紳士ではないと確信し――。

そのとき、寝室の扉の外で聞き覚えのある足音がして、ダイアナの思考が途切れた。

あれはカリオペの足音だわ。

原稿を書き物机のなかに突っこみ、無地の便箋《びんせん》を取り出すと、急いでリンカンシャーの知人に手紙を書き始めた。カリオペには腹立たしい面もあるけれど、この機会におばたちをよく知ることができてよかった。母の死後、父とおばたちは疎遠になっていた。父はその件についてほとんど語らなかったが、ダイアナはおばたちが田舎の屋敷に引きこもって暮らすという父の決断にショックを受けたことが原因だと知っていた。きょうだいは完全に縁を切ったわけではなかったが、行き来はなく、ダイアナは子供時代におばを訪ねることを許してもらえなかった。大人になってからは父の健康状態がかんばしくなく、容態が悪化した場合を恐れてなかなか留守にできなかった。だが、父が亡くなったあと近親者を探したおかげで、ユーフェニアのように聡明で思いやりあふれるおばとの友情を得た。カリオペの独善的な意見や噂好きにはややうんざりするものの、その分姪であるダイアナへの愛情も人一倍強いことが感じられた。

ダイアナはふたりのおばを不愉快にさせることは望まなかった。ある一点を除いては。なんとしてもこの小説は書きあげて出版したい。わたしは本のおかげで長年楽しい時間を過ごしてきた。巧みな語り口のわくわくする物語に毎回わたしが胸を躍らせたように、見知らぬ少女たちにも同じ喜びを与えたい。

「あら、ここにいたのね、ダイアナ」この時間帯にダイアナがほかの場所にいることはまれだったが、カリオペはそう叫んで寝室に入ってきた。「それはしまいなさい。フォールストン卿がいらしたわ」姪の指についたインクの染みに目をとめる。「まあ、困ったわね」

ダイアナは素直に手紙をしまい、洗面器のそばへ移動した。

「インクはすぐ落ちるわ」彼女は言った。「それに、フォールストン卿はわたしが友人に手紙を書いても気になさらないはずよ」

「ずいぶん大勢と文通しているのね」カリオペは走り書きされた便箋を一瞥《いちべつ》した。「あなたのお父さまはあんなふうだったのに……」

カリオペは赤面して押し黙り、くるみ材の衣装箪笥《だんす》がある部屋の反対側に移動した。

「お父さまは外出するのは嫌いだったけど、よく手紙を書いていたわ」ダイアナは穏やかに言った。「わたしも手紙を書くのが好きなの。リンカンシャーの友人たちに」口早につけ加える。

「それに引き替え、あなたのお友達はずいぶん筆無精なのね。あなたがこれだけの時間と労力を費やしているのだから、もっと頻繁に返事をくれてもいいのに」

「ほとんどの友達はわたしよりすることがたくさんあるのよ」ダイアナはこたえた。まんざら嘘ではないわ。みんな忙しそうだもの。それに、おばは知る由もないが、わたしが書いたものはみなこの書き物机のなかにしまいこんである。

カリオペは淡いブルーの瞳をうるませてはなをすすった。白い薄地のシルクスカーフを首から外してベストにたくしこみ、片方の端で目元をぬぐう。「あなたは本当に孤独だったのね。わたしたちはずっとあなたを家に招待していたのに、シリルお兄さまは決して聞き入れてはくれなかった」

「お父さまはわたしが留守にしたら寂しくてたまらなくなると言っていたし」ダイアナは両手を洗い続けた。「実際そうだったでしょうね。でも、招待を受けていたことは知っているし、感謝しているわ、カリオペおばさま」ぽっちゃりしたおばにほほえんだ。

「毎年新しいドレスを贈っていただいてどれほど幸せだったかも決して忘れないわ。ユーフェニアおばさまからいただいた靴やショールも本当に嬉しかった。お父さまとわたしは誰かを訪問することがほとんどなかったけれど、そういう機会のために、おしゃれな美しいドレスと、それに似合う靴やショールがひと揃《そろ》えあったからいつだって安心していられたわ」

カリオペはもう一度目元をぬぐってから、やや湿ったスカーフをベストに戻した。

「若い紳士が階下で待っているのに、過去の話をしている場合ではないわね。フォールストン卿が指についたインクの染みを気にしないといいけれど」

フォールストン卿は気にしなかったにしても明らかに気づいたらしく、ありふれた挨拶を交わしながらもダイアナの指をちらちら見ていた。その直後、カリオペは縫い物があるからと口にし、部屋の隅に移動した。

カリオペのその行動からして、ふたりが結ばれることを承認しているのは一目瞭然《りょうぜん》だった。《タイムズ》紙に通知を載せるよりもあからさまだ。

「手紙を書いていたんです」ダイアナはソファーに座ったフォールストン卿の隣に腰をおろした。

「でしたら、恐ろしい経験からはもう立ち直られたのですね」

「恐ろしい経験?」

「先日の晩あなたが迷路で迷われたことに決まっているじゃありませんか」彼の恩着せがましい笑顔は、ダイアナの昔の子守りを彷彿させた。あの子守りも、暗闇を恐れる必要はないと言いながら、いつもこんなふうにほほえんでいた。

子守りのジョーンズのことはまったく好きになれなかった。それにしても、フォールストン卿はわたしがあんなささいなことを気に病んで寝込むと本気で思ったのかしら?

「ええ、すっかりよくなりました、閣下」

ふたりを無視しようと努めていたカリオペが咳《せき》をしはじめた。それも大きな音で。

ダイアナはたしなめられていることに気づき、従順に愛想笑いを浮かべた。

フォールストン卿もほほえみ返した。ふたりとも口を開かず、干上がった泉のように会話が途切れると、カリオペがいつにない機敏さで唐突に立ちあがった。「ダイアナはこのところ家に閉じこもってばかりいたんです。大勢と文通しているせいで」

「本を読んでもいたわ」ダイアナはそうつけ加えずにはいられなかった。おばはなぜそのことを持ち出したのだろう？

「フォールストン卿、もしよろしければ、わたしのためにおつかいに行くダイアナに付き添っていただけないかしら？　この子には新鮮な空気と運動が必要なの」

ダイアナの頭に、リストを片手に店が軒を連ねるバースの大通りをぶらつく自分と、そのあとを子犬のように夢中でついてくるフォールストン卿の姿が浮かんだ。顔をしかめそうになるのをかろうじてこらえたが、異を唱えはしなかった。これがひとりの外出だったら大喜びで飛びつくのに。

フォールストン卿はぱっと顔を輝かせた。「なによりの喜びです。レディ・ダイアナの買い物には、どこへでも喜んでお供します」

不意に、カリオペの顔に焦りの表情が浮かんだ。姪に言いつける用事を考えなければならなくなったからだろうと、ダイアナは推察した。「ダイアナ、キーツの新作の詩集を〈ダスニー書店〉で買ってきてもらえる？」

ダイアナは心からの笑みを浮かべた。そこなら異存はないわ。『ライジェランの廃墟』がいつ入荷してもおかしくないもの。つい昨日もおばたちに、その本を手に入れるためなら四つん這いになってもかまわないと言ったところだ。実際にそんな衝撃的なことをするわけではないと説明するまで、カリオペはうろたえていた。「ボンネットとショールを取りに行って、サリーを連れてくれば、すぐに出かけられます」

フォールストン卿はやや戸惑った顔をした。

「サリーはわたしのメイドです」ダイアナは説明した。付き添い人なしで行動することについて、迷路のなかで子爵に説教されたことを思い出し、つい口元がほころんだ。「わたしたちは礼儀作法を守らなければなりませんから。そうですわよね、閣下?」

ふたりはブロード・ストリートに向かって歩きだし、そのあとを細身のサリーが影のようについてきた。ダイアナはフォールストン卿が話し始めるのを待った。今度は礼儀作法に従おう。たとえ長い沈黙に耐えることになっても。

実際、数々の興味深いものを通り過ぎたにもかかわらず、沈黙は長々と続いた。陸軍将校や海軍将校、商店、馬、馬車に加え、刀をのみこむ大道芸人も目にしたが、隣の男性はひと言も発しなかった。

女性らしい控え目な態度とは言えないけれど、わたしから会話を始めるべきかもしれない。でも、批判されないためには、なにを話せばいいの? 多くの話題は女性にふさわしくないと見なされているし、また本のことを持ち出す勇気はない。いつだって天気という無難な話題はあるけれど、雨について話すのはもううんざりだ。

ありがたいことに、沈黙が耐えがたい域に達する前に書店にたどり着いた。革や製本用の糊《のり》や紙の匂いが大好きなダイアナは、深々と息を吸った。一度、父に天国が広々とした書店みたいだったらいいのにと話して喜ばれたことがあった。

ダイアナがさっそくひと言断わってから白髪の店主のミスター・ダスニーに話しかけに行くと、フォールストン卿はひときわ大きく立派な地図帳が展示されている台に向かった。サリーはロンドンやパリの最新ファッションがイラスト入りで紹介されている雑誌のもとに直行した。

カウンターに近づいたダイアナは最近の話題作の『蜘蛛の巣』が数冊置かれていることに気づいた。自然科学者の貴族がつづった蜘蛛の調査とその極東探検記はとてもおもしろかった。

「キーツの本なら品揃えも充分ですが」ミスター・ダスニーは彼女の質問に答えた。「『ライジェランの廃墟』は最後の一冊がつい五分ほど前にあちらの紳士に売れてしまいました」

ダイアナは店主が指したほうを目で追い、特大の本棚が一メートル半の間隔で並ぶ店の奥を眺めた。

目をぱちくりさせてもう一度見たが、目の錯覚ではなかった。アダーリー卿が茶色の包装紙にくるまれた本とおぼしきものを持って、同年代の紳士と立ち話をしている。

相手の男性はしゃれたデザインの黒い上質な外套を身につけ、子爵に劣らず肩幅が広かった。目を見張るほど端整な目鼻立ちではないものの、魅力的で、その鼻筋や色白の肌から英国人であることはすぐにわかった。子爵がじっと黙って忍耐強くほほえみながら相手を見ている一方、相手の男性はひとりでしゃべっていた。

あの紳士は誰かしら？　子爵となにを話しているのだろう？　友人かもしれないけれど、ややいらだっているようだ。あれは友人同士の会話ではないのかもしれない。おそらく、あの紳士は子爵の敵で、なんらかの理由で子爵を非難しているのだろう。

ダイアナはアフリカの地図を熱心に眺めているフォールストン卿を横目でうかがった。わたしがカウンターを離れたら、彼は気づくかしら？

子爵と彼の話し相手をしげしげと眺めてから、ふたりの背後の棚に目を移す。本を吟味しているふりをして近づけば、見知らぬ男性が子爵の友人かどうか突きとめられるわ。

そんなこと、わたしになんの関係があるの？

ダイアナはその理性的なささやきを無視した。子爵のような男性が敵意にどう反応するか、ほんの少し立ち聞きしたって誰にも害はない。

フォールストン卿とサリーがそれぞれ地図や雑誌に夢中になっていることを確かめてから、子爵たちの背後の棚ににじり寄った。

だが移動しても、ふたりの声は本に遮られ、ほとんどなにも聞こえなかった。

ふたたびフォールストン卿を盗み見ると、彼はダイアナが移動したことにまだ気づいていない様子だった。彼女は息を殺してマクタヴィッシュ牧師の説教書を抜き出した。慎重な手つきで、その背後の本を脇に寄せて細い隙間《すきま》を作る。頭をかがめ、説教書を読みふけっているふりをして耳を澄ませた。

「今度ばかりはやりすぎだぞ、エドモンド」子爵の話し相手がいらだった声で言った。子爵はいったいなにをしたのだろう？　賭《かけ》に負けたの？　それとも決闘を申しこんだのかしら？

「ダスニーに二倍の額を払うなんて」見知らぬ男性は続けた。「それも、たかが本のために」

ふたりが話しているのは『ライジェランの廃墟』の貴重な初版本のことかしら？

「私にはそれを払うゆとりはあるし、これが最後の一冊だったんだ、ブリックス」子爵の愉快そうな声には、唖然とした友人の言葉に耳を傾ける余裕が聞きとれた。「もう一ヵ月以上この本を心待ちにしていたし、レディ・ケンティステンに先に読まれるわけにはいかなかった。きっと彼女は次のパーティーで私を部屋の隅に追い詰め、あらすじを全部語ろうとするだろう。そんなことになれば、この本を読む楽しみが損なわれてしまう」

ふたりは友人同士に違いない。この手の言い争いをするのは初めてではなさそうだ。

ダイアナには、一刻も早く話題の本を読みたいという子爵の気持ちがよくわかった。自分が読み終わる前に本の結末を知らされるのは最悪だもの。わたしも、『ライジェランの廃墟』になら値段以上のお金を払うと、ミスター・ダスニーに言えばよかった。そうすれば一冊取っておいてくれたかもしれない。

「だが、店主がしたことは窃盗かゆすりのようなものじゃないか」ブリックスという変わった名前の男性はいまだに憤慨しているようだ。

「誰かにあらすじを聞かされる前に本が読めるなら、私はかまわないと言っただろう」

「だが、きみは男なんだぞ、エドモンド」

「そんなことは言われなくてもわかっているよ」

そう口にしながら愉快そうにそっとほほえむ子爵の顔が、ダイアナの頭に浮かんだ。

「男はそんなくだらないものは読まないぞ」

ダイアナはとっさに持っていた本をブリックスに投げつけたくなった。本棚の隙間がもっと広かったら、実際にそうしていただろう。

「なにをくだらないと思うかは人それぞれさ、ブリックス」子爵はこたえた。「きみは賭博のスリルや、女性との〝奔放な〟つきあいを好むが、私は朽ち果てた城や謎めいた出来事や、盗賊団の話を読むのが好きなんだよ」

「あるいは、そういう本を読むことで女性を感心させたいんじゃないか?」子爵の友人が詰問した。

そうかもしれないとダイアナは思った。

「私が女性を感心させるために本の好みまで話す必要があると本気で思うのか？」

ダイアナはかぶりを振ったが、ミセス・ラドクリフについて知っていた彼に感心したことを思い出した。でも、アダーリー卿がわたしを感心させたいと思うわけがない。

「たしかに小説の筋には批評に値しないものもある」子爵は続けた。「私自身、超自然現象にはあまり関心がない。たとえば、『オトラントの城』に登場する巨大な鉄兜には最初吹き出しそうになったが、それはウォルポールが意図した反応ではないだろう。私は、人間しか登場しなくても、恐ろしい物語には充分なりうると思う」

ダイアナの手にしていた本が床に落ち、大きな音を立てた。それはまさに彼女が考えていることであり、書きたいと思っている小説だった。怪奇的な要素を備えながらも、超自然現象ではなくエヴァンジェリンの状況やコーロヴスキー伯爵によって緊迫感を醸し出すスリリングな小説を書きたいのだ。

アダーリー卿のような男性がわたしと同じ考えを持っているなんて、思いも寄らなかった。ダイアナは説教書を拾おうとして腰を落とした。本が傷んでいないといいけど。さもなければ、この本を買う羽目になる。

しゃがんだまま背表紙を確認していると、房飾りのついたヘッシアンブーツが視界に現われた。

フォールストン卿の靴はヘッシアンブーツではなかった。

かがんだままゆっくりと視線をあげると、おもしろがっている様子の子爵の顔が目に入った。だが、よく見ると、彼の目元はもちろん、口元もほほえんではいなかった。

彼女は立ち聞きしていたことを認めるつもりはなく、立ちあがってにっこりほほえんだ。「こんにちは、アダーリー卿」

「レディ・ダイアナ」子爵は友人のほうに顎をしゃくった。「ファーニヴァル伯爵の末息子、ブリクストン・スマイス＝メドウェイ卿を紹介しよう。ブリックス、こちらがレディ・ダイアナ・ウェストーヴァーだ。彼女のことは以前話したと思うが」

「レディ・ダイアナ、お会いできて光栄です」スマイス＝メドウェイ卿が帽子をあげて挨拶した。子爵はわたしについてなにを話したのかしら。

子爵の友人が赤面した。「少なくとも、僕にとっては光栄ですが」

ダイアナは彼を凝視していた自分を内心たしなめたが、ダークブラウンの目でにらむ子爵と顔を合わせるより、ブリクストン・スマイス＝メドウェイ卿の温和な表情を眺めているほうが気が楽だった。「こちらこそお会いできて嬉しいです。では、そろそろ失礼し……」

子爵がダイアナの行く手に立ちはだかった。コーロヴスキー伯爵もエヴァンジェリンから誠意を疑われたり、彼女が城から逃げたりしようとしたら、今の子爵のようなしかめっ面を浮かべるだろう。けれども子爵が口を開くと、その声は穏やかで、優しくさえ感じられた。「きみは私の行く先々に現われるようだ、レディ・ダイアナ」

「それほど驚くことではありませんわ」彼女は冷静さをかき集めて言い返した。「バースは大きな町ではありませんし、知人とばったり会うのは日常茶飯事だと思いますが」

「それも、死ぬほど退屈な相手に限ってよく会うんですよね」スマイス＝メドウェイ卿が陽気な声で口を挟んだ。

子爵はそれを聞き流し、彼女が手袋をはめた手で持っている本を顎で示した。「きみは無名のスコットランド人牧師の説教書を愛読しているのかい？」

「わたしは本の好みが幅広いんです」

「私もだ」

「そのようですね」彼女は子爵が手にした本を指した。「『ライジェランの廃墟』の最後の一冊を手に入れたとか。あなたのような嗜好《しこう》の方がそういう本を読まれると知って、正直驚きました」

彼はうっとりするような笑みを浮かべた。「私はさまざまな方法で余暇を楽しんでいるんだ」

「あなたにはたっぷり余暇があるんでしょうね」彼女は釈明していると思われたり、彼を優勢に立たせたりしないよう、気をつけた。

「スコットランド人の難解な説教を読んで時間を無駄にするほど暇ではないが」

「彼の難解な説教書はあなたにいい影響を与えるかもしれませんよ」

「あるいは眠気を誘うだけかもしれない。昔マクタヴィッシュ牧師の本を苦労して読み進めた覚えがあるからな。それが子供時代の罰だった」

ダイアナは子を持つ親がそんなふうに読書を利用したことにショックを受けた。

「そんなに驚くことはない、レディ・ダイアナ」子爵は冷静な声で言った。「きみも気づいただろうが、マクタヴィッシュ牧師の無数の言葉のなかにはひと握りの賢知が含まれている」彼女に身のほどを思い知らせたと思ったのか、彼は得意げな笑みを浮かべた。

ダイアナは気色ばんで言い返した。「その優れた賢知もあなたにはほとんど効果がなかったようですね、閣下」

子爵はダイアナのあてこすりに気分を害した様子はなかった。「どうしてきみにそれがわかる？」説明を求めるように、彼女を見つめる。

いかめしく唇を引き結んだフォールストン卿が、ふたりの男性の背後に現われた。

「レディ・ダイアナ、この紳士たちのせいでお困りですか？」

ダイアナは彼がちょうどそのとき現われたことにほっとすべきだったのだろうが、実際は違った。それよりも、アダーリー卿に機転の利いた言葉を返したかった。

ふと、彼女は気づいた。フォールストン卿のさげすむような口調や態度にもかかわらず、子爵が彼の存在に目もとめないのに対し、スマイス＝メドウェイ卿は靴の底になにか不快なものがこびりついているのを発見したかのような表情だった。

「きみが雨の日に外出するなんて驚きだな、フォールストン」スマイス＝メドウェイ卿は物憂げな口調で言った。「足が濡れて、ママのもとに泣いて帰る羽目になるかもしれないのに。まあ、そんなことではとてもお嬢さんを感心させられないが」

フォールストン卿は凶暴な顔つきになり、ふたりの男性をにらみつけた。やがて、いくぶん表情を和らげると、彼女に目を向けた。「さあ行くぞ。レディ・ダイアナ」

彼がいらだっているのはわかるものの、彼女は使用人のように命じられるのは気に入らなかった。

「それは側仕えに対して言っているのか？」子爵は店内を見まわすふりをした。その声音は穏やかだったが、フォールストン卿に冷ややかなまなざしを戻したときには皮肉っぽい響きがにじんでいた。「レディ・ダイアナにそんな口の利き方はないだろう」

フォールストン卿はさっと顔を赤らめた。「礼儀作法に関してきみにとやかく言われるいわれはない、アダーリー」彼はつぶやいた。

「いや、明らかにある」子爵の声は相変わらず落ち着いていた。

フォールストン卿はにやりとした。「もちろん、女性と話すことにかけては、きみのほうがはるかに経験豊富だものな――それも、ありとあらゆる女性と」

「きみは頑《かたく》なにそう思いこんでいるようだな。もっとも、無限の精力を備えていると盲目的に信じてもらったのだから、私は喜ぶべきかもしれないが」

ダイアナは手にしていた茶色の革装本を見つめながら息をのんだ。今まで出会った男性のなかに無限の精力を備えていそうな人がいるとすれば、それは子爵だわ。

「きみはハロー校にいたころとまったく変わらないな、フォールストン」スマイス＝メドウェイ卿が嫌悪感もあらわに指摘した。「あのころもよくそうやって使用人を怒鳴りつけていたが」

「私はそんなことはしていない！」

客たちがいっせいに彼らのほうを見た。

このいさかいに終止符を打つべく、ダイアナは口を挟んだ。人々が今回の件をおばたちに語り聞かせる様子が目に浮かぶようだわ。「わたしは子爵に『ライジェランの廃墟』の最後の一冊を手に入れるなんて本当に運がいいですねと話していただけです」フォールストン卿に説明した。

ダイアナはフォールストン卿に一歩近づいた。子爵が立ちはだかろうとしても肘《ひじ》で撃退する準備は整っている。「では、みなさん、ごきげんよう」

幸い子爵は脇にどいたが、フォールストン卿に悪魔のような笑みを向けてから彼女に包みを差し出した。「マイ・レディ、どうか私からの贈り物を受けとってください」

『ライジェランの廃墟』！　ダイアナは急に立ちどまったせいで転びそうになった。受けとってはだめよ。でも、これはバース中の書店の最後の一冊かもしれない。ミスター・ダスニーが再入荷するとは限らないもの。彼女は本を受けとろうとゆっくりと手をあげ――。

「彼女がきみからの贈り物を受けとるはずがないだろう」フォールストン卿が声を荒らげた。「育ちのいい令嬢なら誰も受けとらないさ」

育ちなんて関係ないわ。でも、この贈り物についておばたちにどう説明すればいいかわからない。「閣下、ご厚意には感謝しますが、フォールストン卿の言われるとおりです」彼女は失望を隠して言った。「わたしには受けとれません」

子爵の目に落胆の色がよぎった気がしたのは、見間違いかしら？　彼はわたしが断わったことを残念がっているの？

それが落胆だったとしても長くは続かなかった。次の瞬間、彼のダークブラウンの目が抜け目なく誘惑的にきらめいた。「私はただあなたを喜ばせたかっただけです、マイ・レディ」

その言葉にかき立てられたイメージといったら……！　ダイアナの胸は早鐘を打ち、喉がからからに渇いた。つい子爵の唇に目を吸い寄せられて、彼女は唇を舐《な》めた。

ダイアナは不意にわれに返った。彼はわたしにショックを与え、フォールストン卿を怒らせるために、こんなことを言っているに違いない。

だまされやすい自分と、無害なフォールストン卿をまんまといらだたせた子爵に憤慨し、彼女はとっさに頭に浮かんだことを口にした。「自分の喜びくらい自分でちゃんと得られますわ、閣下」

喉になにかをつまらせたように、スマイス＝メドウェイ卿が咳《せ》きこんだ。フォールストン卿は顔を真っ赤に染め、子爵でさえあっけにとられている。

ダイアナは自分の発言に含まれる意味にようやく気づき、穴があったら入りたい気持ちになった。できることなら、言葉がいっさい通じない中国まで行ってしまいたい。

こうなった以上、さっさと立ち去らなければ。

「ごきげんよう、閣下、スマイス＝メドウェイ卿」彼女は威厳をかき集めて言った。堂々と胸を張り、説教書を手にしたまま子爵の脇を通り過ぎる。「行きましょう、フォールストン卿。きっとおばが本を待ちわびているわ」

わたしはもう公共の場に顔を出すべきではないかもしれない。

「たしかに彼女は変わっているな」ブリックスは、本の代金を払ったダイアナがフォールストンと店を出ていき、彼女のメイドが従順にあとを追うのを見送った。「まったく、とんでもないことを言うよな——自分で喜びを得られるなんて！　あのときは息がとまるかと思ったよ」

それはエドモンドも同じだった。あの瞬間、驚くべき光景が脳裏に浮かび、それがいまだに頭から離れない。

「もっとも、きみも負けてはいないぞ」

エドモンドは無理やりブリックスに注意を戻した。「フォールストンにはついああいうことを言いたくなるんだ。まったく女々しい男だよ」

「ああ、たしかに。それはそうと、彼女もきみが愛読する恐ろしい小説の読者なんだな」ブリックスはエドモンドと戸口に向かいながら指摘した。「ところで、本当にきみの父親は罰として息子に説教書を読ませていたのか？」

「ああ、私のためだと言っていたよ」

「まさにレディ・ダイアナが言っていたことじゃないか。彼女に対するきみの意見がよくなる見こみはなさそうだな」

「ああ」ただ、彼女は正義感を振りかざしていたわけではなく、瞳を反抗心にきらめかせていた。

「あんな本を読むくらいなら、ボルネオ島に行ったバギーのように先住民から逃げまわるほうがましさ」ブリックスは店を出ると、ジョージ・ストリートへと足を向けた。

「彼女の視線についてきみが言っていたことは本当だったよ。あんな目つきで見られたら、たじろがずにはいられない。バギーが飼っていた蜘蛛の気持ちがよくわかった」

「少なくとも蜘蛛は立ち聞きはしない。彼女は説教書を探していたわけではなく盗み聞きしていたに違いない」

ダイアナは身持ちの悪いレディ・キャロライン・ラムがバイロンに抱いていたような狂おしい情熱を私に感じているのだろう。もっとも、ダイアナの場合、面と向かって話すと、そんな気配は微塵《みじん》もない。それに、キャロライン・ラムはバイロンの喉元を突いて打ち負かしたりしなかったはずだ。

「レディ・ダイアナが立ち聞きしていたとしても無理はないさ」ブリックスは言った。「フォールストンの泣き言を長々聞かされるより、僕らの会話のほうがはるかにおもしろいに決まっている。とはいえ、彼女にとってあいつは悪くない結婚相手だ。フォールストンの母親も息子が公爵令嬢と結婚すれば大喜びするだろう」

エドモンドはブリックスを鋭く見やった。「それはきみの母親も同じだろう」

ブリックスは笑い声をあげた。「僕が少なくとも五十になるまで結婚しないつもりなのは、きみも知っているだろう。そのころには妻が年老いたラテン語教師並みに退屈でも、気にならなくなっているはずさ。僕が相手に求めるのは、多額の持参金、たじろぐほど不器量でない顔、まずまずの容姿、子供を授けてくれる能力だけだ。おそらく堅物《ファスティ》のフォールストンとレディ・ダイアナは結婚して退屈きわまりない人生を送り、それでも満足するんだろうな」

エドモンドはダイアナが退屈だとは思わなかった。彼女は癪にさわるうえに恥知らずで、ぎょっとする面もあるが、決して退屈ではない。十二歳のときから退屈だった堅物のフォールストンのせいで、彼女の鮮やかなブルーの瞳が輝きを失うなんて想像したくなかった。

だが、ダイアナの運命は私には関係ないし、彼女がフォールストンのために人生を棒に振るというのならとめるつもりはない。

第五章

ダークブラウンの目を不機嫌そうに光らせた伯爵がエヴァンジェリンに近づいた。

「いったいどこに行くつもりだね、エヴァンジェリン?」

勇気を振り絞って広大な城の別の翼棟にこっそり移動しようとしたところを見つかった彼女は、恐怖を押し殺した。「城内を自由に見てまわってはいけないのですか、コーロヴスキー伯爵? それとも、あなたは嘘をついてらしたの? わたしはここにとらわれているのですか?」

伯爵の口元が弧を描くと、彼女の不安はいっそう強まった。「もちろん自由に歩きまわってもらってかまわない。ただ、前にも言ったように、これほど古い城だと、予期せぬ危険なことが起こりかねない」

『コーロヴスキー伯爵の城』

レディ・ケンティステンのパーティーで老紳士と話しこむフォールストン卿の隣で、

ダイアナはため息をのみこんだ。わたしも乗馬は好きだけど、彼らと違って競馬や馬の繁殖にはまったく興味がない。

残念ながら、ユーフェニアとカリオペは部屋の隅に腰を落ち着けて、友人たちとロンドンの最新ニュースの話に花を咲かせていた。ユーフェニアは政治や政府の陰謀に関心があり、カリオペは政治家の奇癖や欠点にとりわけ興味を持っている。あのふたりなら新聞記者や風刺作家に引けを取らずに、議会の動きや政府の見解を予想し、議論できるはずだ。

ダイアナは今夜の宴を主催したレディ・ケンティステンをあえて避けていた。アダーリー卿が書店で言っていたことは本当だった。この応接室の反対側で女王然としている彼女は、夕食後女性たちとここに移動すると、ダイアナがまだ読み終えていない『呪われたホールトンの館』のあらすじを暴露し始めたのだ。

ダイアナは混雑した室内を見渡した。これならおばの屋敷で小説を書いているほうがずっといい。エヴァンジェリンは伯爵が親切な保護者を装っていただけだと知った。彼は最初あれこれ口実を設けて彼女に馬車を提供しなかった。後日エヴァンジェリンは寝室に外側から鍵をかけられていることに気づいた。今や伯爵は彼女のワインに薬を混入しようとしている。その夜逃げることにしたエヴァンジェリンは、窓から外壁の出っ張りを伝って隣の部屋に移動し、階段をおりたところで伯爵に発見され――。

その伯爵がレディ・ケンティステンの応接室にぶらりと入ってきた。

いいえ、あれはアダーリー卿よ。それでも伯爵を目にしたのと同じくらいショックを受けた。夜会服に身を包み、女主人のもとに向かう彼は息をのむほどハンサムだった。子爵はレディ・ケンティステンのパーティーについて話していたが、夕食の席で見かけなかったので、てっきり招かれなかったか招待を辞退したのだろうと思っていた。

ダイアナは目立たぬように身を縮めてカーテンにもたれた。ちょうどそのとき、レディ・ケンティステンが彼に気づいた。

歓声をあげて子爵に駆け寄るなり、なれなれしく彼の腕をつかみ、自分の仲間のもとへいざなった。その場の女性たちは皆うっとりと彼にほほえみかけた。

ダイアナはアダーリー卿がほほえんで会釈をし、彼女たちの質問に答える様子を眺めた。わたしからどう思われているにせよ、あれだけもてはやされているのだから、彼はさぞいい気分に違いない。個人的には、あんなふうに注目を浴びるのは気が進まないけど。おばたちに見守られているだけでも重荷に感じるくらいだもの。

もちろん、おばたちの監視の目は子爵が一身に浴びている類《たぐい》の視線とは違う。あそこにいるさまざまな年齢の女性は皆、すっかり彼のとりこのようだ。邪《よこしま》な子爵についてどんな噂を聞いているにせよ、信じていないか気にしていないのだろう。

逆にそういう噂が子爵の魅力を高めているのかもしれない。彼には謎めいたところがあり、どの噂が本当でどれが嘘なのかと思案せずにはいられない。エヴァンジェリンに名前を名乗ったときのコーロヴスキー伯爵にも、その謎めいた雰囲気を漂わせようとしたけれど、うまくいったかしら。

どうやらアダーリー卿はパーティーに出席していないラム酒製造会社の美しい社長令嬢を恋しがってはいないようだ。ミス・フォックスバロとあんなキスをした以上、彼女が貴族であろうとなかろうと、ふたりの関係は結婚へと突き進むと思っていたのに。

ダイアナがちらりと隣を見ると、フォールストン卿はあからさまに子爵をにらんでいた。だが、ラムズボトム卿に繁殖用の雌馬について尋ねられたのを機に、ふたたび会話に没頭した。

不意に、ダイアナはこの場を抜け出して、香水や蠟燭《ろうそく》の匂いや、馬の話や、いちゃつく軽薄な人々から離れたくなった。おばたちやフォールストン卿にいなくなったことを気づかれたら、頭痛がしたため静かな場所で休みたくなったと言えばいい。あながち嘘ではないもの。

ダイアナは子爵が入ってきた戸口とは別の手近な扉ににじり寄り、するりと廊下に出た。そしてワイングラスをサイドテーブルに置くと、廊下をさまよいながら壁にかかった肖像画を眺めた。

廊下の突きあたりにたどり着くと、人の声が近づいてきた。おそらく使用人だろうけれど、廊下をうろうろしているところを見つからないほうが賢明だ。彼女は慎重な手つきで一番近くにあった扉を開けてなかに入った。

月明かりだけに照らされた暗い室内を見まわしたとたん、喜びの吐息がもれた。そこはレディ・ケンティステンの図書室だった。広い部屋の壁を床から天井まで覆った本棚。部屋の片隅に鎮座する巨大な地球儀。ふたつのソファーとそこここに置かれた椅子。部屋の中央にあるマホガニー材の丸テーブルには本が積まれている。

まるでチーズを目にした鼠《ねずみ》のように、ダイアナはその本の山に直行した。そして一冊を手にとる――『呪われたホールトンの館』だわ！

わたしがほんの数分、いいえ三十分いなかったとしても、誰も気づかないはずだ。そう確信し、手近にあった椅子を窓辺に移動させた。月明かりは読書に最適とは言えないけれど、この機会は逃せない。ほどなく、ダイアナはホールトンの館の幽霊に取りつかれたトマシーナ・チェディントンの窮地に夢中になっていた。

だがそれは、扉の取っ手がまわる音を耳にするまでだった。ダイアナははっと息をのみ、慌てて本を閉じてテーブルに戻した。どのくらいの時間ここにいたのか見当もつかない。扉が開きはじめた。彼女は応接室からいなくなった理由を説明したくないと思い、とっさに地球儀の陰にうずくまった。

固唾をのんで身構えていると、アダーリー卿があたかも屋敷の主人のような物腰で入ってきて、後ろ手に扉を閉めた。

今や完全に閉じこめられたダイアナは、窮屈な体勢でいることは考えまいとした。アダーリー卿は火のついた葉巻を表情豊かな唇にくわえ、悠然とした足取りで本棚に沿って歩いている。愛人を愛撫《あいぶ》するように右手の指先で革装本の背を撫《な》でながら。

いやだわ、どうしてそんなたとえが思い浮かんだのかしら。

こんな間抜けな格好でいるところを見つかったら大変だと案じるべきなのに、彼の優美な長い指について考えたり、そのしなやかな歩き方に目を奪われているなんて。

以前、顔を合わせたときのようなことは絶対に繰り返したくない。だからきっと、胸の鼓動がこんなに激しくなっているのだろう。

とはいえ、背中が痛みはじめた。おばたちやフォールストン卿に捜されている可能性もある。子爵とふたりきりでこの部屋にいるところを見つかったら……。そんな事態は避けたほうがいい。

アダーリー卿は図書室の反対側にいた。幸い部屋のこちら側は暗くなっていて、そう遠くない場所にふたつ目の扉がある。彼が本に気を取られていれば、見つからずに抜け出せるかもしれない。

ゆったりと進むアダーリー卿の赤く光った葉巻の先を目で追いつつ、ダイアナは地球儀の後ろからふたつ目の扉へと慎重に移動した。

気づかれずになんとか扉にたどり着いた。あとは掛け金に手をかけ……。

「きみの香水はすばらしい香りだね、レディ・ダイアナ。それに独特だ」

とめる間もなく、ダイアナの口から悪態が飛び出した。ぱっと振り向くと、子爵がわずか数十センチの距離にいた。彼女は思わず扉にもたれ、頑丈な木に支えられながら考えた。彼はどうやって足音も立てずに部屋を横切ったのだろう？

「若いお嬢さんが口にするには、ずいぶんと威勢のいい言葉だね」子爵は冷ややかに言い、空の炉床に葉巻をほうった。「きみはたったひとりでここにいたのかい？」

暗闇のなかだと、アダーリー卿はいっそう背が高く威圧的に見え、まるでダイアナに取りつこうとするホールトンの館や中世の荘園の亡霊のようだった。そんな空想は忘れて乱れた呼吸を整えるのよ。彼女は自分にそう言い聞かせた。

「それとも、フォールストンがソファーの下に隠れているのか？」

彼女はたちまちわれに返った。「もちろん、違うわ！」

「だったら、どうしてこんな暗がりに隠れていたんだ？　私を待ち構えていたわけじゃないといいが」

その口ぶりからして、彼は本気でそう疑っているらしい。

「そんなことをするはずがないでしょう！」わたしは愚かで夢見がちな女学生ではない。アダーリー卿に対する興味はあくまでも小説のための探求心にすぎない。

「フォールストンと一緒にいるのはさぞ退屈だろう?」

ダイアナはそれを認めて彼を得意がらせるのは癪だった。「わたしはレディ・ケンティステンの図書室が見たかっただけです」

こんなすてきな図書室だと知っていたら実際そう思ったはずよ。内心そう釈明した。

「ああ、そうだろうとも」彼は懐疑的に言った。

「本を読んでいたんです」

「本を? パーティーで?」

「本が好きなもので」

「ジャンルを問わずに、だろう」彼は嘲《あざけ》るように指摘すると、ようやくテーブルのほうに移動した。「利己的な牧師が書いた独りよがりな説教書も含めて」

ダイアナはまるで銀製品をくすねようとしていたかのように尋問されることに、屈するつもりはなかった。「あなたこそここでなにをしていらっしゃるんですか、閣下? どなたかとの逢引の邪魔をしていなければいいのですが」

彼はいかめしい顔をした。「いや。実を言えばレディ・ケンティステンが退屈で避難しに来た。ここに誰かがいるとは思いもしなかったよ」

「でも、このとおり、わたしがいたというわけですね」

「育ちのいい令嬢らしくそろそろ戻りたまえ、レディ・ダイアナ」

まあ、なんて恩着せがましく横柄な物言いかしら！　こうなったら絶対に出ていくものですか。ダイアナはつんと顎をあげ、彼に近づくと両手を腰にあてた。

「どうしたんですか、閣下？」子爵の冷ややかで端整な顔を覗きこむ。「ささいなスキャンダルを恐れていらっしゃるの？」

「その件は前にも話したはずだが、もう忘れたのかい、マイ・レディ？」

「いいえ。ただ、人になにを言われようと気にしないものですから」

彼は眉根を寄せて一瞬黙りこんでから口を開いた。「私の悪名高い評判が真実だったにせよ、そうでないにせよ、きみは人の噂を気にするべきだ」

「わたしを怯えさせて追い払えると思ったら大間違いよ」ダイアナは本気だった。そう言いながらも、子爵とふたりきりで彼のすぐそばにいることを強く意識し、彼の尊大な口調が和らいだことに気づいた。「そんなにスキャンダルを恐れていらっしゃるなら、そちらがどうかお引き取りください」

彼は小さな笑い声をあげた。その低い声は暗い室内に思いのほか心地よく響いた。

「いつ立ち去るかは自分で決めるさ、マイ・レディ。だが、きみはおばたちや熱烈な崇拝者のもとに戻らなくていいのか？　彼はもうラムズボトム卿と厩舎《きゆうしや》の話を終えたかもしれないぞ」

「いやよ、わたしは――」彼女は押し黙った。思わず本音を口走りそうになった自分を胸のうちで叱りつける。

「フォールストンと一緒にいたくないんだろう?」彼は言葉を継ぎ、悠然とテーブルの周りをまわった。「きみがそう思うのも当然だ。読書をたしなむ令嬢が、彼と馬が合うとは思えない。フォールストンは生まれてこのかた自主的に本を読んだことなどないはずだ。《タイムズ》紙さえ購読していないと、信頼できる筋から聞いている。彼の図書室は、教養がある印象を人に与えるための飾り物だ。ここと同じだよ」

「でも、この図書室はすばらしいわ」彼女は反論した。これらの蔵書がただの飾り物だなんて考えたくない。

優雅な子爵は鼻を鳴らして彼女に近づいた。「見た目はすばらしくても、ここの女主人はここ十年間、新刊のゴシック小説以外は読んでいないはずだ」

「ゴシック小説のどこがいけないんですか?」彼女は言い返した。「あなただってつい先日同じ類の本を購入なさったじゃありませんか」

「ゴシック小説が悪いとは言っていない」彼はテーブルの端にもたれて広い胸の前で腕を組んだ。「私は図書室の蔵書の数にあまり素直に感心すべきではないと言っているだけだ。蔵書の多くは見せびらかすためのもので、代々の祖先が同じ目的で買い集めたものにすぎない」

アダーリー卿の顔がさっきよりはっきりと見える。その目鼻立ちには何世紀にもわたる貴族の血が色濃く表われていた。くつろいだ様子の子爵から、アーサー王の騎士団のように鎖帷子《くさりかたびら》を身につけた姿や、立派な衣装で王位に就く姿を想像するのはたやすかった。

「あなたの図書室の蔵書は何割が飾り物ですか、閣下？」そう切り返したものの、頭に浮かんだ彼の姿に体が反応したせいで声に勢いがなかった。

「私の図書室の本はすべて読み終えたものだ」彼は答えた。「何年もかけて気に入ったものだけを蔵書にしている」まっすぐ身を起こし、声をこわばらせた。「父の本は一冊もない」

驚いたことに、彼はいきなり扉を指した。「きみはもう戻ったほうがいい。きみがいないことにほかの人たちが気づいて捜しに来る前に」

その口調は彼のしぐさと違って、命令的でも恩着せがましくもなかった。むしろ、ダイアナの父が亡き妻を偲《しの》んでいたときのようにやつれて悲しげな声だった。

わたしはアダーリー卿を父のようには愛していないし、彼も慰めなど必要ないはずだ――少なくともわたしが与えられる類の慰めは。それでもダイアナはすぐに立ち去る気になれなかった。「でしたら、マクタヴィッシュ牧師の説教書はもうないんですね？」

てっきり返事はないと思ったが、彼は静かな声でぽつんと言った。「ああ」

彼が返事をしてくれたことにほっとして彼女は歩み寄った。「あなたはどんなことをした罰に説教書を読まされたんですか？」

彼の唇の端があがったが、笑みを浮かべたからではなく顔をしかめたからだった。

「この世に生まれたことだよ」

ダイアナは用心深い目でアダーリー卿を観察し、彼の悲しげな表情に気づいた。この世のすべてを手にしているように見える彼が、物欲とは無関係な深い心の傷に長年さいなまれてきたなんて、そんなことがあり得るかしら？　わたしは父親の愛に満たされて育ったけれど、アダーリー卿は違ったようだ。

「教えてくれ、きみは昔からこんなに頑固なのか？　人の指示に従ったことは一度もないのか？」親密な雰囲気に包まれた暗闇に、彼の低い声が響いた。

ダイアナは後ずさり、子爵の筋肉質な体や魅惑的な低い声から距離を置いた。現実なのか気のせいなのかはわからなかったが、彼は彼女の胸の奥に潜む欲望を刺激してあわにさせる力を備えている。「それは誰にどうやって指示されたかによります、閣下。多くの人がそうであるように、わたしも命令されるのは好きではありませんから」

子爵は首を傾けて、あたかもなにかの化学実験でも眺めるような目で、しげしげとダイアナを見つめた。「幼いころからこういう調子だったのかい？」

よかった。彼にそういう目つきで見られていれば呼吸がもとに戻るだろう。「ええ」

「ご両親はどう対処したんだい？」子爵は本気で知りたがっているらしい。それを受けて彼女は正直に答えた。

「わたしは母親のことを知りません。母はわたしを産んだときに命を落としたので。父はわたしが間違っていることをわからせようとし、それがうまくいかないと、わたしを食事抜きで寝室に行かせました。でも、それほどひどい罰ではありません。寝室に追い払われても読む本が山ほどありましたから」

子爵は考えこむようにゆっくりとうなずき、口を開いたときも、彼女にというより自分自身に語りかけているようだった。「ああ、本は大いに慰めになる。私は一度——」

突然彼は注意を促されたように、背筋をぴんと伸ばした。「ではごきげんよう、レディ・ダイアナ」

「閣下?」いったいどんな記憶が子爵の態度を一変させたのか、ダイアナは気になった。だが、彼はそれ以上なにも告げずに部屋を出ていった。

ダイアナは今しがたの出来事に当惑しつつ見送った。

ふたりの会話の内容やその意味を理解しようとお互いの反応を振り返った結果、ひとつの事実が明らかになった。アダーリー卿は想像していたよりはるかに複雑な男性だ。

二日後の晩、エドモンドは〈ロウアー・アセンブリー・ルーム〉の出入り口の脇に立ち、有名なイタリア人ソプラノ歌手のコンサートを聴きに来た人々を見渡していた。深紅のブロケード張りの座面の、金色の盾型の椅子が、聴衆のために三十脚並んでいる。小さな楽団がいつものようにせかせかと座席の前に集った。彼らは小声で話しながらケースから楽器を取り出し、譜面台に楽譜を置いた。室内は譜面台に取りつけられた蠟燭と枝つき燭台《しょくだい》で照らされていた。

案の定、集まった聴衆のなかには、心から音楽鑑賞を楽しむ人と、音楽鑑賞の趣味があると他人に思われたい人の両方がいた。

ブリックスはどちらにも属さず、クラブでカードゲームに興じている。エドモンドはたばこの煙が渦巻く空気のこもった部屋で過ごしたいとは思わず、カードゲームに強いわけでもなかった。これ以上負けるのはごめんだと、カードゲームを辞退してコンサートに来たが、その決断に悔いはない。たとえダイアナがここにいたとしても。

ダイアナが来ると聞いたわけではないが、また顔を合わせたり言い争ったり、ブリックスにさえ打ち明けたことがない話をうっかりしたりするのは絶対に避けたかった。

レディ・ケンティステンのパーティーで、女主人や彼女の騒々しい女友達と話したあと、エドモンドはつかのまの平安と静寂を求めて図書室に向かった。すると、かすかな衣擦《きぬ》れの音がして、ダイアナが鍵をこじ開けようと泥棒さながらに戸口にかがみこんでいるのを発見した。

その光景に驚き、ダイアナのことをすっかり誤解していたのかもしれないと思った。

彼女も簡単にのぼせあがる大半の女性のように、ハンサムで悪名高いアダーリー卿と刺激的なひとときを味わいたいのかもしれないと。

そうでないとわかってほっとしたものの、ダイアナといるとやはり落ち着かない気持ちになった。きっと、彼女の目つきのせいだろう。ひとりの人間として心から興味を持っているかのようにあの大きなブルーの瞳で見つめられると、愛情に飢え、孤独でみじめだった幼少期の話をつい打ち明けたくなるのだ。

そのとき、エドモンドの腕に誰かが触れた。

びくっとして見ると、かたわらにアデリーナ・フォックスバロが立っていた。彼の想像力がたくましいのか、クリーム色のシルクのドレス越しに乳首が透けて見えた。彼女の胸は頂がかろうじて覆われている程度だ。

ダイアナを恥知らずだと思ったなんてとんでもないな。私の目をまんまと釘《くぎ》づけにした、このあられもない姿の女性に比べたら、ダイアナはしとやかな令嬢そのものだ。

「誰かを待っていらっしゃるの、閣下?」アデリーナが怪訝《けげん》そうな顔で尋ねた。

「いいや」誰か来てほしい人がいるのかときかれたとすれば、そう答えても嘘にはならないだろう。

そのとき、上機嫌な三人の海軍将校が現われた。どうやらうっかり場所を間違えたらしく、いったいどうするんだと大声で言い争いだした。

アデリーナはその騒ぎに一瞬気を取られたものの、またすぐに彼に注意を戻した。「ここでお会いするなんて本当に驚きだわ、閣下」アデリーナはからかうような口調で続けた。「あなたが音楽鑑賞をなさるとは知りませんでした」

エドモンドは典型的な美人のアデリーナの顔をじっと見つめた。楽士たちは位置につき、聴衆の大半も席に座った。まだ姿を見せないということは、ダイアナと彼女のおばたちはきっと来ないのだろう。「音楽は好きです。できれば愛の歌は母国語で聴きたいんですけれどね」

そう口にしたとたん、レディ・フィッツバートンとレディ・ハーベッジが現われた。レディ・フィッツバートンはエドモンドを見るなり顔をしかめ、彼を無視して四列目の席に直行した。レディ・ハーベッジも彼に目をとめてから妹のあとに続いた。彼女は妹ほどあからさまではなかったが、彼をよく思っていないことは一目瞭然だった。

別に驚きはしなかった。それより意外だったのはダイアナがふたりと一緒でないことだった。あのふたりがコンサートに姪を連れてこないなんて不可解だ。ダイアナが病気でもない限り。だが、深刻な病気であれば、おばたちが今夜ここに来るとは思えない。なんてことだ。あんなに癪にさわる女性の身を案じるなんて、私のほうが病気になりかけているに違いない。

「わたしの隣の席が空いていますよ、閣下」アデリーナは三列目に座っている見慣れたミセス・ジェサーとその隣のふたつの空席のほうに顎をしゃくった。「隣にいらっしゃいませんか?」

そうした場合、レディ・フィッツバートンとレディ・ハーベッジの目の前に座ることになる。

彼はためらったが、長くは悩まなかった。あのふたりのせいで、どこに誰と座るか制約されるつもりはない。歩哨《ほしょう》のように戸口に立ってダイアナが来るかどうかを見張っていただけでも、充分始末が悪い。認めるのは癪だが、それが紛れもない事実だと悟った。ダイアナのことはすっかり忘れて隣の女性に意識を集中すべきだ。「そうさせていただければありがたい。私のためにイタリア語を通訳してもらえますか?」

「ええ、喜んで」

エドモンドはアデリーナのあとに続き、レディ・フィッツバートンの目の前の席に座り、彼女のいらだたしげな顔を目にして邪な満足感を覚えた。彼は上背が百八十センチ近くあるが、レディ・フィッツバートンは百六十センチに満たない。

だが、楽団や歌手が彼女の視界に入るよう、彼は椅子をやや左にずらした。そのおかげで、なまめかしいアデリーナや彼女の強烈な香水から少し遠ざかることができた。

楽士たちが楽器を手に取って背筋を伸ばすと、ざわついていた会場が静まった。体格のいいマダム・ノーストロモが脇の扉から現われ、ゆったりと位置につく。彼女はブルーのサテンのドレスに深紅の縁取りがほどこされた白いシルクスカートを重ね、まがいものらしきルビーがあしらわれたけばけばしいネックレスをしていた。第一バイオリン奏者がうなずくと、演奏が始まった。

マダム・ノーストロモの声自体は悪くなかったが、彼女はバースの〈ロウアー・アセンブリー・ルーム〉で間近に座るこぢんまりとした聴衆ではなく、大劇場の観客を相手にしているかのように、立ち振舞いが大仰だった。

アデリーナは初歩的なイタリア語の知識を披露し始めた。

エドモンドはほとんど聞いていなかった。耳元でささやかれる声は小さな虫の羽音のようだった。

数分後、そのささやき声に耐えられなくなった。なにかするか言うかしなければ、頭がおかしくなりそうだ。

アデリーナが口をつぐんで息を吸うと、エドモンドは身を乗り出して一瞬視線を落としてからつぶやいた。「すてきなドレスだね、ミス・フォックスバロ」

アデリーナは笑みを浮かべ、襟ぐりに指先を滑らせた。まったく、彼女は自分の曲線美に相手の目を引きつけるすべをよく心得ている。「わたしの仕立屋はフランス人なの。マダム・ヴォワジーをしのぐ腕の持ち主はいないわ」

彼はその名前に無性に興味を引かれたことを悟られないように注意した。「マダム・

ヴォワジーだって？　そんな名前は聞いたことがないな」

「マダムは最近ロンドンからバースに移り住んだばかりで、フランスの恐怖時代の難民なの。快適に暮らせるだけのお金を稼いだらまたパリに戻って、自分の店を持ちたいそうよ」

その仕立屋が私の知るマデリン・ヴォワジーであるはずがない。マデリンは裁縫などできなかった。彼女がボタンを縫いつけるところすら見た覚えがない。

それにもしあのマデリンがバースにいるなら、必ずそのことを私に知らせてくるはずだ。少なくとも金をせびりに来るに決まっている。そう考え、彼は呼吸が楽になった。

「いい加減にしてちょうだい。聴衆のなかには音楽を鑑賞しに来た人もいるのよ」レディ・フィッツバートンが辛辣な声でささやいた。

きっと、彼女はエドモンドの罪状リストに新たな罪をつけ加えるだろう。

かまうものかと、彼は思った。彼女の好きにすればいい。

アデリーナはパンフレットで口元を覆い身を寄せてきたかと思うと、驚いたことになれなれしくエドモンドの膝に手を置いてささやいた。「なんてやかましい女かしら！」

エドモンドはレディ・フィッツバートンとは無関係な悪態をのみこんだ。アデリーナがさっさと手を離さなければ、そうするよう命じるしかない。

ありがたいことに、彼女は手を離した。

曲が終わり、聴衆が礼儀正しく拍手をした。後方にいる騒がしい連中を除いて。エドモンドはくるりと振り返り、酔っ払った三人の海軍将校をにらみつけた。どういうわけか彼らはこの場にとどまることにしたらしい。周囲の人々が三人を黙らせようとし、戸口のそばにいた制服姿の屈強な係員がそちらに直行した。ほどなく将校たちは係員によってつまみだされるだろう。

前方に視線を戻そうとしたそのとき、あるものが目に飛びこんできた。

彼女の姿が。

ダイアナ・ウェストーヴァーだ。後方で恋人同士のようにくつろぎながらフォールストンの隣に座っている。彼らは私が席についたあとに入ってきたに違いない。

ふたりは今、一緒に遊ぶ子供同士のようにささやきあっていた。厳密には、ダイアナが騒動のほうに顎をしゃくってささやき、フォールストンは耳を傾けながらのぼせあがった間抜けのようにほほえんでいた。

きっと彼女が、岩肌を流れ落ちるきらめく滝のような美しい声で小気味よいことを言ったのだろう。

そのとき、ダイアナが口をつぐんでこちらを見た。目が合った瞬間、彼女の澄んだブルーの瞳になにかがよぎり、エドモンドは心臓を射貫かれたようなショックを受けた。

今のはなんだったんだ? 好奇心か? 興味か? 喜びか?

あの表情がなんだったにせよ、彼女の凝視と同じくらい落ち着かない気持ちにさせられる。彼はあわてて前を向いた。

「そんなに憤慨なさることはないわ、閣下」アデリーナも前方に視線を戻した。「係員が対処してくれるでしょうから」

エドモンドはうなずいた。制服姿の係員が騒がしい将校たちを出入り口に追い立てるなか、彼はダイアナがこの場にいることも、思わずたじろぐような目つきで彼女に後頭部を見つめられていることも考えまいとした。

「なぜあんな人たちが入場を許されたのかしら」アデリーナはさげすむように続けた。「料金を払えばどんな人でも入れてもらえるようね」レディ・フィッツバートンの声が背後からはっきりと響いた。

エドモンドはぱっと振り返った。「ミス・フォックスバロはあなたに話しかけたわけではありません。盗み聞きは失礼ですよ。もっとも、盗み聞きをするのはあなたの身内に共通する欠点のようだが」

レディ・フィッツバートンは淑女らしく顔を赤らめて目をそらし、レディ・ハーベッジはいぶかしむようにエドモンドを見た。どうやらダイアナは書店で鉢合わせしたことをおばたちに話していないようだ。あのとき彼女は私とブリックスの会話を立ち聞きし、きらきらした大きなブルーの瞳で私のことを観察していたに違いない。

エドモンドがふたたび前を向くと、アデリーナがうっとりと彼を眺めていた。あたかも彼がたったひとりで戦を制した少佐であるかのように。「擁護してくださってありがとう」そうつぶやき、にじり寄ってきた。

彼は距離を置きたかったが、注意深いダイアナになんと思われるかわからない。そう思って、逆に少し距離を縮めた。アデリーナが頬を紅潮させてほほえむと、第一バイオリン奏者が弓を構えて次の演奏に備えた。マダム・ノーストロモはさきほどよりもはるかに落ち着いた様子で歌い始めた。

エドモンドは音楽に意識を集中し、ダイアナがフォールストンと唇が触れあいそうなほど頭を寄せあってともにひとつのプログラムを覗きこんでいることを考えまいとした。彼女がただそこにいるだけで心をかき乱されるなんて冗談じゃない。

そんな決意にもかかわらず、コンサートのあいだ中、肩越しにふたりを見たい衝動をこらえなければならなかった。だが、ありがたいことにようやく演奏が終了した。

マダム・ノーストロモがぽっちゃりした指で何度も聴衆に向かって投げキスをし、退場しようと向きを変えたとたん、エドモンドは立ちあがった。「今夜は楽しかったです、ミス・フォックスバロ」偽りの言葉を口にし、手袋に包まれた彼女の手を取って、その甲にできるだけそっとキスをした。

初めてダイアナの華奢《きゃしゃ》な手をつかんだとき、その手がぐったりしていないことに感心した。洗練された令嬢は上品で育ちがいいことを示すためにあえて手の力を抜くのだが。

エドモンドはダイアナの力強い手のほうが気に入った。彼女の活気あふれる性格が肌や骨や筋肉にもみなぎっているようだった。その珍しさに心を惹かれ、ダイアナの手をいつまでも握っていたい気持ちに駆られた。彼女に憤りを覚えるまでは。

アデリーナのやけに不機嫌そうな顔を見て、彼ははっとわれに返った。「また急いでお帰りにならなければいけないんですか、閣下？」

「ええ」彼は立ち去りがたいふりを装い、背後で席を立ったレディ・フィッツバートンのねめつける視線を無視した。「別の用事があるので」

レディ・フィッツバートンが身をこわばらせて憤慨の声をあげ、賭博師がどうのこうのとつぶやくのが耳に入った。

いらだちをこらえきれずに、エドモンドは振り向いて彼女をにらんだ。だが、そのまま数秒が経過すると、着飾った中年女性をにらんでいる自分の滑稽さに気づいた。

すぐさまアデリーナに向き直り、彼は魅力的にほほえみかけた。レディ・ハーベッジは妹になにやらささやき、ふたりは衣擦れの音をさせながら立ち去った。

「残念ながら別の用事があるんです、ミス・フォックスバロ」ダイアナのおばたちがいなくなってほっとし、小声で言った。「また近いうちにお会いできると嬉しいです」

アデリーナはなんの支障もないようににっこりした。いらだちをあらわにするのは上流階級にとっても成りあがり者にとっても淑女らしくないと思い直したのだろう。「こちらこそ楽しみにしています、閣下」そう言い、控え目に目を伏せた。

アデリーナがどんな期待を抱いているにせよ、エドモンドは解放された気分で脇目もふらずに戸口に直行した。あるひと組の男女を盗み見ないように努めながら。それはたやすいことではなかったが、なんとかやり遂げた。

部屋を出て帽子と外套を受けとると、エドモンドは小雨のなかを待っていた馬車に近づいた。馬車に乗りこんで屋根を叩き、クラブにやってくれと御者に指示する。紳士の基準ではまだ宵の口だし、ブリックスはきっとクラブにいるはずだ。今は無性に親友に会いたい気分だった。

ブリックスは薄暗いカードゲームの小部屋にいた。くるみ材の鏡板が張られたその部屋には、グリーンの布で覆われたテーブルとダークブルーの布を座面に張ったマホガニー材の椅子が置かれていた。窓が厚手のベルベットのカーテンで覆われているのは、通りの喧噪《けんそう》や、ゲームが夜明け過ぎまで続いた場合の朝日を遮るためだ。

ブラックジャックが終わり、賭《か》け金が支払われるのを辛抱強く待ってから、ブリックスを呼び寄せた。

「気が変わってゲームをしに来たのか？」友人は愛想よく尋ねた。

「今夜の賭け金は高すぎる」ついさっきブリックスが五十ポンドをすったところを目の

あたりにしたエドモンドは言った。「一緒にブランデーを飲まないか?」

「今夜はもう金を使い果たしたし、喜んできみにつきあうよ」

陽気で賭博好きなブリックスがカード仲間に別れを告げると、皆一様に残念がった。

エドモンドとブリックスはたばこの煙がそれほどひどくない広い部屋に移動した。ちょうどその時間帯はひとけがなく、ブランデーを運ぶ給仕しかいなかった。クラブのほかの部屋同様、そこも男性的な内装で、落ち着いた色の壁は年代物のオークに縁取られ、座り心地のいい重厚な椅子が置かれていた。

「で、今夜はどうしてここに来たんだい、エドモンド? コンサートが中止になったのか?」ブリックスは椅子に腰をおろして尋ねた。

エドモンドはレディ・ケンティステンの図書室でダイアナと鉢合わせしたことや、今夜コンサートで彼女を見かけたことを話した。だが、すべては打ち明けず、心の動揺は胸にしまっておいた。

「なあ、ブリックス、レディ・ダイアナ・ウェストーヴァーは私に取りつこうとする亡霊なんじゃないか?」話し終わると、エドモンドはぼやいた。「周囲を見まわすたびに、彼女を目にするなんて」

ブリックスはエドモンドに同情して、なにか不可解なことが起きていると同意する代わりに、陰気な顔でかぶりを振った。「ああいう小説ばかり読んでいると頭がおかしくなると警告しただろう。そのうち、きみは亡霊や、宙に浮かぶ鉄兜や、歩く肖像画や、寝間着姿で駆けまわる乙女を見たと言いだすんじゃないか」不意ににやりとして、いつもの手に負えないブリックスに戻った。「よく考えてみると、それも悪くないな」

「私が読んでいる本とレディ・ダイアナはまったく関係ないよ」エドモンドは自分の状況をちっともおもしろいと思わなかった。

ブリックスが真顔になった。「書店でのレディ・ダイアナはのぼせあがっているようには見えなかったぞ。レディ・ケンティステンの図書室で顔を合わせたときも、彼女はきみの胸に飛びこんだりしなかったんだろう?」

「ああ、ありがたいことに」そんなことをされていたら、私はどうしただろう?

「彼女のほうからきみに話しかけてきたことは一度もないんだろう?」

「ああ」

「恋文を送ってきたことも?」

「ああ」

「バイロンを追いまわしたキャロライン・ラムのように四六時中きみの屋敷の周りをうろついているわけでもないんだろう?」

「ああ、幸いなことに」そんなことがあれば、噂で持ちきりになるはずだ。

「だったら!」ブリックスは勝ち誇ったように両手で膝を叩いた。「きみはささいな偶然を深読みしているだけだ。きっと、レディ・ダイアナはフォールストンから隠れようとしてレディ・ケンティステンの図書室にいたんだろう。彼女がそうするのも無理はない。それに、あれほどどきみに魅力を感じない女性は初めて見たよ」

エドモンドは友人をきっとにらんだ。

ブリックスは目を丸くしてエメラルドグリーンの目をいたずらっぽく輝かせた。「そういうことか。だからそんなにむしゃくしゃしているのか？　彼女がアダーリー卿の名高い魅力にまったく動じないから」

エドモンドは身じろぎし、目の前の壁にかけられたクラブ創設者の肖像画をむすっとしたまま眺めた。創設者は威厳を漂わせようとしたようだが、その表情を見るたび、常に消化不良に悩まされていたに違いないと思わずにはいられなかった。「ブリックス、勘違いもはなはだしいぞ。私は彼女に興味を持たれないほうが嬉しいし、そのほうが正直ほっとするよ」

ブリックスは一番近くの窓に歩み寄った。ブランデーのグラスを窓枠に置いてから、エドモンドに話しかける。「教えてくれ、外出するたびに彼女を目にするのか？」

「いや」エドモンドは出かけるたびにダイアナがいつ現われてもおかしくないと思い始めたことは伏せておいた。今朝、馬車で川岸を通ったときも、ダイアナが〈パンプ・ルーム〉でかぶっていたボンネットとよく似た帽子を目にするやいなやそちらを向き、首の筋を痛めそうになった。

ブリックスは安堵した顔で肩の力を抜き、窓枠にもたれた。「やれやれ！　一瞬ひやりとしたよ、エドモンド。きみがレディ・ダイアナに夢中になったかと思ってさ」

「私の頭はいたって正常だよ、ブリックス」

「ああ、きみを病院にほうりこまなくてもよさそうだ」ブリックスは判事の前で最終弁論を行う法廷弁護士のように歩きまわりだした。「では、きみが言ったことが正しいという前提で考えてみよう。彼女はきみを尾行し、待ち伏せしている。だが、それは彼女が多くの女性のようにきみに惹かれているからではない」ぴたりと立ちどまり、かぶりを振って芝居がかった様子で手を掲げる。「いや！　彼女の動機はもっと込み入っていて邪悪で謎めいたものだ。ゴシック小説のように――」

「ブリックス、もう座って静かにしろ」エドモンドはしーっと言って黙らせようとした。ここの従業員は口が堅そうだが、完全には信用できない。これ以上自分の噂が広まってほしくない。もちろんダイアナの噂も。「この件はきみにとって滑稽きわまりないかもしれないが、私にとっては違う」

ブリックスは同情するようにほほえみ、どっかりと腰をおろした。「僕は今でもきみがレディ・ダイアナの行動を深読みしすぎだと思っている。それに、きみの話を聞く限り、彼女はフォールストンと一緒になる運命のようだ。彼女のことは無視して間抜けなフォールストンに任せておけよ」

エドモンドはため息をもらした。たしかに、何度か鉢合わせしただけで大騒ぎしすぎたかもしれない。ダイアナに過去を打ち明けたことにしても、彼女に心をかき乱されるとわかった今、もうあんなふうに気を許すことはないはずだ。

「なあ、エドモンド」ブリックスは提案した。「レディ・ダイアナがそんなに癪にさわるなら、彼女が結婚するまでブライトンに滞在することもできるぞ」

エドモンドは誰かに針で刺されたようにぴんと姿勢を正した。「なんだって？ 臆病《おくびょう》者のように逃げろというのか？」

「これは決闘でも戦でもないんだ。そんなに彼女にいらいらさせられるなら――」

その瞬間名案が浮かび、エドモンドの顔に悪魔を彷彿させる笑みが広がった。「彼女にいらいらさせられることはない。もうこれからは」

「なにをたくらんでいるんだ？」ブリックスは警戒してきいた。

「そろそろレディ・ダイアナ・ウェストーヴァーも人につきまとわれる気分を味わうべきだ」ダイアナにかき立てられたいらだちや憤りやほかの感情が興奮に取って代わった。

ブリックスはそれを名案だとは考えていない様子だった。「彼女とはいっさいかかわりたくなかったんじゃないのか？」

「そうさ。だが、レディ・ダイアナがいつ現われるかとびくびくしながら暮らすのはごめんだし、やられたらやり返す。彼女がつきまとわれたり待ち伏せされたりしたらどんな反応を示すか見てみるとしよう」

ブリックスは遊ぶのをためらう少年のように眉根を寄せた。

「なんだ？」

「余計厄介なことになるんじゃないか。レディ・ダイアナに害はなさそうだし、僕ならミス・フォックスバロの機嫌を損ねたり二万ポンドの持参金を失ったりするような危険は犯さない」

「きみはレディ・ダイアナにしつこくつきまとわれるとどれほど心の平安をかき乱されるかわかっていないんだよ」

「僕は何年もファニー・エッピングに追いかけまわされているんだぞ」ブリックスはエドモンドに思い出させた。

「だが、彼女は無害だ。一方、レディ・ダイアナにつきまとわれるのはいらだたしいことこのうえない。これ以上彼女の好きにさせてたまるか」

「エドモンド、ひとつ指摘しておくが、きみにつきまとわれた女性はかなり評判が傷つく恐れがある。僕はきみに関する噂のほとんどが真実ではないと知っているが、上流社会の大多数は僕ほどきみのことを知らない」

残念ながら、ブリックスの言うことは正しかった。ダイアナの評判を傷つけたくないなら——もちろん、そこまでするのは度を超しているし、エドモンドとしても望んでいない——慎重になるべきだろう。「私はレディ・ダイアナを何度かじっと見つめて、一、二度話しかけるだけだ」

「相手がきみの場合、話しかけられ見つめられただけで彼女の評判は傷つきかねない」

またしてもブリックスの言い分は正しかった。エドモンドは一瞬考えたが、不可解にも報復作戦をあきらめる気になれなかった。

「そうだな」その瞬間、エドモンドの頭にある考えが浮かんだ。「きみは母親のおかげで常にあらゆる噂を把握している。私が度を超したと思われる噂を耳にしたら、警告してくれ。必要なら、誓いを立ててもいい。私はレディ・ダイアナの染みひとつない評判に深刻な影響が出る前に仕返しをやめると」

ブリックスはしばし考えてから肩をすくめた。「だったら、誓ってくれ」

エドモンドは立ちあがって片手を胸にあてた。「私、アダーリー子爵エドモンド・テリントンはレディ・ダイアナ・ウェストーヴァーの評判を傷つけないと誓う」

ブリックスは眉間に皺を寄せた。「きみがその誓いを守ることを願うよ」

「安心しろ。レディ・ダイアナにほんの数回不意打ちを食らわせ、私がフォールストンのような腰抜けでないことを証明したら、退却するから」エドモンドは友人に向かってのんきに目配せをした。「勝利を手にして、ね」

第六章

伯爵は手下を従え、背筋が凍るような鋭い目つきでゆっくりとエヴァンジェリンに近づいてきた。彼女は精一杯後ろにさがった。

「なぜ私に抗うんだね、エヴァンジェリン？」伯爵がささやいた。「きみもわたしと同じ気持ちでいるはずだ。きみの瞳にそれが表われている」

「いいえ！」エヴァンジェリンは伯爵を押しとどめようと両手を突き出した。「わたしの気持ちはあなたとは違うわ！　あなたが目にしたのはわたしの瞳に映ったあなた自身の傲慢《ごうまん》な虚栄心よ」

『コーロヴスキー伯爵の城』

暗い劇場で、ダイアナはフォールストン卿が苦労して押さえてくれたボックス席に彼とおばたちとともに座り、失望に顔をしかめていた。バースのロイヤル劇場の役者たちは、リンカンシャーで見た旅芸人よりもいい演技を披露してくれると期待していたのない。旅芸人よりも下手なうえに、なかには大根役者もいて、ほとんど声も聞きとれない。もっとも観客にも非はある。芝居を観に来ているはずの観客の多くはひそひそ話をしながら劇場を見渡し、〈パンプ・ルーム〉で話し相手に注意を払わなかったように芝居にもほとんど関心を向けていなかった。とはいえ、芝居がもっとおもしろければ、役者は観客の目を釘づけにしているはずだ。

カリオペはしゃべるでも劇場を見まわすでもなく居眠りをしていた。一方、観劇好きのユーフェニアは舞台にしっかり目を向けていた。だからといって芝居を楽しんでいるわけではなさそうだが。以前見た芝居について語っていたときの内容からして、ユーフェニアは死因を解き明かす解剖学者さながらに下手な演技も細かく分析できるようだ。

ダイアナは左隣のフォールストン卿に決して目を向けないようにしていた。またうっとり見つめられるのはいやだし、彼のあからさまな賞賛にはうんざりだ。いらだちをあらわにしたくはないけれど、最近は執筆の時間さえしょっちゅう彼に邪魔されている。

執筆の邪魔といえば、子爵と鉢合わせしたことを思い返すのもそうだ。レディ・ケンティステンの図書室での彼は普段とは別人に見えた。嘲ったり魅力を振りまいたりせず、世慣れた雰囲気でもなく、まじめで誠実だった。ダイアナの両親や幼少期について心から興味を示し、正直に自分の子供時代を語っていたようだった。なぜかしら？　彼のような人がどうしてわたしに打ち明け話をし、わたしの過去について知りたがったの？

彼は本が大いに慰めになると言っていたが、その言葉は自身の体験にもとづいているようだった。爵位を持つ裕福でハンサムな男性が、なぜ本に慰めを見いださなければならなかったのだろう？

きっと子爵の両親は息子を慰めるタイプではなかったんだわ。常に慰めの言葉や助言を与えてくれて、言葉では足りないとあたたかく抱きしめてくれた、わたしの愛すべき父とは違って。

ああ、お父さまや、親子で交わした会話が恋しい！　お父さまも作り笑いを浮かべる女性を好きではなかった。子爵のように……。

もう、どうしてアダーリー卿がしょっちゅう頭のなかにしゃしゃり出てくるの？

それは子爵が誰よりも興味をそそる魅力的な男性だからよ。歴然とした答えが頭に浮かび、その事実から無謀にも目をそらそうとした自分に彼女は内心かぶりを振った。わたしはそれを率直に認めて彼を避けるべきだ。

けれども、それはたやすいことではなかった。どこに行っても子爵が現われるのだ。書店、レディ・ケンティステンのパーティー、そしてこの劇場にも。

舞台に顔を向けたまま、中央に近い二階のボックス席をちらりと盗み見た。アダーリー卿と美しいミス・フォックスバロ、彼女の無能な付き添い人、スマイス＝メドウェイ卿、それに海軍の制服を身につけた長身の若い男性が座っている席を。

ミス・フォックスバロは資産家の令嬢らしく、きらめくグリーンのシルクのドレスを身にまとっていた。肩をあらわにしたデザインで、ドレスの裾には繊細な刺繍が何段もほどこされている。肩先だけを覆う短い袖、キッドの長い手袋。首と耳にはダイヤモンドやエメラルドがきらめき、凝った髪型には一連の真珠が編みこまれていた。

一瞬、ダイアナはミス・フォックスバロの美貌をうらやんだ。あの髪型を仕上げるのにどのくらい時間がかかるか想像するまでは。おそらく三時間はかかるだろう。そんなに長時間座っているのはさぞ退屈だろう。わたしはサリーにこの比較的シンプルなギリシャ風の髪型に結ってもらうだけでも耐えがたく感じ、途方もない時間を無駄にした気分になった。その時間に数ページ書き進められたかもしれないと悔やんだ。

ダイアナは残りの面々に視線を移した。颯爽《さっそう》と夜会服を着こなすスマイス＝メドウェイ卿は、この芝居が彼のためだけに用意されたとびきり滑稽な冗談であるかのようににやにやしている。

海軍将校は、同席するふたりの男性と違って典型的なハンサムではないものの、軍服がよく似合っていてすてきだった。金ボタンが輝く染みひとつない藍《あい》色のジャケット、白い膝丈ズボン、筋肉質の脚を際立たせる長靴下。彼は三角帽を小脇に抱え、腰にサーベルをさげていた。肌が浅黒いのは海原で過ごしているためだろう。後ろでひとつにまとめられた髪は、日に焼けて彼女の髪のように明るかった。

彼らのボックス席に座れたらどんなにいいか。あの人たちの会話のほうがお芝居よりよっぽどおもしろいはずだ。でも、フォールストン卿がわざわざチケットを手配してくれたのだから、ちゃんとお芝居を鑑賞するべきだろう。

ふたたび芝居に集中しようとしたが、演技がひどいうえに、この手の牧歌的な道化芝居はダイアナの好みではなかった。シェイクスピアの『マクベス』や『オセロ』だったらよかったのに。彼女はマクベス夫人のひそかな崇拝者だった。マクベス夫人には活力や決意がみなぎっているし、『オセロ』のイアーゴーも劣らず精力的だ。

子爵なら立派にイアーゴーを演じられるだろう。引きしまった体、貪欲で謎めいた雰囲気、説得力のある声音。わたしだったら躊躇《ちゆうちよ》せずに彼をイアーゴー役に抜擢《ばつてき》するだろう。

それなのに、こうして大根役者たちが愛しているふりや愛していないふりや半ば愛しているふりをするのを眺めているなんて。彼らは舞台をほっつき歩きながら情熱や結婚について機知に富む台詞《せりふ》をまくし立てているつもりかもしれないけれど、芝居としては滑稽すれすれだわ。愛は茶番劇ではないし、少なくともそうあるべきではない。愛は喜びであり、幸せをもたらすべきよ。冗談めかして扱うものではないわ。

ダイアナは舞台上のばかげた男女に内心見切りをつけた。農民に扮《ふん》した女優ではなく、自分の姿を思い描いた。森のなかの空き地という設定はそのままだったが、出会う相手は若い羊飼いではない――あんな無頓着《むとんじやく》な羊飼いだったら、羊が皆いなくなってしまうだろう。ダイアナは、彼女と肩を並べてオークの木陰に立つ子爵を想像した。だが、そのたくましい想像力をもってしても、子爵にあて布のされたシャツと茶色の膝丈ズボンとブーツという農民の格好をさせることはできなかった。頭に浮かんだのは、夜会服に丈の長い黒の外套をまとった姿だった。

ふたりは恋人同士で、人目につかない空き地で逢引したのは、ダイアナが農民で子爵が貴族だからだ。厳格で感情を表に出さない彼の両親はふたりの結婚を決して認めそうにない。それゆえ、彼女が彼のたくましい腕に抱かれて優しくキスをされ、ともに情熱的な至福のひとときを味わうことはふたりの秘め事だった。

そんななか、義務や名誉の名のもとに、子爵が出征することになった。子爵の両親には彼が帰還した日にふたりの婚約を伝え、承認されようがされまいが結婚する予定だ。彼が旅立つ前にふたりが会うのはこれが最後で、彼はもう生きて戻らない可能性もあった。

子爵は情熱や結婚についてくだらない意見をとうとうと述べたりせず、口数が少なかった。ただ……情熱的なダークブラウンの目でダイアナをじっと見つめるだけだ。その目は以前見たことがあるカカオ豆と同じ、異国の香り漂う深い焦げ茶色だった。

秘密の恋人は無言でダイアナを抱きあげ、激しい切望感に駆られたキスをした。手放すことすら耐えがたいように彼女をぎゅっと抱きしめる。ふたりのキスに彼女の涙の味が混じった。

ダイアナは子爵の黒髪に指を滑らせながらうっとりと身をゆだねた。子爵は彼女をたくましい腕に抱き、もう片方の手で外套を脱いで柔らかい芝にほうり、ふたりしてその上に横たわった。キスが深まるにつれ、ふたりは口を開いて舌を触れあわせ、絡ませた。せっかちな手つきで、ダイアナは子爵のクラヴァットを解いた。あたたかい肌を求めてシャツのボタンを外し、彼のほてった肌に口づけをする。彼の手はむき出しになった彼女の脚をゆっくりと這い始め、薄地のスカートを引きあげて――。

「具合でも悪いんですか、レディ・ダイアナ?」フォールストン卿がささやいた。「ずいぶん顔がほてっているようですが」

ダイアナはプログラムで顔をあおぎ、隣の男性を見た。フォールストン卿に彼の天敵と愛を交わす場面を想像していたなどと打ち明けるわけにはいかないし、そもそもそんなことをすべきではなかった。いずれにせよ、なんらかの説明が必要だ。

「少しのぼせたようです」ようやく彼女は言った。「この劇場はかなり暑いですね。それに、思った以上に疲れていたようです。午後カリオペと長い散歩をしたので」カリオペのほうに顎をしゃくる。「ご覧のとおり、疲れ果てているようです」

「そんなにお疲れだったら、無理をなさらなくてもよかったんですよ」彼は言った。「別の晩にボックス席を押さえることもできますから」

フォールストン卿が手袋をした手を伸ばしてダイアナの手を握り、彼の膝が彼女の膝に触れた瞬間、彼女はびくっとした。

さっきよりもゆっくりと顔をあおぎながら、彼女はいくぶん身をずらし、手をあげて髪をぽんぽんと叩いた。「いいえ、休憩時間にひと息つけば大丈夫です」

彼はにっこりしてうなずき、ありがたいことに手を引っこめると、はしたないほど脚をあらわにした主演女優に視線を戻した。

ついに幕がおりて休憩時間になったとたん、フォールストン卿は立ちあがり、腕を差し出しながら、ダイアナのおばたちに声をかけた。「レディ・カリオペ、レディ・ユーフェニア、ご一緒にお飲み物でもいかがですか？」

「いいえ、結構よ」ユーフェニアはいつもの機敏さで席を立った。「何人か話したい友人を見つけたから。カリオペ？」居眠りしている妹を小突く。「カリオペったら！」

カリオペは鼻を鳴らして目を覚ました。「もう幕間《まくあい》なの？　まあ、なんてすばらしいお芝居だこと！　本当に楽しかったわ！」

「フォールストン卿が飲み物でもいかがですかとお尋ねよ」ユーフェニアは繰り返した。

「いいえ、わたしはここにいるわ。あなたたちはどうぞ行ってらっしゃい」

フォールストン卿がお辞儀をすると、ユーフェニアはただちに隣のボックス席に直行した。ダイアナはフォールストン卿に導かれてグラスの触れあう音や人々のざわめきが聞こえてくるロビーに向かった。

彼はロビーの付近に密集する着飾った人々を見て顔をしかめた。「こんなに混んでいるとは思いませんでした」

ダイアナはうなずいた。「席に戻りましょうか。少し歩いたおかげで気分がよくなりました」

「そうですね」

ダイアナが向きを変えると、真後ろにアダーリー卿の集団がいた。彼は片方の眉をつりあげて目を邪にきらめかせ、悪魔にも似たほほえみを浮かべた。「これはこれは、マイ・レディ、またお会いしましたね。なんとすばらしい偶然だ」

偶然なんて嘘よ。彼のまなざしがそう物語っている。

ゆうべとはまるで別人だわ！　これなら子爵が賭博を好む不埒な放蕩者で、どんな女性も誘惑する女たらしだと言われてもたやすく信じられる。それでも、レディ・ケンテイステンの図書室での彼は非常に誠実そうに見えたし、あれが嘘だとは信じたくない。

ダイアナは子爵の顔をしげしげと眺め、真実を見きわめようとした。なぜ今夜の彼はこんなふうに振舞い、ふたりきりのときとは別人なのかしら？ きっと一緒にいる人によって変わるのね。これが子爵の公の顔で、私的な顔は別なんだわ。今の彼は舞台の役者のように役柄を演じているのだろう。だとしたら、なぜ真の自分をわたしに垣間見せたの？

「紹介してくださらないの、閣下？」ミス・フォックスバロが口を開き、美人がそうでない女性を哀れむときのまなざしでダイアナを見た。

ダイアナはたちまち自尊心を刺激され、子爵の謎めいた行為について思案するのをやめた。「ええ、閣下、どうかご友人に紹介してください」

フォールストン卿の喉から小さな音がもれた。

彼がそこにいることをすっかり忘れていたわ。

アダーリー卿はダイアナに凝視されて居心地の悪い思いをしていたとしても、それをおくびにも出さなかった。「マイ・レディ、こちらはミス・アデリーナ・フォックスバロと、王室海軍のチャールズ・グレンドン大尉だ」

子爵には指揮官の威厳が漂っているが、それは大尉も同じだった。煙が渦巻く軍艦の船橋で、彼が大砲の音や負傷者の悲鳴にかき消されない大声で冷静に命令を下す姿がありありと目に浮かぶ。

別の小説を執筆する機会に恵まれたら、次は海賊につかまったヒロインがすてきな海軍将校に救出される話にしようかしら──。

「スマイス＝メドウェイ卿とはもう面識があったね」アダーリー卿は続けた。「ミス・フォックスバロ、グレンドン大尉、こちらがレディ・ダイアナ・ウェストーヴァーだ」さげすむようにダイアナの連れを指した。「ああ、それからフォールストン卿だ。チャーリー、きみは彼を覚えているだろう」

明らかに大尉はフォールストン卿を覚えているらしく、サファイア色の目が凍りついた。

「フォールストン、きみはもちろんブリックスとチャーリーを覚えているよな」

「ああ」

フォールストン卿は彼らをその場で殴り倒したいと思っているかのような口調だった。彼らがあの悪名高いいたずらにかかわっていたか、もしくはフォールストン卿は子爵の友人を皆自分の敵と見なしているのだろう。

「牧歌的な道化芝居はきみの趣味とは思えないが、マイ・レディ」子爵はまたしても彼女にからかうような笑みを向けた。

彼がどんなゲームをしているにせよ、参加する気はないわ。「あなたこそ愛というテーマにまったく馴染みがないんじゃありませんか?」

「私が愛についてなにも知らないと思っているのかい?」

子爵のふたりの友人が皮肉っぽい視線を交わすなか、ミス・フォックスバロは扇子の陰で忍び笑いをもらした。「だとしたら、あなたはアダーリー卿のことをまったくご存じないのね。彼はレディの心を射とめるのがお得意ですもの」

ダイアナはミス・フォックスバロをひたと見据えた。「彼が噂どおりの女たらしだとしたら、愛についてなにもわかっていらっしゃらないと思います――愛という感情に関しては。きっと、愛の営みにかけてはお手のものでしょうけど」

アデリーナ・フォックスバロは目を見張り、フォールストン卿は仰天した羊のような声をあげ、ほかのふたりの男性は顔をそむけて口元を覆い、笑い声を押し殺した。

ダイアナの顔が真っ赤に染まった。とっさに口走った言葉をカリオペに聞かれなくてよかった。

「愛の営みにたけていると思っていただいて光栄だよ」子爵は平然と言った。「しかし恋に関して言えば、わたしがそのような弱さを自分の心に許すなどと思うのかい?」

ダイアナは恥じ入っていたことを忘れて言った。「その言い逃れからして、恋に落ちた経験がおありでないようね」

「愛は危険な戦場になり得る」

「では、一度も恋に落ちたことがないとお認めになるの?」彼女は畳みかけた。なぜか無性に彼の答えが知りたかった。

「一度、愚かにも恋をしたと思いこんだことがあった。だが、それは幻想や性欲でしかなく、まぼろしのようにはかないものだった」

ミス・フォックスバロはダイアナ同様びっくりした様子だった。美人があんぐりと口を開けた姿は、あまり魅力的ではないわね。

子爵はにっこりしてそつなく話題を変えた。「正直きみとここで会うなんて驚いたよ、レディ・ダイアナ。もっと血なまぐさいオペラのほうがきみの好みだと思ったが。ゴシック小説のように死体がごろごろ出てきて、幽霊が登場する話のほうが、きみの好みだろう？　そうでなければ、パーティーを抜け出して幽霊や窮地に陥った乙女の小説を読むはずがない」声を落としてつぶやく。その低い声には彼女の良識を打ち砕く力があるような気がした。「それに、きみは『ライジェランの廃墟』を読みたくて仕方がない様子だった。書店で会ったときは、きみに本を奪われるかと思ったよ」

ミス・フォックスバロはますます当惑した顔つきになり、ダイアナがちらりと盗み見ると、フォールストン卿も真っ赤な顔で愕然としていた。

ダイアナはにっこりほほえみ、皮肉を込めて切り返した。「『ライジェランの廃墟』を受けとればあなたに触れることになったでしょうが、そんなことは絶対にいやですから。わたしはしばらくあの本を読まなくても生きていけますし、ミスター・ダスニーもきっとすぐに追加注文するでしょう」

ハンサムなアダーリー卿はかぶりを振った。「いや、半年は仕入れないと聞いた」

「えっ、嘘でしょう！」ダイアナは叫んだ。いつものように子爵がわたしを怒らせようとしてそんなことを言っただけならいいけど。

子爵はフォールストン卿に視線を向けた。「なあ、フォールストン、きみもレディ・ダイアナと小説の趣味が同じなのか？」

「私はレディ・ダイアナとは読み物について話さない」彼は尊大に答えた。やっと発言できて嬉しそうだ。

「まあ、この十年間読書をしていないんだから当然だよな。で、なにについて話すんだ？　天気か？」

フォールストン卿の顔がますます赤くなった。ダイアナはもう話を切りあげ、彼女をまごつかせる子爵から遠ざかるべきだと判断した。「わたしたちがなにを話そうと、あなたには関係ありません」フォールストン卿の細い腕をしっかりとつかむ。「今回も興味深いお話でしたわ、閣下。ミス・フォックスバロ、大尉、スマイス＝メドウェイ卿、お会いできて嬉しかったです。では、ごきげんよう」

踵を返し、フォールストン卿を引き連れて、ダイアナは自分たちの席にまっすぐ引き返した。アダーリー卿がごろつきであろうと、わたしの同情をかき立てる過去を持つ男性であろうと、もうこれ以上彼のことを考えて時間を無駄にしないわ。子爵にはこのうえなく落ち着かない気持ちにさせられ、混乱させられる。そのうえ、彼はあまりにもハンサムで興味深く魅力的だ、わたしの心をかき乱すほど。
もう二度と彼とは会いたくない。たとえ小説のためであっても。

数日後、ダイアナは図書館の棚の本を眺めて失望のため息をもらした。ここにあるギリシャ神話は一冊残らず読んだか、読もうと試みたものだ。文学の棚は興味をそそられる本が嘆かわしいほど少なかった。

もっとも、今日おもしろそうな本が見つからなければ、愛読書を再読すればいい。たとえば『蜘蛛の巣』を。あの本を読んだとき、わたしは著者と一緒にジャングルを探検し、荒れ狂う嵐《あらし》のなか、船の甲板に立っている気分を味わった。手に汗握る展開で作品に臨場感を与えた作家の手法から学ぶべきかもしれない。

『コーロヴスキー伯爵の城』を書き始めて以来、ダイアナは小説を書くのがいかに困難かを痛感していた。それまではペンと紙さえあれば、おのずと物語が生まれると思っていた。ところが、実際にはわからないことだらけだった。頭のなかに浮かびあがった光景をとらえ、それを鮮明かつ刺激的に描写するにはどうしたらいいのか？ 最終的に悪党だと判明する男性についていくエヴァンジェリンが間抜けに見えないためには、彼をどう描けばいいのか？

子爵と対峙してよかったのはそれだ。でもそれだけだと、ダイアナは自分に言い聞かせた。今も彼を避けようという決意は変わらない。子爵と丁々発止を繰り広げるのがどれほど楽しく、彼がほのめかした過去にどれほど興味を引かれたとしても。子爵には当惑させられるし、それはわたしの望むところではない。

フォールストン卿はまさに未来の夫にふさわしい男性だけど、残念ながらおもしろいことはめったに口にしない。一方、子爵と話すのは刺激的だと認めざるを得なかった。あとになって後悔することもあるけれど、話しているときは……。

まただわ！　彼のことを考えるのはやめなさい！

ダイアナは通路に沿って二、三メートル進んだ。少なくともここは静かで邪魔されることもない。メイドのサリーは入り口付近に座り、ダイアナがおもしろそうな本を見つけるまで黙って足を休めている。午前中のこの時間はまだ来館者が少なく、ダイアナはその一画を独り占めしていた。

しかし、それは勘違いだった。

「心の底からため息をついていたようだね、レディ・ダイアナ。疲れているのかい、それとも失望やいらだちを感じているのかい？」

ぱっと振り向くと、アダーリー卿が一メートル足らずの距離でくつろぎながら棚にもたれ、クリームを皿一杯なめた猫さながらにほくそ笑んでいた。磨かれたブーツ、ぴったりとしたズボン、ダークブラウンのジャケット。まるでこれから狩りにでも出かけるようないでたちだ。きっと立派な去勢馬で図書館に来たのだろう。あるいは、厩舎から直接来たに違いない。

「私がここにいるからといってそんなに仰天することはない、マイ・レディ」子爵は低い声で言うと、本棚から離れて近づいてきた。「私は文字を読むことができるのだよ」

「でも、あなたは図書館によくいらっしゃるような方には見えません」彼女は戸口に向かってじりじりとさがり始めた。

「たしかに好きな本は買うことにしているが」彼はダイアナの凝視にも返事にもまったく動じない様子で歩き続けた。そのためふたりの距離は変わらなかった。「図書館には心をとても落ち着かせるなにかがある。そう思わないかい？」

普段ならそうだ。でも、今は違う。ダイアナの心は今、平静どころではなかった。けれど、この気まずい思いを悟られるわけにはいかない。彼をこれ以上ほくそ笑ませてたまるもんですか。「ええ、図書館は心地よい場所です。たいていの場合は」

「以前きみが言ったようにバースは小さな町で、こんなふうに鉢合わせしてもちっとも不思議ではない。べつに私が今朝きみのおばたちの家の前で待ち伏せして、きみがどこに向かうつもりか探ったわけではないんだし」

ダイアナは今まで妄想に襲われたことなどなかったが、子爵が――まるで小説のなかの出来事のように——彼女を待ち伏せする妄想をほんの少し味わった。

でも、子爵が実際にそんなことをしたはずがない。きっとわたしを動揺させようとしてわざと言ったのよ。

子爵に対してあんなに率直に話さなければよかった。慎み深い公爵令嬢を装って控え目な言葉を選び、迷路や図書室から逃げ出すべきだった。自尊心がどれほど反発したとしても。

「お互い熱心な読書家である以上、いずれここで顔を合わせた可能性は高い」彼は続けた。「私が今日来たのは、『ライジェランの廃墟』を読み終えて新たになにか読みたかったからだ。きみはどうしてだい、マイ・レディ?」

なにげないこの発言に、なにか裏の意味が込められている気がしてしまうのはなぜだろう?

それより気になるのは、『ライジェランの廃墟』がわたしの期待どおりおもしろかったかどうかだ。

無性に尋ねたかったが、思いとどまった。第一に、彼から逃れたかった。第二に、おもしろかったと言われた場合、困るからだ。今でも読みたくてたまらないのに、期待に違わぬ内容だと知ったら、ますます気持ちが高まってしまう。

あの本を読みたいという気持ちが。

もしも、つまらなかったと言われたら？　わたしはひどくがっかりするだろう。もちろん、話の内容や登場人物に対する好みが彼と似ていると仮定してだが。

「きみは古代の神話や伝説に興味があるようだね？」子爵は静かな声できくと、ありがたいことに彼女の顔からダークブラウンの目をそらし、本棚から一冊抜き出してページをめくった。「実は私もだよ、とくにホメロスの作品が好きだ。鮮明に描かれた戦闘場面は読みごたえがある」

ああ、なんてこと、まさにわたしと同じだわ。でも、ふたりに共通点があると認めるわけにはいかない。

彼が本を棚に戻すあいだ、彼女は後ろにさがり続けた。

子爵は悠然と歩きだした。「神々や女神は気高い存在のはずだが、非常に人間味がある。それどころか、子供じみた面さえあると思わないか？」

誰かがわたしたちの動きを見たら、奇妙なダンスか求婚の儀式を連想するだろう。そうではなく、ただ普通に会話をしているように見られたほうが安全だと判断し、ダイアナはぴたりと立ちどまった。「だからあなたは神々の悪ふざけを読むのが好きなのね」

子爵も足をとめ、まじめな顔でかぶりを振った。「またしてもきみの言葉に傷ついたよ、マイ・レディ。私は子供じみてなどいない、ただ神々の人間性に惹きつけられるだけだ。われわれは誰ひとりとして聖人君子にはなれないからね」

幸い戸口のそばまで移動したダイアナは、子爵とふたりきりでいるところを目撃される不安から解放されつつあった。「でも、そうなろうと努力することはできるわ」

「フォールストンのようにか？」

「ええ」彼女は踵を返して立ち去ろうとした。「では、そろそろ失礼します、閣下」

子爵は巧妙に彼女を引きとめた。「きみのお気に入りは誰だい？」

「えっ？」

「神のことだよ、きみが好きなのは誰だい？」

それは興味をそそられる質問だった。

「あててみようか」ダイアナがためらっていると、子爵が言った。「小さな翼が生えた靴を履くヘルメスかい？ それとも弓矢を持ったキューピッドか？ キューピッドのような目に見えない夫を持つと、なにかと便利だろうね。きみも思いやりあふれるフォールストン卿にしばらく消えてほしいと願うことがあるんだろう」

ほぼ的を射たその言葉に、ダイアナは赤面した。決まりの悪さを押し隠すべく、さきほどの質問の答えを正直に口走った。「ハデスよ」

子爵の顔にゆっくりと笑みが広がった。「死者の国の神か。なんとまあ、それを聞いて、きみの性格に対する印象ががらりと変わったよ」

彼女は平静を取り戻した。「ハデスには同情を覚えるし、彼が伴侶を必要としても不思議ではないわ。もちろん、女神の娘を誘拐するのは賢いやり方とは言えないけれど」

子爵はほほえんだ。「彼女にひと目惚《ぼ》れしたからだと思わないのかい？　女性のきみなら、ハデスに共感するんじゃないか」

「とんでもない」彼女は一蹴《いっしゅう》した。「ハデスがペルセポネにひと目惚れしたなんて思わないわ。誘拐したときだって、彼女の気持ちなどこれっぽっちも気にかけなかったはずよ。愛していれば気にかけて当然だけど。彼はただ彼女に欲望を覚えてさらっただけ」

「だったら、ハデスが女性に花束を渡して甘い言葉をささやく姿を想像できるのかい？　ハープを弾きながら歌う姿を？　第一、彼がそんなことをしたとしても、ペルセポネの母親がふたりの仲を支持するだろうか？　その可能性は低い。ハデスにはほかに選択肢がなかったというのが私の意見だ。あれはひとりの男が、いや、神が、切羽つまって取った行動だよ」

ダイアナはそういう視点からとらえたことがなかった。だけど……。「それでもハデスはペルセポネに求愛すべきだったわ」

「ひそかにかい？　真夜中の逢引とか？　彼女の母親はそれも許さなかったはずだ」

「ハデスはペルセポネをつかまえて誘拐するのではなく、なんとか気持ちを伝える努力をすべきだったのよ」

「いきなり心を奪われるのが好きな女性もいるだろう」

「文字どおりさらわれることを望んでなんかいないはずよ」

「どうしてきみにわかる？」

「わたしは絶対にいやだもの」

沈黙が落ち、ダイアナは彼を言い負かしたと確信した。「あなたのお気に入りの女神は、閣下？　アフロディーテ？」

「想像力を備えた女性にしてはつまらない回答だし、しかも間違いだ。もう一度試してごらん」

「月の女神のダイアナだというのなら、あなたのほうこそ想像力に欠けているわ」

「ああ、たしかに。だが、私のお気に入りはアテネだ。聡明な女性が好みだからね」

「そして、無垢ではない女性が、でしょう？」

子爵が驚きに目を見張ると、ダイアナはなにか別のことを言えばよかったとたちまち後悔した。だが、羞恥心《しゅうち》に襲われながらも一歩も動けない。好奇心に満ちたまなざしをじっと注がれ、その場にとらわれた気分だった。まるで彼が、彼女を魅力的な女性だと思っているかのように感じられた。

「ハデスに同情しないなら、なぜ彼が好きなんだ？」子爵はレディ・ケンティステンの図書室にいたときのように真剣な面持ちできいた。

「とくに好きだとは言っていません」説明しなければという思いに駆られた。「ただ興味があるだけです。地獄で暮らすのは非常に困難でしょうから」

「そうならないようにするのと同じくらい困難だろうな」

子爵は嘘偽りなく正直に話していると、ダイアナは確信した。今ここで目にしているのが本物のアダーリー卿だ。彼はおばが信じているような女たらしの放蕩者ではない。

「あなたはそういうことにとても詳しそうですね」

子爵はつかのまなにかに気を取られていた様子だったが、それを頭から追い払ったか、うまく押し隠した。「まあ、私は清廉潔白な人生を送ってきたわけではないからね」

「それは誰にでもあてはまるのではありませんか?」

「きみにもあてはまるんだろうな」子爵がほほえむのを見て、ダイアナは彼がいつもの仮面をつけようとしていることにふと気づいた。

もう立ち去るべきだとわかっているけれど、子爵の真の姿をもう少し明らかにしなければ帰れない。「あなたが過去になにをしたにせよ、噂されるほどひどくないのでしょう」

子爵が本物の放蕩者なのかどうか知りたくて、固唾をのんで彼の返事を待った。彼はきっと本当のことを話してくれるはずだ。

ダイアナの瞳をじっと見つめる子爵のダークブラウンの目には、決意が浮かんでいた。「たしかに若いころは恥ずべきこともしたが、それを詳しく語って、きみのような無垢な女性の耳を汚す気にはなれない」

彼女は世の中や人間の本性について無知ではなかった。「ご承知のとおり、わたしは修道院で育ったわけではありません」

「修道院に劣らぬくらい清らかな生活だったと聞くが」

彼女はかぶりを振った。「とんでもない」子爵がもっと自分自身について語ってくれることを期待して言った。「父とわたしはリンカンシャーで多忙な生活を送り、友人も大勢いました。そのなかには上流社会が決して認めないような人物も数人混じっています。父は地位や資産で人を差別しなかったので」

「それはすばらしい、フォールストン卿には備わっていない資質だ」子爵が言った。「彼は社会に受け入れられるべき人間についてきわめて偏狭な考えを受け継いでいる」

なぜ子爵はフォールストン卿のことを持ち出したの？「わたしは子供ではありません、閣下。フォールストン卿のことは自分で判断できます」いらだちを隠して言った。

「あの男は結婚して数ヵ月できみを死ぬほど退屈させるだろう。私はハロー校で数年ともに過ごしたが、彼はきみにふさわしくないと断言できる。みじめな結婚をするくらいなら独身でいたほうがいい。不幸な結婚をしたおばからそう教えられなかったのかい？」

わたしが誰と結婚すべきか、またはすべきでないか、それに一生独身を貫くべきかどうかを、子爵にとやかく言われたくないわ。おまけに、ユーフェニアの悲惨な結婚を持ち出すなんて！

なぜ彼はそんなことをしたり、フォールストン卿について警告したりしたのだろう？

親切心かしら？　もしかしたらそうかもしれない。

わたしのことを案じて？　まあ、それもあり得るだろう。

彼自身がわたしに惹かれているから？

いいえ、とんでもない。

子爵のような男性はその気になれば英国のどんな女性も手に入れられる。彼がわたしに真剣に興味を持つはずがない。わたしはあまりにも不器量で風変わりで率直だもの。

その確信にもとづいて、別の理由が頭に浮かんだ――ダイアナにとってはつらく残酷だが、可能性の高い理由が。ダイアナの気持ちや幸せとは無関係で、彼女がバースに来る何年も前に生まれた憎しみと関係のある理由。子爵がダイアナに目をとめたのは、もしかすると単にフォールストン卿が彼女に関心を持ったからなのかもしれない。

ダイアナは落胆と失望を押し隠し、自尊心をかき集めて身構えた。決してこの本心は見せないし、フォールストン卿に対する子爵の意見にも耳を貸すものですか。胸の前で両手を握りしめ、子爵のことを人食い鬼から彼女を救いに来た英雄であるかのように見つめた。「まあ、わたしを気遣ってくださるなんてお優しいこと！　わたしだけでなく、愛するおばの幸せまで気にかけてくださるなんて！　あなたが同情してくださったことを必ず伝えますわ。おばはきっと大感激するでしょう。もちろん、わたしもあなたの賢明な助言に心から感謝しています。しっかりと耳を傾け、忠告に従いますわ」

だが、子爵に腹を立てていないようなふりを続けることはできず、それはダイアナの声音にも表われた。「ですが、あなたの善意の助言のせいでもしわたしが一生独身だった場合、孤独な日々を送るわたしと静かな夜をともに過ごしてくださるわよね。もちろん、リンカンシャーに来て、地元の舞踏会ではわたしのかたわらに立ってくださるでしょう。わたしが誰にも愛されず、子供も持たずに死の床に就いたときは、この手を握ってくださるのよね。あら、やだ、わたしったら気づかなかったわ。あなたがまだ結婚なさらないのは、完璧な女性が現われるまで独身を貫くことによって、わたしやご友人に無私無欲にもお手本を示すためだったのね。理想の女性が見つかったら、どうか教えてくださいね」

子爵は唖然とした顔でダイアナを見た。

「では、閣下、そろそろ失礼します。屋敷に戻って思慮深い助言をしっかりと胸に刻み、あなたへの感謝ではち切れそうになった心を静めなければなりませんから」

ダイアナは堂々と胸を張り、踵を返して立ち去った。見知らぬ国の浜辺に打ちあげられたような顔つきの子爵を残して。

エドモンドはびっくりするほど快活で大胆不敵なダイアナと顔を合わすたびに、まさにそういう思いを味わっていた。

本棚にもたれ、彼はゆっくりと息を吐いた。ダイアナをたじろがせるだけのつもりだったのに、神々についてかつてないほど興味深い議論を交わし、彼女がリンカンシャーで父親と送った日々に心を引かれることになるとは。ダイアナの父親は私が昔から憧《あこが》れていた父親像そのものだ。

そのうえ、私はダイアナとフォールストンの関係を持ち出し、結婚についても口を挟んだ。あのときは一時的に錯乱状態に陥っていたとしか思えない！

もしくは、私には彼女を幸せにする責任などないことを度忘れしたとしか。

ほんのつかのまでもダイアナのことを案じたのは、昔ハロー校に初めて登校した日に背負っていた責任感の名残だろう。両親がやっとエドモンドを手放したのは、息子が誘惑や肉欲の罪に溺れることなく、ほかの罪深い少年たちの手本となる準備が充分整ったと判断したからだった。

けれども、ハロー校に到着したときのエドモンドは、みんなの手本となる心構えなど整っていなかった。むしろ古臭くみじめな気分で、自分は子供時代を経験せず、すでに同級生の父親の大半より年老いてしまったような気がしていた。

エドモンドは聡明でまじめな長兄のように振舞う習慣をここ数年で断ち切った。ブリックスといると今でも時々その癖が出るが。ただ、ダイアナと会うと、胸の奥に封印したはずの保護欲が決まって頭をもたげる。

もっとも、ダイアナはエドモンドのそういう衝動や助言を歓迎していないようだった。フォールストンと結婚するのは過ちだと彼女にわからせようとするなんて間違っていた。

鬘をかぶった老紳士が、まだ国王が壮健だった二十年前に流行《はや》った服装でよろよろと入ってきた。彼はエドモンドに気づくなりびくっとし、場違いな若者がいると言わんばかりに顔をしかめた。

エドモンドは礼儀正しくお辞儀をし、完璧なラテン語で形式張った挨拶を長々と述べると、その場をあとにした。

第七章

エヴァンジェリンは息を潜め、忍び足で城の地下牢を進んだ。周囲にはかび臭い匂いや死臭が漂う。古い独房の藁《わら》が湿って悪臭を放ち、鼠がそのなかを這いまわっている。彼女はこの恐ろしい場所でもだえ苦しみながら死んでいったすべての囚人の魂のために短い祈りの言葉をささやいた。

けれど、引き返すつもりはない。ここから脱出し、なんとしても愛するロドルフォのもとにたどり着くのだ。

『コーロヴスキー伯爵の城』

カリオペが、右手に開封した手紙を握りしめ、左手に小包やそのほかの郵便物を持って、勢いよく居間に飛びこんできた。「ユーフェニア、ダイアナ、最高の知らせよ！グランシャー伯爵がご子息のために開くパーティーに招かれたわ。てっきり忘れられるんじゃないかと思って、不安でたまらなかったのよ」

ダイアナは本から顔をあげた。マクタヴィッシュ牧師の説教書を読もうとしていたが、いっこうに進まなかった。本当はこの時間を使って小説の次のエピソードを練りあげるつもりだったが、それもうまくいかなかった。極悪非道であるはずのコーロヴスキー伯爵が魅力的に思えてきて手に負えなくなったというのが、正直なところだ。たしかに伯爵の行為は卑劣だけど、すべてエヴァンジェリンに対するゆがんだ愛によるものだ。そんな彼にしかるべき報いを受けさせるのは非常に忍びない。

ばかばかしい。わたしは物語の創造主なのよ。コーロヴスキー伯爵はわたしの頭のなかにしか存在しないし、彼も話の展開も自分の思いどおりにできる。それなのに、うまくいかないなんて。

おそらく、アダーリー卿をコーロヴスキー伯爵のモデルにしなければ、これほど厄介なことにはならなかったに違いない。

「招待されないはずがないでしょう」ユーフェニアの言葉にダイアナの思考は遮られた。「わたしたちは貴族ですもの。グランシャー伯爵は半径五十キロメートルの範囲に住むすべての貴族を招待するはずよ」

「でも、ダイアナまで招待されたのよ！　今日はなんてすばらしい日かしら！」カリオペは姪が偉業を成し遂げたかのように勝ち誇って叫んだ。ソファーにすとんと座り、うっとりした表情で招待状をふくよかな胸に押しあててから、残りの郵便物をサイドテーブルに置いた。

ダイアナはその伯爵がどんな人物なのか、彼の招待状がなぜこれほどの喜びをもたらしたのか見当もつかず、おばの熱狂的な興奮を分かちあえなかった。

「あなたはすでに伯爵のご子息のことを知っているわ」ユーフェニアはダイアナの困惑した様子を見て言った。

「そうなの?」ダイアナは必死に思い出そうとしたが心あたりはなかった。「〈パンプ・ルーム〉かコンサートでお会いしたかしら?」

「彼は『蜘蛛の巣』の著者のジャスティニアン・ブロムウェル卿よ」

ダイアナは驚きのあまり十秒ほど言葉を失った。そしてようやく、本物の作家に――それも心から楽しんだ本の著者に――会える喜びで有頂天になった。熱帯に生息する蜘蛛の話なんて、退屈で無味乾燥になりそうなものなのに、彼はそれをどんな小説にも劣らぬほどおもしろい作品にした。いや、実体験をつづったことを考えると、ある意味小説を上まわる。

「パーティーはいつ、どこで開かれるの?」彼女はカリオペに負けないほど喜びながら尋ねた。

カリオペは浮き出し模様と金の縁取りがほどこされた招待状に目を走らせた。「来週の金曜日に、郊外の伯爵の邸宅で」ダイアナに嬉しそうな笑みを向ける。「すばらしい豪邸なの！　伯爵はイタリアから大理石を輸入したんだから！」

　ダイアナにはイタリア製の大理石などどうでもよかった。「ブロムウェル卿はいつバースに到着なさるの？　パーティーの前にお会いする機会があるかもしれないわよね」

　彼は著名な作家だし、パーティーは招待客でごった返すに違いない。

「それはどうかしら」カリオペの返事にダイアナは困惑した。「ブロムウェル卿は帰省する途中で病にかかり、まだ完全に回復していないそうよ」

「それに、グランシャー伯爵はパーティーの席で初めてご子息をお披露目して世間の注目を集めたいはずよ」ユーフェニアは言った。「以前の伯爵はご子息について祝うことなどないとあきらめていたようだったわ。ブロムウェル卿が極東に蜘蛛の研究をしに行くと宣言したときの騒動は今でもよく覚えている」

「彼の家族は認めなかったの？」ダイアナは言った。

「大反対だったわ」ユーフェニアは答えた。「研究というもの自体が、労働の一種と見なされたんでしょうね。伯爵はご子息がそんな下劣なことをすべきではないと考えたんじゃないかしら」

「今はご子息のことをとても誇りに思っていらっしゃるでしょうね」

　ユーフェニアはやや懐疑的な顔つきになった。「まあ、ご子息の名声に関してはそうね」

「ブロムウェル卿の研究成果に関しては違うの？」

「たしか、伯爵は科学分野の発見をほとんど評価していないはずよ」

「それでも、伯爵はあの本を誇りに思っているに違いないわよ」ダイアナは食いさがった。

カリオペとユーフェニアはあいまいな視線を交わした。

「もしおばさまたちの身内が本を書いて出版したら？」ダイアナは自分にとってさほど重要ではないかのようにさりげなくきいた。「おばさまたちは喜ばないの？」

「『蜘蛛の巣』のような作品ならもちろん喜ぶわ」ユーフェニアは答えた。「あれはとても教育的な本だもの」

「近ごろ出版されている本はろくでもないものばかりよ」カリオペは断言し、ようやく招待状を置いた。「わたしの身内があんな下品で恥ずかしい本を出したら縁を切るわ」

その答えにダイアナは驚かなかったものの、質問したことを後悔した。

ユーフェニアがテーブルに置かれた小包のほうに顎をしゃくった。「それは誰宛なの、カリオペ？」

「すっかり忘れていたわ」カリオペは小包を手に取って眉間に皺を寄せた。「これはあなた宛だわ、ダイアナ。中身に心あたりはある？」

ダイアナは手を伸ばしながらしげしげと小包を見つめた。「本のようね」

ちょうどこれと同じくらいの小包が、男性の細く優美な指に握られているのを以前目にしたことがあるわよね？

いいえ、まさか。彼がそんなことをするはずがない。いくらアダーリー卿でも、わたしに『ライジェランの廃墟』を贈るなんて非常識なことはしないはず。

でも、彼はもう読み終えたと図書館で言っていた……。

いいえ、わたしの直感は間違っているわ。たとえ合っていたとしても、間違いであってほしいと願うべきだわ。彼がそんなことをすれば、わたしはおばたちに対して非常に厄介な立場に立たされるのだから。

カリオペは小包を裏返して包装紙をまじまじと見た。「ミスター・ダスニーに注文したの？」

ダイアナは希望の光を見いだした。「『ライジェランの廃墟』について尋ねたから、彼がそのことを覚えていて追加注文したのかもしれないわ」

「あら」小包を眺めていたカリオペは封蠟をもっとよく見ようと目に近づけた。

次の瞬間小包が爆発したかのようにぱっと手を離し、ダイアナに怒りに満ちた疑惑のまなざしを向けた。「送り主はアダーリー卿よ」

ダイアナがさっとユーフェニアに目をやると、ユーフェニアも動揺した様子だった。

ダイアナはあわてて説明した。「フォールストン卿と行った書店で、『ライジェランの廃墟』の最後の一冊を購入したアダーリー卿とばったり会ったの。わたしもその本を買いたかったと話したから、彼は親切心で贈ってくれたんだと思うわ」

「親切心ですって？　とんでもない。これは……不作法以外のなにものでもないわ」カリオペはまくしたてた。「まったく癪にさわる男ね！　即刻送り返さないと」部屋の隅の書き物机に直行し、引き出しを片っ端から開け閉めした挙句やっと便箋を見つけた。「望んでもいない贈り物を贈ってくるような横柄なごろつきに、わたしがどう思ったか伝えてやるわ！」

「本当に礼儀に反する行為だわ」ユーフェニアの声はもっと落ち着いていたが、カリオペ同様、批判的だった。

ダイアナは顔を赤くした。子爵になんか出会わなければよかった。今はいっそ文字が読めなければよかったのにと思うくらいだ。

それなのに、北を指す磁石の針のように小包に視線が引きつけられた。

ユーフェニアが床から小包を拾いあげて裏返し、じれったいほどゆっくりと包装紙をはがし始めた。

なかから現われたのは『ライジェランの廃墟』だった。

もちろん、本は子爵に送り返さなければならない。ダイアナもそれくらいはわかっていた。未婚のレディは親族や真剣な求婚者以外からの贈り物を決して受けとらないものだ。彼はそのどちらにも該当しない。でも、一ページでも読めれば……。

ユーフェニアは本のカバーから白い名刺を引き抜いた。「〝私はレディが望むものを彼女から取りあげるつもりはまったくありません〟と書かれているわ」

まったく……許しがたい言葉だわ。

カリオペは軽蔑するように鼻を鳴らすと、インクの染みだらけの手紙を宣戦布告書のように握りしめながら戻ってきて、ユーフェニアに差し出した。「さあ、これを同封して包み直してちょうだい」

ダイアナはぱっと立ちあがった。「送り返す前にちょっと見てもいいかしら?」考えもせずに懇願した。「バースでその本が再入荷するのは数ヵ月先かもしれないし、どの図書館にきいても蔵書はないと言われているし……」

ダイアナは押し黙った。カリオペは、子爵に情熱的な感情を抱いていると突然打ち明けられたかのように愕然としていた。一方、ユーフェニアは……疑惑と不安の入り交じった悩ましげな面持ちだった。「わたしはただ本を見たいだけなの」そうつぶやいて席に座った。

「この本はさっさと手放すべきよ」カリオペは言った。「ユーフェニア、従僕に頼んで即刻送り返してちょうだい」

「そんなことをして大丈夫?」ダイアナは用心しながらも必死な思いで尋ねた。「バースの住民はおばさまの使用人のお仕着せに気づくはずよ。おばさまの使用人が子爵の屋敷の玄関で目撃されたら、みんなどう思うかしら？」

「まあ、そのことは考えなかったわ」カリオペはつぶやいた。

「使い走りで小銭を稼ぎたがっている無名の少年に届けてもらったほうがいいわ」

「ダイアナの言うとおりよ」ユーフェニアは同意した。「わが家の使用人に届けさせるのはやめましょう」

「使用人に頼んで適当な少年を探してもらえばいいわ」ダイアナは提案した。「その子が明日の朝一番に送り返してくれるでしょう」

ユーフェニアはその計画に同意してうなずいた。

「あなたが最善だと思うことをしてちょうだい、ユーフェニア」カリオペは戸口に向かった。「わたしは横になるわ。あの男のせいで頭痛がするから」

カリオペがいなくなるとダイアナは、口をすぼめながらカリオペの手紙を読んでいる理性的なユーフェニアを懇願するように見た。「どうか一章だけ読ませてもらえない？」

ユーフェニアは同情の表情を浮かべたものの、かぶりを振った。「これは返さなければならないものよ、ダイアナ。数ヵ月先まで読み終えることができないのに、なぜ一章だけ読んで自分を苦しめるの？」

ユーフェニアはカリオペの手紙を折り畳んで本の上に置き、ふたたび包装紙でくるみ始めた。「カリオペの疑念はともかく、子爵がなぜこんなことをしたのか見当もつかないわ」ダイアナに鋭いまなざしを向けた。「あなたにはわかる?」

ダイアナはその本が爆発するのを恐れるようにソファーの端に移動した。ふたつの理由が頭に浮かんだ。子爵は同じ読書家として彼女を哀れんで気前のよさを見せたか、彼女を怒らせようとしたのかだろう。ユーフェニアはどちらの理由を聞いても喜びそうになかった。

「書店で会ったとき、子爵はわたしに対して礼儀正しい態度ではなかったわ」おばの質問にはっきり答えずに言った。「もしかしたら友人にけしかけられたのかもしれない」

ユーフェニアは書き物机から新しい封蠟を取ってきた。「子爵からその友人を紹介されたの?」

「ええ、ブリクストン・スマイス＝メドウェイ卿よ」

「そう」ユーフェニアは細い蠟燭を手に取って暖炉で火を灯《とも》した。「だったら、スマイス＝メドウェイ卿がそそのかしたのかもしれないわ。ふたりはハロー校時代のいたずら仲間だから」

ダイアナが見守るなか、おばは貴重な本をくるんだ包装紙に蜜蠟《みつろう》で封をした。「あのふたりはそんなにひどい学生だったの?」

「あのふたりや彼らの友人がハロー校創立以来の不良だったかどうかはわからないけれ

ど、その武勇伝から判断するに血気盛んで、自分たちの行動がどんな結果を招くかまで考慮していたとは思えないわ。ただ、それはほかの多くの少年にもあてはまるはずよ」

「カリオペの話だと、子爵はフォールストン卿を水漏れしている舟に乗せて溺れさせようとしたそうね」

「ええ、わたしもその話は耳にしたわ」

「なぜアダーリー卿はそんなことをしたのかしら?」

「フォールストン卿いわく、彼のほうが子爵より優秀な学生だったからだそうだけど」

アダーリー卿は人をうらやむようなタイプには見えない――とりわけ学力の面で。むしろフォールストン卿が子爵の魅力や容姿や話術を妬《ねた》む姿なら容易に想像できるけど。

ユーフェニアはかすかにほほえんだ。「あなたが思っているとおりよ。誰もその話を鵜呑《うの》みにしなかった。だから、フォールストン卿の主張や侯爵夫妻の要求にもかかわらず、アダーリー卿とその仲間は退学させられなかったんでしょうね。もちろん、アダーリー卿の両親も彼が退学させられないようにかけあったらしいけれど」

その瞬間ダイアナの頭に、威厳の漂ういかめしい夫婦が、鬘をかぶったハロー校の立派な学長を脅迫し、息子をそのまま在籍させるよう詰め寄る姿が浮かんだ。「恐ろしい両親だったんでしょう?」

「ええ。ふたりとも数年前に亡くなったわ。彼らは昔スコットランド人牧師の厳格な教派に入信してロンドンを離れたの。アダーリー卿の父親は《タイムズ》紙宛の投書で、ロンドンを退廃の街と評し、ロンドンを批判する記事をずっと投稿していたわ。できることなら爵位も捨てていたはずよ。収入の大半は教会に寄付したそうね。幸い、彼の所領とそれを維持するための莫大な資産は子息に受け継がれることになっていた。そうでなければ、アダーリー卿は爵位しか持たない一文無しになっていたでしょうね」

スコットランド人牧師ですって？　ハミッシュ・マクタヴィッシュ牧師のことかしら？　だから、アダーリー卿は強制的にマクタヴィッシュ牧師の本を読まされたのかもしれない。

マクタヴィッシュ牧師は、肉欲の罪の誘惑を生活からいっさい排除するよう説いている。また、親の務めは子供が決して快楽に溺れないようにすること、としていた。軽率な振舞いや笑い、音楽、祝賀行事は禁物で、愛情を示すことも許されていなかった。義務に従い、ほんのささいな罪でも犯さないよう注意しなければならないと。

そんな家庭で育つのはさぞつらかったに違いない。そういう子育てをされた男性が反抗し、厳格な両親が嫌悪する類の人物に成長したとしても不思議ではない。

むしろそうならないほうが驚きだ。

「彼らがアダーリー卿をハロー校に行かせたことが意外だわ」彼女は考えこんだ。

「誰もがそう思ったわ。でも、彼の父親が例の熱弁を振るうのを恐れて、誰も理由は尋ねなかった」

「でも、子爵と彼の仲間が本当にフォールストン卿に危害を加えようとしたなら、学長は子爵の両親からなにを言われようと彼らを退学させたんじゃないかしら。学校のためにも、そんな不良少年は在籍させないはずよ」

「わたしもその一件はずいぶん誇張されていると思うわ」ユーフェニアは認めた。「ほかの少年たちは皆正当性を主張したし、アダーリー卿の学内の評判はとてもよかったそうよ」

それなら信じられるとダイアナは思った。子爵と友人が故意に誰かを溺れさせるわけがない。

おばは小首をかしげてまじまじと姪を見つめた。そうすると彼女は、ダイアナの父に思いのほかよく似ていた。「ダイアナ、この本に関してほかに知っておくべきことがあるの？　あなたは分別があって信頼できる子だけど、バースのような街では、人一倍冷静な令嬢でさえいくらか軽率になるし、子爵はわたしが知るなかでもっともハンサムな部類の男性よ」

「子爵とは話したけれど」ダイアナは正直に打ち明けることにした。「心配するようなことはなにもないわ」

少なくとも、ダイアナはそうであってほしいと願っていた。最初は子爵を無視することも、悪役のモデルにうってつけのハンサムな放蕩者と見なすことも簡単だった。だが、よく知るにつれ、子爵が思ったより複雑な人物であることがわかり、彼に対しても複雑な気持ちを抱くようになった。子爵とはいっさい接触を持たないと決意したにもかかわらず。

おばがダイアナの両手を握った。「あなたには男性について警告する必要などないと思うけど、分別があって信頼できる女性でもすてきな容姿やハンサムな顔立ちに惹かれることがあるわ」おばは手に力を込めた。「夫と出会ったとき、ひと目惚れしたわ。彼にかき立てられた思いは激しかったけれど、黄鉄鉱が本物の鉄でないように、それは愛ではなかった。あなたにはわたしと同じ過ちを犯して後悔の人生を送ってほしくないの。子爵はあなたのような女性を幸せにする男性とは思えない。フォールストン卿のようにまじめで信頼できる男性ではないもの」

愛情に満ちた助言に感謝し、ダイアナはおばに腕をまわして抱き寄せた。「おばさまがわたしのことを心配しているのはわかっているわ。ご主人のことや、ご主人がおばさまの資産をほとんど博打《ばくち》で失ってしまったつらい過去を語るのが簡単でないことも。おばさまの賢明な助言に従って、子爵には近づかないようにするから」

受け入れるのはつらいけれど、子爵とはいっさいかかわらないのが一番だ。あんなに優雅でハンサムな男性が、わたしにとってコーロヴスキー伯爵のモデル以上の存在になるはずなどないもの。

ユーフェニアはダイアナの言葉にこたえるように愛する姪をさらに強く抱きしめた。

獲物をつけ狙う捕食者のごとく、エドモンドは書斎机の中央に置かれた無地の茶色い小包に視線を注ぎながら机のまわりを慎重に歩きまわった。

厚地のベルベットに縁取られた薄いモスリンのカーテン越しに、朝の光が差しこんでいる。壁には猟犬や馬の版画がかけられ、大きさや厚さや年代の異なる本があちこちの床に積みあげられていた。

執事によれば、小包は身元不明の少年によってかなり早朝に届けられたらしい。ラトルズは少年が小銭をやると言われても送り主の名前や住所を明かさなかったことに憤慨していた。

だが、エドモンドはその小包を見てすぐに、中身も送り主もわかった。それをふたたび目にしていることや、ダイアナが選んだ返却方法に驚くことはないと、自分に言い聞かせた。明らかに彼女は、悪名高いアダーリー卿からなにかを贈られたことを、誰にも知られたくなかったようだ。

それでも驚かずにはいられなかった。ダイアナはあの書店で、貪欲な男が金貨の詰まった箱を見るような目でエドモンドが買った本を見つめていた。てっきり彼女は社会の決まりを破ってでもあの本を読もうとすると思ったが。夜間に迷路をうろつき、パーティーの最中に本を読もうと暗い部屋に隠れる女性なら、誰から贈られた本であれ、それを読むという無害な行為に罪悪感など覚えないはずだ。そう確信するあまり、ゆうべはダイアナが自分と同じようにその本をむさぼり読む姿を思い浮かべたり、彼女が廃墟の秘密をどう思ったか思案したりして長いあいだ寝つけなかった。

ダイアナは愛する女性を救おうとしたヒーローをどう思っただろう？ そんな疑問が頭をよぎった。ヒロインの邪悪な継父との戦いでは、素早く喉元を小突く手が役立ったはずだ。ダイアナも同じことを考えただろうかと想像したときは、つい頬がゆるんだ。物語のほかの部分に関しても、ダイアナの反応が知りたかった。冒頭で恋人同士が別れる場面や、ふたりの再会や、情熱について……。

彼は立ちどまってもう一度本を見つめた。ダイアナは予想以上に自制心を備えているようだ。あるいは、彼女のおばたちが私の封蠟に気づき、小包が届いたことを本人に知らせなかったのかもしれない。ダイアナの反応が気になるあまり、その可能性を見落としていた。

ため息をつきながら、彼は小包を手に取って包装紙を外した。そのとたん、大きな字で走り書きされた手紙が落ちた。そこにはこう書かれていた。

〝サー（敬称をあえて使わないのは、あなたが最低限の礼儀にしか値しないからです）図々しく非常識にも、わたしの姪に贈り物を贈って寄こすなんて、あなたは傲慢な不作法者だわ！　紳士らしく振舞おうという気持ちはまったくないのですか？　明らかになさそうですね。本はお返しします。もう二度と姪に話しかけないでください〟

手紙にはレディ・カリオペ・フィッツバートンと署名がしてあった。

彼女ならこの横柄で癪にさわる手紙を書いてもおかしくない。だが、エドモンドが知りたいのは、ダイアナが彼の行為をどう思ったかだ。そもそも彼女はこのことを知っているのだろうか？　ダイアナがおばたちほど怒っていないといいが。そう願ったあと、本を贈った当初の目的はダイアナをいらだたせることだったと思い出した。

本を手に取り、窓辺のお気に入りの袖つき安楽椅子に腰をおろした。ページをめくりながら大好きなインクや紙の匂いを吸った拍子に、ひとりで本と過ごした幸せな時間が脳裏によみがえった。

ページのあいだから、しっかりと小さく折り畳まれた紙が滑り落ちた。それを開いて読み進むにつれ、驚きがわきあがった。

〝サー、礼儀作法に反するとわたしの行為を何度も厳しく非難したあなたが、知りあったばかりの令嬢にこんなにすばらしい贈り物を贈って寄こすなんて、正直驚きました。おばの言うとおり、本は受けとれないのでお返しします。これでもうあなたとお話することもないでしょう。

レディ・ダイアナ・ウェストーヴァー

追伸　ただ、あなたの動機がなんであれ、感謝せずにはいられません。この本は寝不足になるだけの価値がありました〟

エドモンドは手紙を凝視した。あの抜け目ない生意気な娘は、小包が届いてから今朝使い走りの少年に渡されるまでのあいだに、本を読み終えたに違いない。それを確かめるべく彼は立ちあがり、足早に移動して茶色の包み紙を注意深く見た。

包装紙にはエドモンドの封蠟と、彼がはがした新しい封蠟の跡がついていた。だが、ほかにも蜜蠟の跡が見つかった。その意味は明白だ。小包は最初に開封されたあと、包み直されて封をされ、その後また開封され、ふたたび封をされたのだ。

どうやらダイアナは、自分の望みをかなえるためなら、社会のさまざまな規則にも従う必要はないと考えているようだ。

彼は椅子に引き返し、ダイアナという驚くべき女性について思いをめぐらせた。初めて目にしたときは、人を凝視する癖以外特筆すべき点はなく、いたって平凡に見えた。だが、彼女はこれまで出会ったどの女性とも違うという思いが日増しに強くなる。

エドモンドは、昨夜のダイアナがどんな様子だったかを想像した。本を返すというおばたちの決断にすっかり同意したふりをして、彼女は普段どおり寝る支度をしたのだろう。服を脱いで白い地味な寝間着――おそらく薄地のリンネル――に着替え、一本の蠟燭に照らされた化粧台の前に座って豊かな栗色の髪をとかしたはずだ。

やがて蠟燭を持って、禁じられた本のもとへと忍び足で向かい、押し込み強盗が略奪するように本を持ち去った。

エドモンドは寝間着姿のダイアナがゴシック小説のヒロインのようにおばたちのタウンハウスをさまよう様子を思い浮かべた。彼がそこにいて、いきなり飛びかかったらおもしろい展開になっただろう。

ダイアナはどうするだろう？　気絶する？　いや、それはないな。悲鳴をあげるだろうか？　そうなった場合、屋敷の住人が起きる前に彼女の口を封じなければならない。抱きしめて、彼女の口を手で覆おうか？

いや、キスだ。長い口づけをしよう。

頭に浮かんだ光景に否定しがたい欲望を覚え、彼は椅子の上で身じろぎした。

相手はダイアナ・ウェストーヴァーだぞ。魅力的なミス・フォックスバロという女性がいるのに、ダイアナに欲望を覚えるなんておかしい。第一、ダイアナは悲鳴などあげないさ。きっと私に逆襲してくるだろう。

その可能性も否定できないほど魅力的だった。もみあいながら、彼女は目をきらめかせるに違いない。

どちらが勝つだろう？　正直見当もつかない。

エドモンドはふたたび身じろぎし、ばかげたことを考えるなと自分を戒めた。暗闇でダイアナに飛びかかるような愚かな真似《まね》をすれば、彼女は死人も目覚めるような大声をあげ、私を例の護身術で痣だらけにしてから刑務所にほうりこむはずだ。

「閣下？」執事が戸口から呼びかけた。

エドモンドは手紙を折り畳んでポケットにしまうと、陰になった窓枠に『ライジェランの廃墟』を置いた。「なんだ、ラトルズ？」

「スマイス＝メドウェイ卿が――」

「来たぞ！」ブリックスは大声で告げるなり部屋に入ってきた。六十歳のラトルズはブリックスがほうった帽子と手袋をひょいと受けとめた。ブリックスがそういうことをするのはこれが初めてではないが、ラトルズは見るからに不満を押し殺した顔つきだった。

「ありがとう、ラトルズ」エドモンドは言った。

憮然とした顔の執事が立ち去ると、ブリックスは厚地の絨毯《じゅうたん》を横切ってエドモンドの向かい側の袖つき安楽椅子に座った。

「哀れな執事にきみの到着をきちんと告げさせてやれよ、それに帽子は手渡すべきだ」エドモンドは言った。「きみに帽子をほうり投げられるたびに、きっと彼の寿命は縮んでいるぞ」

「いや、あれで楽しんでいるんだよ、本当さ。あんなふうに帽子を受けとめて若い気分を味わい、あらゆる面で僕に勝っていると示せるんだからな」

エドモンドはブリックスを変えようとしても無駄だとあきらめた。「で、なんの用だ？」

「きみをねぐらから引きずり出しに来た。ドゥルーリーが到着したんだ」

エドモンドは友人が思いのほか早く到着したことに驚いた。「もう着いたのか？ ドゥルーリーはロンドンを離れるのを心底いやがるのに。てっきりバギーのパーティー当日まで現われないと思っていたよ」

「僕もさ。だが、もう〈フォックス&ハウンド〉に腰を落ち着けてメイドたちといちゃついている」

ドゥルーリーがもう到着したなら……。「バギーは？ 彼ももう着いているのか？」

「ああ、一週間前に」

エドモンドはとたんに背を起こした。「なぜ教えてくれなかったんだ。彼を訪ねに行けたのに」

ブリックスは肩をすくめた。「教えても無意味だと思ったんだ。母によれば、まだ訪問者を受け入れていないらしい。ロンドンからの移動がこたえたらしく、病床に伏せっているそうだ」

「深刻な病ではないんだろうな？」

「ああ、違うようだ。むしろバギーの父親が華々しく息子をお披露目するために、まだあいつを隠しておきたいのさ」

エドモンドは肩の力を抜いて袖つき安楽椅子の柔らかい背にもたれた。「そうか」

「あのバギーがこんなに出世するとは驚きだよ」ブリックスはさらにだらしなく背を丸めた。「王立協会会員になり、今や有名作家だ。『蜘蛛の巣』なんて最高の題名だよな」

エドモンドは近くの棚にある読み古した『蜘蛛の巣』を見た。「もう読んだのか？」

ブリックスは赤面するだけの礼儀は備えていた。「まだだ、実を言うと」

「まったくきみってやつは」エドモンドは席を立って机から葉巻の箱を取ってくると、蓋《ふた》を開けて一本勧めた。「すごくいい本だって話しただろう。怒り狂う先住民と遭遇してぞっとする場面も何度かあるし、異教徒の求愛行為にもちらりと触れているし、ハリケーンで船が沈没しかけた体験も描かれている。きみを含め、誰もが楽しめる内容だ。

しかも、バギーは最初から最後までスリル満点の話に仕上げている。幽霊も宙に浮かぶ鉄兜も登場しないというのに」彼は皮肉っぽくほほえむと、涼しい夏の午前の室内をあたためる暖炉の炎で細い蠟燭に火をつけた。

「でも蜘蛛の話なんだろう?」ブリックスは身震いして葉巻の煙を吐いた。「あんな忌々しい小さな昆虫」

「あの本を読めば、蜘蛛が昆虫でないことがきみにもわかる」エドモンドは椅子に戻った。

「それがなんだ? 蜘蛛が気持ち悪いことに変わりないだろう」

「バギーにとっては違う。彼は蜘蛛のことを貴重な宝石であるかのように描いているし、きみも本を読めばそう思うようになるよ」

ブリックスは納得していない様子だった。「バギーが蜘蛛についてなにを書いたにせよ、彼が蜘蛛を追いまわしてこんなにすばらしい結果を得られるとは思いもしなかったよ。ついにバギーは父親に誇らしく思ってもらえることを成し遂げたんだからな」

「そうであることを切に願うよ」

ハロー校で深夜に語りあったことを思い出し、ふたりはしばし押し黙った。

やがて、ブリックスが眉根を寄せた。「おい、葉巻を吸っているじゃないか!」

「ああ、見てのとおりだ」エドモンドは肘のそばの小さな磁器に葉巻の灰を落とした。

「だが、きみが葉巻を吸うのはいらだっているときだけだ」

エドモンドは意識せずに本心をあらわにしていることに気づき、葉巻の火をもみ消した。「あるいは、きみと一緒にいすぎたせいかもしれないな」にやりとして言った。

だが、ブリックスはそんな冗談ではぐらかされなかった。「ミス・フォックスバロはパーティーに招待されないんだろう?」

それが私のいらだちの原因だとブリックスが思っているのなら、誤解を正さなくてもいいだろう。別に嘘をつくわけじゃない。「バギーの父親はバース一の俗物だし、どんな理由であれ、ラム酒製造業者の娘を屋敷に招くことはないよ」

ブリックスは咳払いをした。「つまり、きみは束縛されずに自由気ままなわけだ。それなら、長年の親友のきみにひとつ頼み事がある」

エドモンドは今回は、本物の笑みを浮かべた。「やっぱりな。きみが風邪を引いてもいないのに咳払いするときは決まってそうだ」

ブリックスは目を見開いた。「それは本当かい?」

「本当だとも。で、どんな恩恵を請うつもりだね?」

「エドモンド、もっと普通に話せないのか?」

「私になにをしてほしいんだ?」

「そんなに無愛想に言わなくてもいいだろう」

いらだちのため息を押し殺し、エドモンドはふたたびきいた。「なにか役に立てることはあるか?」

「ああ、そのほうがいい」ブリックスは一瞬ほほえんだ。「われわれの予想どおりバギーの両親がバースの貴族を全員招待したとすれば、ファニー・エッピングも来るはずだ」

エドモンドの口元がゆるんだ。ファニーに一方的に慕われたブリックスの苦労は、終わることのないメロドラマのようだ。ファニーが最終的に勝利をおさめるといいが。ブリックスが気づいているにせよ、いないにせよ、彼女は彼にぴったりの相手だ。それに、優しく美しいファニーはブリックスを心から愛している。それを望まない男がいるだろうか?

浮ついた人生を送る愉快で陽気なブリクストン・スマイス＝メドウェイには、思慮深くしっかりした女性が必要だ。私だっていつまでも彼の心配ばかりしてはいられない。いずれは自分も妻を持つかもしれないのだから。

エドモンドがそう思ったのは初めてだった。なぜ今そんな考えが頭をよぎったのだろう?

だが、ブリックスに不機嫌な顔を向けられ、それについて熟考するゆとりはなかった。「わかっているさ、十二歳のときにファニーの母親のローズガーデンで彼女にキスをした僕の自業自得だと。だが、ファニーが恨みがましいフォールストンよりもしつこく、いつまでも僕に夢中でいるなんて、予想できるもんか。どうか友人のよしみで力を貸してくれよ」

エドモンドはうなずいた。「いいとも」だが、少し茶化さずにはいられなかった。ブリックスにはしょっちゅうからかわれているからな。「だが、ローズガーデンであろうとどこであろうと、彼女にキスをするのは断わる」

「その必要はない」ブリックスはいつもの陽気さを取り戻して言った。「きみがただ話しかけてやれば、ファニーは僕のことなど忘れるはずだ」

エドモンドはファニーの思いの深さをまるでわかっていない友をしげしげと見つめた。「ファニーがそばにいるだけで、どうしてそこまで不快感を示すのか理解できないよ。彼女は優しくて魅力的だし、きみのことを何年も思い続けている。非の打ち所がない家柄の出で、その血筋はノルマン征服の時代にまでさかのぼることができる。もしもきみたちが結婚したら――」

「エドモンド、きみは親友だが、たとえきみの意見でも我慢ならないことがある」ブリックスは鼻息荒く言い放った。「そのひとつが、ファニー・エッピングとの結婚を勧めることだ」

「彼女はきっと愛情深い妻になる――」

「エドモンド」ブリックスが警告した。

エドモンドはあきらめた。「わかったよ。ファニー・エッピングに話しかけてやろう」

「よし！　それはそうと、レディ・ダイアナも出席するんじゃないか。彼女がバギーに会ったところを想像してみろよ！　あのふたりが互いを凝視する姿は見物だぞ」

エドモンドも招待状を受けとった瞬間同じことを考えた。ふたりが凝視しあう光景ではなく、彼女が来る可能性について。「ああ、たしかに」

「母によれば、フォールストンがレディ・ダイアナに結婚を申しこむという噂で持ちきりらしい。きみはそろそろ彼女につきまとうのをやめたほうがいいぞ」

「私はつきまとってなどいない」少なくとも、私ならそんなふうには言い表わさない。「それにライバル出現の気配があれば、あの堅物はいっそう彼女にのめりこむだろう」

「あるいは、シシングズビーと駆け落ちしたルシンダを思い出して、レディ・ダイアナから手を引くかもな」ブリックスが言い返した。

エドモンドは眉間に皺を寄せた。「意中の女性が別の男に話しかけられたからと言って、フォールストンがレディ・ダイアナを元婚約者のように軽率だと決めつけるなら、やつの気持ちはしょせんその程度のもので、レディ・ダイアナもやつと縁が切れて幸いだよ」

普段は心配事とは無縁のブリックスが眉をひそめた。「エドモンド、きみとフォールストンはいったいどうなっているんだ？　やつはべつに、きみにとって脅威ではないだろう」

「この件はフォールストンとは関係ない」

それは真実だった。不意にエドモンドは気づいた。ダイアナといると、この世にほかの人々が存在することを忘れてしまうのだ。

そう悟って衝撃を受け、それが意味することに混乱した。もうこれ以上ダイアナについて話したり考えたりするのはやめよう。

彼は立ちあがった。「さあ行こう、ブリックス。フォールストンや、やつの恋愛話はもうたくさんだ。ドゥルーリーと会ってロンドンの最新ニュースを聞くとしよう」

第八章

「愛は危険な戦場になり得る」コーロヴスキー伯爵はエヴァンジェリンを抱き寄せて警告した。

エヴァンジェリンは伯爵のあまりの邪悪さに圧倒されそうになった。この人里離れた城で彼が彼女になにをするつもりかは今や明らかだ。

「わたしの愛をめぐる争いなどありません」エヴァンジェリンは抗いながら叫んだ。「この心はすでに別の男性のものですから」

「エヴァンジェリン、エヴァンジェリン」伯爵はたしなめるように言い、手に力を込めた。抱きしめられた彼女は、蜘蛛の巣にとらわれた蝶《ちよう》のように無防備だった。「ロドルフォのことなど忘れるのだ」

彼女は伯爵を押しやって逃れようとした。

「いや！」彼女の体に新たな力がみなぎった。「わたしは彼を愛しています！」

「いや、忘れさせてみせる！」伯爵は唸《うな》るように言った。「私の腕のなかで彼を忘れさせる。きみはわたしのものになる運命なのだ、エヴァンジェリン。わたしのものに……」

『コーロヴスキー伯爵の城』

前回こんなにわくわくしたのはいつだったかしら? だが、ダイアナはそのときのことを思い出すのは気が進まなかった。

第一おばたちの馬車でグランシャー伯爵の屋敷に向かいながら感じているこの気持ちと、あのときの感情は別ものだ。ああ、『蜘蛛の巣』の著者本人に会えるなんて最高だわ! 摂政皇太子に面会できたとしても、ここまでときめかないだろう。

ユーフェニアはそんな姪を見てほほえんだ。ダイアナが身にまとっているのは大好きな淡いライラック色のシルクのドレスで、胸元が許容限度ぎりぎりまで深く開いていた。ダイヤモンドとアメジストをあしらったシルバーのネックレスは、父からもらった最後の贈り物だ。シルバーのイヤリングは母の形見だった。

「あなたは今にも空に舞いあがりそうね」ユーフェニアは言った。

ダイアナは満面の笑みを向けた。「そうできたらいいのに。一刻も早くたどり着きたいわ」

「わたしもよ」ユーフェニアはそっと笑って認めた。「有名な科学者に会うのは初めてだもの」

「きっと盛大なパーティーになるでしょうね」カリオペは承認の吐息をもらして言った。「伯爵夫人はバースの貴族を全員招待したそうよ」

アダーリー卿も含まれるのかしら？

その問いに対する反応を押し隠すべく、ダイアナは身をひねり、目的地を探すふりをして窓の外を眺めた。ユーフェニアの詮索するようなまなざしをひしひしと感じながら。

お互いバースにいる以上、子爵と話すのを避けながらも、公の場で彼を時折目にすることに慣れなければ。子爵の名が会話に出るたびにユーフェニアから探るように見つめられなければ、はるかに楽だろうけど。

ほどなく、煌々《こうこう》と明かりに照らされたクリーム色の石造りの豪邸に続く湾曲した長い私道に入った。両脇にたいまつが灯された私道は紋章のついた馬車で混雑している。カリオペは興奮気味にそれぞれの馬車の持ち主について詳しく語った。どうやらバースに住む貴族とその親族は皆招待されたようだ。

アダーリー卿は招かれても出席しないかもしれないわ。彼と有名な科学者兼作家に共通点などあるはずがない。ただ、子爵も『蜘蛛の巣』を読んだ可能性は大いにあるし、もしそうなら、彼も文才豊かな作家と会いたがるだろう。

ダイアナはそんな物思いを頭から締め出そうとした。ここに来たのは、アダーリー卿ではなくブロムウェル卿に会うためなのだから。

そう自分に言い聞かせて四輪馬車を降り、おばたちに続いて足早に階段をのぼった。

豪邸の広大な玄関ホールに足を踏み入れたとたん、ダイアナは息をのんだ。そして、磨きこまれた大理石の床を歩きだした。シーザーの宮殿にあってもおかしくないほど立派な柱にまで、大理石が用いられている。はるか頭上にある漆喰《しっくい》塗りの白い丸天井は繊細で美しかった。夏の空を思わせる淡いブルーの壁。磨かれて光り輝くマホガニー材のサイドテーブル。その上の花瓶には色鮮やかな温室の花がふんだんに生けられている。

外套を脱いで従僕に渡すと、人混みに目を走らせた。お仕着せを着た使用人の一団に外套を手渡している招待客は皆、バースの上流階級の人々だ。そのなかには〈ロウアー・アセンブリー・ルーム〉や劇場や〈パンプ・ルーム〉で見かけた顔も混じっている。

ありがたいことに、アダーリー卿の姿は見あたらなかったものの、彼の友人のスマイス＝メドウェイ卿が広間か回廊とおぼしき場所の戸口にたたずんでいた。彼と話している見知らぬ黒髪の紳士は、紳士服の流行の立役者、ブランメルのお眼鏡にもかないそうな夜会服を身につけていた。純白に輝くシャツ、仕上げるのに一時間はかかりそうなほど複雑に結ばれたクラヴァット。襟の先はしっかりとそろえられ、皺ひとつないジャケットは使用人がふたりがかりで着せたのではないかと思うデザインだった。

スマイス＝メドウェイ卿と同年代に見えるその男性も、アダーリー卿の学友なのかもしれない。だとすれば、彼もフォールストン卿の敵なのだろう。その推察を裏づけるように、グレンドン大尉がふたりに加わり、笑って挨拶を交わした。見知らぬ紳士は大声で笑いはしなかったが、その表情から友人との再会を喜んでいるのがうかがえた。

大半の客が同じ方向に向かっているところを見ると、パーティーの主役はその奥の広間にいるのだろう。つまり、アダーリー卿の友人たちを避けるのは不可能だ。

たとえ彼らを避けたくても。でも、ダイアナは見知らぬ男性の正体や、彼がハロー校時代の仲間内でどんな立場だったかに興味があった。服装からして、彼らのなかで一番虚栄心が強く、アダーリー卿以上に女性に害を与えそうだ。とはいえ、子爵のように典型的なハンサムではないし、冷静な目で見れば、彼の容貌はあまり魅力的とは言えない。子爵が放つ強いオーラや、グレンドン大尉の指導力や、スマイス＝メドウェイ卿の陽気さがあるわけでもない。

ただ、周囲の女性の反応からして、彼に目をとめたのはダイアナだけではなさそうだった。彼女が彼の魅力を見きわめる前に、フォールストン卿が現われた。彼はしかめっ面を隠そうともせずにスマイス＝メドウェイ卿たちの脇を通り過ぎ、人混みのなかを突き進んできた。

「こんばんは」ダイアナやおばたちのそばまで来ると、彼はお辞儀をした。

「閣下」カリオペがこたえた。「あなたがお見えになるのを心待ちにしていました。もっとも、ブロムウェル卿のご学友のあなたと、ここでお会いするのは当然ですわね」

ダイアナはぱっと彼のほうを向いた。「そうなんですか?」

「ええ、彼はハロー校の同級生です。舞踏室で招待客を迎えているようですよ」彼はダイアナの腕を取って子爵の友人たちがたたずむ両開きの扉へ導きながら言った。「もっとも、本人はこんなに騒がれるのを喜んでいないはずです。昔から寡黙なタイプでしたから」

同じハロー校の卒業生として、アダーリー卿も出席するかもしれない……彼がブロムウェル卿にもひどいいたずらをしたなら話は別だが。でも、そうだとすれば、貴族であろうがなかろうが、子爵のいたずら仲間のスマイス＝メドウェイ卿も招かれないはずだ。

舞踏室は玄関ホール以上に人でごった返していた。金箔《きんぱく》をほどこされた柱、凝った装飾模様の壁紙、きれいに磨かれた鏡。十数個の大きなシャンデリアが室内を明るく照らし、テラスに面して並ぶ両開きの扉は開け放たれている。オーケストラが部屋の突きあたりの舞台で演奏していたが、興奮した人々のざわめきでほとんど聞こえなかった。周囲で談笑する人々は、主に若いブロムウェル卿の噂話に花を咲かせていた。彼が最近かかった病や、彼の著書が読書会や一般市民のあいだで大評判となっていることについて。けれども、ブロムウェル卿の本の内容について話している人はひとりもいなかった。

そのうえ不愉快なことに、フォールストン卿はわざと歩調を遅らせている様子だった。おばたちはすでに列に並び、テラスに向かって開け放たれた両開きの扉の脇にいるブロムウェル卿とおぼしき男性にどんどん近づいている。その若い紳士のほっそりした顔は年月を経たオークの木のような色だった。細身の体にまとった服はぶかぶかだが、帰国の途中で重病にかかったことを考えれば、自宅にあった夜会服のサイズが合わなくても当然だろう。隣にいる年配の紳士はベストに覆われた胸がはち切れそうなほど誇らしげで、主役と対面する前に彼に話しかけてくる客に向かって王のごとく尊大にほほえんでいた。

きっと、あれがブロムウェル卿の父親のグランシャー伯爵ね。

「ブロムウェル卿の本をどう思われましたか？」フォールストン卿に尋ねたとき、若い世代について不満をもらす老紳士の一団が通り過ぎていった。彼らに言わせれば、ボルネオ島のジャングルに行ったブロムウェル卿のような男性でさえ、軟弱すぎるらしい。

フォールストン卿は赤面した。「まだ読む機会がなくて」

「そうですか」彼女は不満を押し隠してつぶやいた。「すばらしい本ですよ。本当に興味深く、胸が躍るような内容です。彼の船がハリケーンに巻きこまれた場面は――」

「マイ・レディ、あなたとふたりきりで話がしたいのですが」フォールストン卿は決意がにじむ静かな声で遮った。

ダイアナはびっくりして、平静を取り戻すのにしばしかかった。ずっとそれを言おうとしていたから、彼はわざとゆっくり歩いていたの？「それはちょっと――」

「お願いです。本当に大事なことなんです。そうでなければ、こんな図々しい頼み事はしません」

実際、フォールストン卿は必死な形相だった。それに普段はとても礼儀正しい人だ。とはいえ、彼がふたりきりでなければ話せないようなことを聞きたくなんかないわ。

しかし、ふたりきりで話したいと言い出してから彼は一歩も動こうとしていない。わたしが承諾するまでブロムウェル卿と挨拶する列に並ばせないつもりかしら。そんなことになったら困る。「もしかしたら」とうとうダイアナは言った。「ブロムウェル卿とお会いしたあとで、テラスに出られるかもしれません」

フォールストン卿は安堵の息をもらした。

そのとき、スマイス＝メドウェイ卿とその仲間がかたわらに現われた。彼は突拍子もないことが起きたかのように片方の眉をあげた。「やあ、フォールストン、こんなところで会うとは奇遇だな」そう言って仲間のほうを指す。「レディ・ダイアナ、もうグレンドン大尉とは面識がありましたね。こちらは準男爵で法廷弁護士のサー・ダグラス・ドゥルーリーです。ドゥルーリー、こちらがレディ・ダイアナ・ウェストーヴァーだ」

「お会いできて光栄です、マイ・レディ」サー・ダグラスはアダーリー卿に劣らぬ魅力的な低い声で言った。口調は礼儀正しかったものの、ほとんど笑みを見せず、値踏みをするように彼女を眺めた。

ダイアナはようやくサー・ダグラスの資質を理解した。彼はアダーリー卿よりも、これまで出会ったどの男性よりも、はるかに尊大だ。それは決して魅力的な資質ではないのに、なぜわたしを含む女性たちは彼に魅力を感じるのだろう？　当惑して立ち尽くしていると、サー・ダグラスがいぶかしむように片方の眉をあげた。「私のクラヴァットはどこか変ですか、マイ・レディ？」

「いえ、そんなことはありません。失礼しました」

「側仕えの苦労が無駄になっていなければいいんです」彼はかすかに笑みを浮かべた。そのほんのわずかな表情の変化が劇的な効果をもたらした。肌寒い日に炎のぬくもりが恋しくなるように、女性は彼に惹かれるのだと不意に悟った。

当然のごとくフォールストン卿はその魅力に無頓着だった。「きみがここにいるということは、裁判所はきみの代わりを容易に見つけられるようだな、ドゥルーリー？」嘲《ちょう》笑《しょう》混じりに指摘した。

「われわれは皆消耗品さ」準男爵は平静な口調で答えた。「ところで、きみについて実に興味深い噂を耳にしたぞ、フォールストン。こちらの令嬢が未来の花嫁か？」

ダイアナはびくっとしてその場に凍りついた。誤解を正そうとした矢先、フォールストン卿が赤面しながら反論した。「いや、まだ婚約はしていない」

ダイアナは背筋がぞっとした。フォールストン卿が話したがっているのはそのことに違いない。さきほどの頼みを断わればよかった。今からでもまだ間に合うかもしれない。

「マイ・レディ、もしフォールストンと婚約したら」サー・ダグラスは内緒話でもするような口ぶりだったが、そのまなざしは鋭かった。「彼の元婚約者のようにならず者と駆け落ちするのはやめたほうがいいですよ。もしかしたら、彼は前回と違って私の忠告に従い、あなたを婚約不履行の罪で訴えるかもしれませんから」

サー・ダグラスがフォールストン卿の敵なら、法的助言を授けたりするかしら？

「あのとき訴えなかったのは、一部の人間と違い、私は新聞の紙面に家名を汚されることを望まないからだ」フォールストン卿は言い返した。

「訴えればきみが勝訴したはずだ。どの事務弁護士に尋ねても簡単な裁判だと言っていたぞ」

「きみは……私の問題について……他人と話したのか？」

「私は法廷弁護士で、その手のことにはうとい。だが、事務弁護士は詳しいからな。私はきみのためを思って相談しただけだ」

「余計なお世話だ！」フォールストン卿は歯を食いしばりながら言い放った。

スマイス＝メドウェイ卿がかぶりを振った。「無駄だよ、ドゥルーリー。フォールストンはきみに川から引きあげてもらったときも今も、助けなど求めていないんだから」

つまり、準男爵もあのいたずらにかかわっていたのね。その罪悪感からフォールストン卿に法的な助言をしたのかしら。

フォールストン卿は燃える怒りをかろうじて抑制しているようなまなざしで、スマイス＝メドウェイ卿をにらんだ。「きみたちが図々しくも今夜出席したことに恐れ入ったよ。きみたちはブロムウエル卿をなんと呼んでいた？ 虫好き《バギー》だろう？」

スマイス＝メドウェイ卿たちはその辛辣な言葉にまったく動じなかった。「ああ。そして、今や彼はそのあだ名どおりの人物として有名になった」

「きみもあだ名のとおりだな」フォールストンが噛みついた。「アダーリーもだが」

スマイス＝メドウェイ卿はとっておきの冗談を教えるようにダイアナにほほえみ、気取ったお辞儀をした。「残念ながら彼の言うとおりです、マイ・レディ。僕はそこそこ《ミドリング》というあだ名にたがわず、いまだになにをやってもそこそこですから」続いて仲間を指す。「このグレンドンは船や航海にまつわることに夢中だったので海軍大佐《キャプテン》と呼ばれていました。僕たちは彼から偉大な海戦についていやというほど聞かされましたよ。討論に優れていたドゥルーリーのあだ名は古代ローマの政治家キケロです。なんであれお題を与えれば、賛成にしろ反対にしろ、彼は自分が完全に正しいことを相手に納得させます。ドゥルーリーはいまだかつて議論でも法廷でも負けたことがありません」

この賞賛に対し、法廷弁護士はまた片方の口の端をかすかにあげた。

「エドモンドのあだ名がなんだったか、わかりますか？」

「彼女はきみたちとそんなゲームをしに来たわけではない」フォールストン卿がかっとなって言った。

「まったく傷つく言い方だな、フォールストン」スマイス＝メドウェイ卿はいつもの満面の笑顔で言い、いたずらっぽく目を輝かせた。

「ええと」ダイアナは男性たちの言葉の応酬を無視し、アダーリー卿の黒髪や指揮官のような物腰について考えた。神々や戦士や大天使の名前がいくつか頭に浮かんだが、スマイス＝メドウェイ卿の冗談めかした態度から判断して、最終的な答えを選んだ。「悪魔の首領のベルゼブルかしら？」

「惜しい！」スマイス＝メドウェイ卿は嬉しそうに叫んだ。

「ハデスですよ」フォールストン卿がじれったそうに言った。「アダーリーのあだ名はハデスです」

ダイアナは図書館でアダーリー卿と交わした会話を思い出し、喉が締めつけられた。どうりで彼はその話題についてしつこくきいてきたはずだ。わたしをだしにしてひそかに楽しんでいたに違いない。

「フォールストンから聞いたことはないでしょうけど、僕たちは彼をこう呼んでいました」スマイス＝メドウェイ卿は明るく言った。「堅物フォールストンと。彼は当時から口やかましかったんです」

さも軽蔑するように鼻を鳴らし、フォールストン卿はダイアナを優しく引っ張った。

「行きましょう、マイ・レディ。病みあがりのブロムウェル卿がいつまでパーティーにいられるかわかりませんから」

主役の健康状態に関するフォールストン卿の懸念があたっていることを恐れ、ダイアナは異を唱えなかった。三人の男性を振り返って礼儀正しく挨拶しようとしたが、ユーフェニアの詮索するようなまなざしと目が合い、思い直した。おばたちはすでに挨拶をすませ、フォールストン卿とスマイス＝メドウェイ卿たちのいざこざを見守っていたようだ。

「ブロムウェル卿とは知り合いですから、私があなたをご紹介します」フォールストン卿は独占欲もあらわに彼女の手を握った。

ダイアナはその迷惑なしぐさや、この機会を台無しにしかねないあらゆる懸念を頭から振り払い、著名な作家に注意を注いだ。ブロムウェル卿が目にし、体験したことを考えただけでわくわくするわ！　おまけに、彼はそれを実に明快に、感情を込めて書き綴《つづ》った。わたしに彼の半分か、四分の一、せめて八分の一の文才があったらいいのに。

だが、フォールストン卿がどこか横柄な態度でダイアナを病みあがりのブロムウェル卿に紹介したとき、彼女はそういったことを口にはしなかった。畏敬の念に打たれてなにも言えなかったのだ。とりわけ、彼の接吻《せつぷん》を手に受けたときは。

アダーリー卿に同じことをされたときに感じたときめきや、フォールストン卿に抱いたような失望感は込みあげてこなかった。今回はひとりの作家が作家の卵である彼女に祝福を授けてくれた気がした。むろん、ブロムウェル卿はそんなことは知る由もないが。

「あなたの本は本当に読みごたえがありました！」ダイアナはブルーがかったグレーの目にしげしげと見つめられながら言った。「とりわけ嵐の場面では、あなたと一緒に船に乗っているような気分を味わいました。激しく揺れる船、側面からかかる水しぶき、大きな波、うなる風！　すばらしいのひと言ですわ、閣下。それに、もう二度と以前と同じ目で蜘蛛を見ることはないでしょう」

ブロムウェル卿は笑顔でダイアナをじっと見つめ続けた。彼がこんなふうに何時間も蜘蛛の巣を眺めている姿が目に浮かぶようだわ。「あなたが本心でそうおっしゃっていることがわかります」教養のある細身の若者にしては驚くほど声が低くしゃがれていた。きっと病みあがりのせいだろう。やや思い悩むようにほほえんでから、招待客に息子を自慢するのに忙しい父親をちらりと見た。「ですが、私の本を気に入ったという人が皆実際に本を読んだわけではなさそうです」

ダイアナはグランシャー伯爵につかまっているフォールストン卿を思わず見てしまい

そうになったが、こらえた。伯爵は『蜘蛛の巣』がヨークシャーで何冊売れたかについて、大声で話していた。

ブロムウェル卿がダイアナの背後のなにかに目をとめ、心から嬉しそうに顔をほころばせた。

「またのちほど、もう少しお話しできたら嬉しいです、マイ・レディ」彼は言った。「苦労して執筆した本を褒めてもらうのをいやがる作家はいませんから。ですが、どうか席を外させてください。今すぐアダーリー卿と話さなければならないので」

ブロムウェル卿の視線をたどると、夜会服を着たハンサムな子爵が友人たちとともにいるのが見え、彼女はすぐさまブロムウェル卿に視線を戻した。「もちろんですわ」

ブロムウェル卿は一歩踏み出してから躊躇し、揺るぎない目で探るようにダイアナを見つめた。その無言のまなざしだけで、彼女に胸の奥の秘密を打ち明けさせようとするかのように。「あなたが私の友人に関する噂を鵜呑みにしていないといいのですが。アダーリー卿は非常にまじめで謙虚な、学問好きの男で、たまたまハンサムだっただけです。あまりにも女性にもてるので、世間は彼がその容姿を利用していると思いこんでいるようですが、彼はそんなことはしていません。それどころか、私がこの仕事で身を立てられたのは彼のおかげです。蜘蛛の研究を続けなければきっと将来後悔すると指摘されましたが、まったくそのとおりでした。それに、アダーリー卿が私の研究旅行にあれだけ出資してくれなければ、この調査は成し遂げられなかったはずです。感謝の念とともに著書をアダーリー卿に捧《ささ》げたかったのですが、彼が固辞したので、これから直接礼を伝えるつもりです」

そう言うと、ブロムウェル卿は人混みをかきわけ、戸口でスマイス＝メドウェイ卿たちと談笑する子爵のもとに向かった。

ダイアナは突然床が傾いたような錯覚に襲われた。アダーリー卿がまじめで謙虚な学問好きですって？　ブロムウェル卿はごまかされているのかしら――それとも、長年のつきあいで真実を知っているということなの？

フォールストン卿がかたわらに現われた。「まったくグランシャー伯爵の話にはきりがない。まるで息子が新大陸を発見したかのような態度だ」

ダイアナは彼の文句を聞き流した。「アダーリー卿がブロムウェル卿の研究旅行に多額の援助を行ったことをご存じでしたか？」ブロムウェル卿が子爵に歩み寄って勢いよく握手する様子を眺めながら尋ねた。

「誰がそんなことを言った？」フォールストン卿はダイアナが見え透いた嘘にだまされているとでも言うようにきいた。

彼女は肩を怒らせ、やや顎を突き出した。「ブロムウェル卿本人です」

フォールストン卿は彼女を侮辱したことに気づいたらしく、たちまち深く反省した表情で謝った。「申し訳ありません、マイ・レディ。アダーリーがブロムウェルといまだに連絡を取りあい、研究資金まで援助していたとはまったく知りませんでした」

ちょうどそのときグランシャー伯爵が移動してオーケストラの演奏を中断させ、スピーチの準備を始めたので、ダイアナは返事をせずにすんだ。

虚栄心の強そうな伯爵は顔を輝かせ、ますます胸を張りながら集まった人々に向かって話しだした。「お集まりの皆さん、どうかわが息子を紹介させてください。息子はつい最近調査旅行から帰国し、当然のことながら大歓声に迎えられました」

伯爵がどう思っているにせよ、赤面して目を伏せているブロムウェル卿は、自身の業績に対してはるかに謙虚な思いを抱いているようだ。

「息子は幼いころから研究熱心でした。親としてはそれを誇らしく思っていたので、当然ですが、息子の好きなようにさせました」グランシャー伯爵は続けた。

アダーリー卿や彼の仲間は訳知り顔で懐疑的な視線を交わした。そのやりとりからして、息子の研究を最初から奨励していたという伯爵の記憶は事実とは異なるのだろう。

それでもブロムウェル卿は自分の意志を貫いたのだ。ダイアナは彼と違って実際に身を危険にさらしてはいないが、批判を覚悟で小説の執筆を始めたので、その立派な姿勢に強く胸を打たれた。

息子を褒めたたえる伯爵のスピーチが続き、ブロムウェル卿が気恥ずかしそうな表情を浮かべるなか、フォールストン卿が身を寄せてきてささやいた。「ふたりきりで話すのは今がいいかもしれません。私たちがテラスに抜け出しても誰にも気づかれないでしょうから」

そのことをすっかり忘れていたダイアナは、やはり考え直したと言おうとしたが、彼が思いがけないほど頑固な目つきをしていることに気づいた。

いっそ話を聞いて片をつけたほうがいいのかもしれない。だとすれば、今が絶好の機会だ。おばたちはほかの招待客同様、グランシャー伯爵の話に耳を傾けながら、ブロムウェル卿とその仲間に目を向けている。

彼らは魅力的な集団だった。やつれた細身の科学者、精悍な黒髪のハデス、指揮官の威厳が漂う海軍将校、傲慢な法廷弁護士、冗談が好きな薄茶色の髪の紳士。

ダイアナも彼らを見ていたかった。

「誰かに見とがめられたら、あなたが新鮮な空気を吸いたくなったからだと説明すればいいでしょう」フォールストン卿は彼女がその場から動こうとしない理由を誤解してつぶやいた。

彼女は彼を一瞥した。「あるいは、あなたが新鮮な空気を吸いたくなったからだと」

フォールストン卿はほほえんだ。「ええ、そうですね」

ため息を押し殺し、ダイアナは後ろにさがって外に出た。涼しい空気は心地よかったものの、夜気のなかで長話ができるような服装はしていない。フォールストン卿がなにを話すつもりにせよ、さっさと終えてくれることを願うわ。

彼は四角や三角が描かれた幾何学模様の広大な庭園へと階段をおり始めた。ダイアナは舞踏室から遠ざかるのをためらった。

「私を信頼できないのですか？」彼はそっと尋ねた。

「そういう問題ではありません、閣下。ご承知のとおり、あなたとふたりきりになることは作法に反しています」

「長くはお引きとめしないと約束します」彼は懇願した。「誰にも邪魔されたくないんです。ほんの一瞬でかまいません。いなくなったことを誰にも気づかれないうちに舞踏室にお連れしますから」

月明かりを浴びたフォールストン卿は無害そうに見えた。今話を聞かなければ、彼はふたりきりになりたいとひと晩中しつこく言ってくるだろう。それなら今すませたほうがいい。

ダイアナは彼のあとに続いたが、階段の一番下にたどり着くと言った。「これ以上はどこにも行きません、閣下」

彼はうなずいて深く息を吸った。「マイ・レディ、私はあなたをお慕いしております」

ダイアナが口を開く間もなく、彼は早口で続けた。「あなたの本の好みに対する私の意見に気分を害されていなければいいのですが。あんなふうに批判するなんて、私が間違っていました」

彼はだしぬけに片膝を突き、板石に打ちつけて一瞬ひるんだ。「ダイアナ、あなたを愛しています！　あなたは私の妻となって、私をこの世でもっとも幸せな男にしなければなりません」

男性に結婚を申しこまれたら感じるだろうと思っていた気持ちは込みあげてこず、ダイアナは白けた気分になり、いらだった。片膝を突いたフォールストン卿はいかにも間抜けに見える。それより、彼はわたしがこの傲慢な求婚を歓迎すると思ったのだろうか？　彼を幸せにしなければならないですって？　気のあるそぶりなど一度も見せたことがないのに、彼の妻になれというの？　お互いのこともほとんど知らないのに。むしろ、フォールストン卿よりアダーリー卿について詳しいくらいなのに。「お立ちください、閣下」

「私はあなたの足元で永遠にあなたを崇《あが》めたたえます！」

ダイアナはそんなことをすれば彼は長生きできないと指摘するのを控えた。「あなたには足元にいてほしくありません」そうよ、どこにもいてほしくないわ。「どうか、閣下、誰かに見られる前にお立ちください」

フォールストン卿は立ちあがるなりダイアナを抱きしめ、引き結んだ唇を押しつけようとしてきた。生まれてこのかた女性にキスをしたことがないかのように。

「閣下!」彼女は仰天して叫び、彼を突き飛ばした。

フォールストン卿と外に出たりしなければよかった! 彼はわたしがおとなしく従ったことや、これまでのわたしの行為を完全に誤解しているようだ。

彼は顔を赤らめ、深く反省する少年のように地面を見おろした。「許してください」そうつぶやくと、悲しげな目をあげて彼女の手をつかもうと手を伸ばした。「ですが、私の気持ちをわかっていただければ――」

「あんなことをされれば、察しはつきます。さあ、舞踏室に戻りましょう」

彼はダイアナの手をつかみ、今にも泣きだしそうな顔をした。「衝動的にキスしようとしたことをどうか許してください。つい感情が抑えきれなかったんです」

「ええ、許して差しあげます。さあ、もう戻らないと」

フォールストン卿はふたたび片膝を突き、ダイアナの手をつかんで強く唇を押しつけた。「ああ、許してくださって感謝します、私の天使。ありがとう」そのまま手を握り、彼女の手袋が湿るまで唇を離さなかった。

まったくばかげているわ。「どうか放してください、閣下」

「おや、これはいったいどういうことだ?」そう詰問する男性の声が響いた。

ダイアナははっと息をのんだ。目をあげると、アダーリー卿が月明かりを浴びて階段に立っていた。黒の夜会服に身を包み、戦場の将軍のごとく威厳を備えながらも優雅で洗練されている。

子爵は腕を組んで片脚に重心をかけながら、片方の眉を尊大につりあげた。「この衝撃的な光景からして、間もなく結婚予告が行われるのだろうね？」

なぜよりによってアダーリー卿に見られてしまったの？ 顔を真っ赤に染め、ダイアナは幽霊のように消えてしまいたくなった。

一方、フォールストン卿は憤慨した顔であわてて立ちあがった。「こちらのレディと私は――」

「いいえ！」ダイアナは機先を制して叫び、フォールストン卿の抗議の声を無視した。「結婚予告など行われません」

「親密なひとときを目撃されるのは非常に不愉快だろうね？」子爵が言った。

彼がなんのことをあてこすっているのかはわかっているけれど、同意する気はないわ。「マイ・レディ、ひと言忠告させてもらうと」彼は平然と続けた。「きみが彼と婚約しているとか、そうなることを望んでいるとか、もしくはきわめて不道徳な女性だと世間に思われたくなければ、若い紳士にキスなんてしないほうがいい」

「そんなことはしていません！」

「いや、たしかにそう見えた。私は視力が悪くないし、今夜は月明かりがひときわ明るい」

「アダーリー、きみにそんなことを言う権利は――」ようやく口が利けるようになったらしく、フォールストン卿が声を荒らげた。

「私には倫理的な感受性を脅かされることなく、伯爵邸の庭を自由に散策する権利があるはずだ」アダーリー卿が遮った。

「まるで倫理観のかけらでも備えているような物言いだな！」フォールストンは嘲笑《あざわら》った。

子爵はダイアナに平静なまなざしを向けた。「マイ・レディ、少し席を外してもらえないか？」

ダイアナは堂々と自信に満ちあふれる冷静な男性から、怒りに駆られた所有欲だらけの短気な男性に視線を移した。「ええ、喜んで」

彼女は階段をのぼった。

だが、舞踏室には戻らず、ふたりの会話を立ち聞きするため、暗がりのなかテラスを移動した。子爵がわたしの求婚者になんと言うのか気になって、とても立ち去れないわ。

「きみがなにをたくらんでいるのかはお見通しだ」フォールストンは子爵とふたりきりになったと思ったとたん、悪意に満ちた低い声で言った。「私の人生をめちゃくちゃにするつもりだろう！　昔からきみは私を妬んでいた！　だから、私を殺そうとし――」

「フォールストン、もう何度言ったか知れないが、私はハロー校できみを殺そうとしたことはない。あれは単なる事故だ。第一あんな浅瀬では溺れ死のうとしたって無理さ。それに断わっておくが、私は今も昔もきみを妬んだことなど一度もない」

「嘘だ！　ハロー校できみよりラテン語やギリシャ語の成績がよかった私を妬んでいただろう。今はレディ・ダイアナのことで嫉妬《しっと》している。彼女はきみのあとをしょっちゅうついてまわる虚栄心の強い愚かな女たちの十倍はすばらしいからな」

「彼女がすばらしいことに異論はないよ」

ダイアナは耳を疑った。

「たしかにレディ・ダイアナは賞賛すべき女性のようだ」子爵は続けた。「それだけに、彼女がきみのどこに惹かれるのかわからない。だが、きっとなんらかの魅力を感じているんだろう。さもなければ口づけされそうになったとき、きみを平手打ちしたはずだ」

「私たちがなにをしていようと、きみに関係ないだろう！」

「目撃したのが私ではなく彼女のおばたちや舞踏室にいるお節介な詮索好きだったらどうなっていたと思う？　そのことを考えたのか？」

アダーリー卿はダイアナの評判を第一に心配してくれたのだ。彼が正真正銘のごろつきだったら、彼女の評判がどうなろうとまったく意に介さないはずなのに。

「私たちはいずれ結婚するし、なんの不都合も生じなかったはずだ」

フォールストン卿の自信に満ちた返事に、ダイアナは愕然として息をのんだ。まるで、わたしには彼の申し出を断われないと言わんばかりの口ぶりだわ。

「きみはレディ・ダイアナの愛情を信じて疑わないんだな、フォールストン。だが、彼女にはきみほど確信がなさそうだったぞ。もし自分が結婚したいと思う女性が同じ気持ちを抱いているなら、愛情を口にすることをためらわず、キスもさせてくれるはずだ」

アダーリー卿の言うとおりだと、ダイアナは思った。

「レディ・ダイアナは私との結婚を望んでいる。だからこそ、きみが指摘するとおり、私にキスを許したんだ」

キスはしていないと、ダイアナは声高に抗議したくなった。

「そうかな。彼女はきみを突き飛ばしたように見えたが」

「あれは淑女の慎ましさゆえの行動だよ。むろん、きみには理解できないだろうが」

「きみのほうこそ私のことをまるでわかってないな、フォールストン。昔からそうだった。きみは世間一般の人々と同じで、わずかな証拠から憶測をめぐらせ、それを真実だと主張する。おまけに、自らその〝真実〟をでっちあげている」

「きみが私になにをしたのか、私にはよくわかっている！」

「それは私も同じだ」子爵はこたえた。「実際にはささいないたずらだったのに、あれ以来きみはそれを口実に偽りの非難や噂をまき散らしている。そろそろ大人になったらどうだ？」

「ああ、そのほうがきみには好都合だろう。過去はすべて水に流して、自分自身の罪も葬り去れるんだからな」

「罪は犯していない」アダーリー卿は初めて怒りをあらわにした。「ただの事故だ。私はきみや、きみの母親だけでなく、求められれば誰にでも幾度となく謝った。それ以上なにをしろと言うんだ？」

「まずは、私や、私が結婚しようと思っている女性に決して近づかないことだ」

「結婚に関して、彼女にはなにも言う権利がないのか？」

「むろんあるさ！　私が言いもしないことを言ったかのように話すな」

フォールストン卿がいくら反論しようと、ダイアナはさきほど彼の頑固そうな目つきを目のあたりにし、迷惑なしつこさにさいなまれ、自信満々な思いこみも耳にした。フォールストン卿はわたしが彼の妻になると信じて疑っていない。まるで、わたしの意見などどうでもいいかのようだ。

子爵が次になんと言うのか知りたくて、ダイアナは固唾をのんで待った。

だが、アダーリー卿の返事には嘲笑も皮肉も怒りもにじんでいなかった。それどころかブロムウェル卿の言葉どおり、学問好きの思慮深さが感じられた。彼の質問は思いもらないものだった。「レディ・ダイアナの気持ちに対するきみの読みが正しく、私が間違っていたと仮定して、きみは彼女を幸せにできるのか？」

アダーリー卿はわたしの幸せを気にかけてくれるの？　女性を誘惑することばかり考えているろくでなしの放蕩者が、女性の幸せなど気にかけたりするだろうか？　これこそまさに、彼が好色でも自分勝手でもならず者でもない証拠だわ。

フォールストン卿は行進する兵士のように背筋をぴんと伸ばした。「ああ、もちろん幸せにできるさ」

「なぜそう思う？」

蜘蛛の巣に引っかかった露のしずくのように、その穏やかな質問が宙に漂った。

「きみにそれを説明する必要はない」フォールストン卿がようやくつぶやいた。

「そうだな。だが、きみはそのことについて考えるべきだ。レディ・ダイアナは非凡な女性だ、フォールストン。上流階級の一般的な夫婦の決まり事はあてはまらないかもしれないぞ」

「なにが言いたい？」フォールストン卿はますます語気を荒らげた。「彼女の人格を中傷するつもりなら――」

「そんな気は毛頭ない。私が案じているのはきみの人格だよ」

ダイアナは勝利――そして安堵――の叫び声をあげたくなった。フォールストン卿は完璧な花婿候補ではないと、ついに言ってくれる人が現われた。

「私の人格には問題などいっさいない！」フォールストン卿は言い返した。「きみが他人の人格についてとやかく言うなんて笑止千万だ」

アダーリー卿は嘲笑混じりの皮肉を聞き流した。「きみは彼女にふさわしい男だと思うのか？」

ダイアナはまたしても仰天した。カリオペはわたしがフォールストン卿と釣りあっているように見せようと躍起だが、子爵はフォールストン卿のほうがわたしにふさわしくないとほのめかしている。

その違いは大きいわ。

「私ではふさわしくないはずがあるか？」フォールストン卿が問いただした。「私は爵位を持ち、裕福で、彼女との結婚を望んでいる。それ以上彼女がなにを求めるというんだ？」

「その答えなら、いくつかあげられる」

ダイアナも同感だった。アダーリー卿の言葉を聞いて背筋がぞくぞくし、驚くべき光景が次々と頭に浮かんだ——子爵がかかわる光景ばかりが。

「ばかばかしい！」フォールストン卿が言い放った。「私が誰と結婚しようがしまいが、それにレディ・ダイアナが誰と結婚しようがしまいが、きみには関係ないだろう。

私に対するいやがらせでこんな話を持ち出したんだな。もうほうっておいてくれ」

「この十年間ほうっておいてやっただろう、ファスティ。過去を持ち出して、とうの昔に許されて忘れ去られるべき学生時代のいたずらをみんなに思い出させているのは、きみのほうだ」

小声で罵《ののし》りながら、フォールストン卿は子爵を押しのけて足早に階段をのぼった。

きっと舞踏室でわたしを探すつもりだろうと、ダイアナは思った。おばたちもわたしがどこにいるのか心配しているかもしれない。もうなかに入らないと。

だが、ダイアナはためらった。そうこうしているうちに、子爵が長年こらえていた苦悩を吐き出すようなため息をつき、向きを変えて階段をのぼり始めた。

夜露に濡れた蔦《つた》にとっさに背中を押しつけたとたん、葉が音を立てた。

アダーリー卿は即座に立ちどまった。

ダイアナは息をのみ、ぴくりとも動かないように努めた。

だが、無駄だった。子爵は彼女のほうを向くと、ためらうことなく歩み寄り、バッキンガム宮殿の衛兵のごとく目の前に立ちはだかった。

いっそ消えてしまいたいと思ったのは、今夜これで二度目だわ。

「で、立ち聞きなんかしないと言い張る詮索好きなお嬢さんは、盗み聞きした話を楽しんだのかい？」彼は詰問した。

ダイアナは顔を赤らめたが、彼の問いに答えるつもりはなかった。「あのいたずらに関する話は本当ですか？　そんなに浅瀬だったんですか？」

子爵がその質問に驚いたとしても、いっさい顔に出ていなかった。「舟が沈んだあたりの水深は八十センチ足らずだ。現地に詳しい者にきいてみればわかるよ」

「あなたはわざと舟底に穴を開けて沈没させたの？」

「いや。その前に深夜の舟くだりを楽しんだチャーリーが、舟を川岸に引っ張りあげた際に知らずに船体を傷つけてしまったんだ」

「そもそもフォールストン卿を舟に乗せることを思いついたのはスマイス＝メドウェイ卿なんでしょうね？」

「誰が考えたにせよ、フォールストンに舟に乗るよう話を持ちかけたのはこの私だ。その結末に過失があるとすれば、それは私の責任だよ」

感情が読みとれない子爵の端整な顔を見つめ、ダイアナは眉根を寄せた。「どうしてですか、閣下？　なぜあんないたずらをしたんです？」

アダーリー卿はしばらく葛藤《かっとう》したのち重い口を開いた。「フォールストンが蛭《ひる》さながらにわれわれにつきまとい、友達になってくれたらごちそうするとか金をやるとか言い続けたからだ。私たちは四六時中追いまわされることにうんざりし、友情を金で買えるとほのめかされて憤慨した。あいつはわれわれをほうっておくべきだったんだ」一歩踏み出してふたりの距離をつめた。「きみはずいぶんあの男のことを気にかけているようだな」

子爵はわたしを威嚇しようとして距離を縮めたのだろう。その手に乗るものですか。ダイアナは彼を見つめ続けた。「フォールストン卿に同情しているからです。彼は孤独で、あなた方をうらやみ、友達がほしくて必死だったのかもしれません。そう思ったことはないのですか?」

子爵は当惑気味に眉根を寄せた。「フォールストンが孤独で、友達がほしくて必死だった、だと? あいつには山ほど友人がいたぞ」

「でも、そのなかにあなた方は含まれていない。きっと、あなた方は楽しそうな仲間に見えたんでしょう」

「あいつは厄介者だ」

「そのお気持ちはよくわかります」わかりすぎるほどに。「ですが、フォールストン卿の気持ちを理解してみようとなさらないんですか? 彼は辱めを受けたせいであなたを許せないのでしょう。もしあなた方が彼に同じいたずらをされたらどうしていたと思います?」

子爵は胸の前で腕を組んだ。「それなら正確に答えられる。もしドゥルーリーの乗っていた舟が沈んだら、彼は川岸に這いあがり、そのことをひと言も口にしないだろう。

チャーリーはどうにか舟を漕いで岸までたどり着いただろうし、ブリックスはただちに報復のいたずらを仕かけたはずだ。私は激怒し、死や流血が描かれたホメロスの詩を長々と聞かせてやるだろう。だが、誰ひとり、いたずらをしかけた張本人を殺人未遂の罪で非難したり、その後何年にもわたって悪質な噂を広めたりする者はいない。私の数々の罪に関する噂を流してきたのはいったい誰だと思う?」

アダーリー卿の仲間がそういった反応をすることは容易に信じられるし、フォールストン卿の言動に対する子爵の怒りも理解できたが、それでもダイアナは言わずにはいられなかった。「あなたが自分の非を認めていれば、これほどの敵意は芽生えなかったかもしれません」

彼は身をこわばらせて不快感をあらわにし、ふたたび彼女を見据えた。「マイ・レディ、洞察力の鋭いあなたに言われなくても、私はフォールストンと和解しようとした。さっき私の謝罪の言葉を耳にしただろう。あのいたずらの直後も、その後何度も、私は幾度となく謝った。ブリックスもドゥルーリーもチャーリーも。だが、フォールストンは謝罪をいっさい受け入れなかった。それどころか、私たちがあいつを殺そうとしたと非難した。そして今日までそれを繰り返している。フォールストンはわれわれ全員を退学させようともした。ドゥルーリーは危うくスコットランドの荒野の荒れ果てた学校に転校させられそうになった。チャーリーは、格好の口実を得て喜ぶ継父によって半殺しの状態になるまで鞭《むち》で打たれた。ブリックスはもらえるはずだった馬を失った。言っておくが、彼が両親から贈り物をもらうことはめったになかった。ブリックスはそれを笑い飛ばしていたが、心底馬をほしがっていたんだ」彼は深く息を吸った。「だから、われわれはフォールストンを嫌っている」

アダーリー卿は友人たちが受けた罰に憤慨しているが、ダイアナが耳にした彼の生い立ちを考えると、彼も罰をまぬがれたとは思えなかった。「あなたはどうなんです、閣下？　どんな罰を受けたのですか？」

彼がまた押し黙って葛藤する様子を見て、彼女はきいてはならないことをきいてしまったのかもしれないと後悔した。

けれども、しばらくして彼は口を開いた。「あのいたずらのあとの長期休暇中、私は自室に閉じこめられた。本も蠟燭も話し相手も清潔なシーツもない部屋に。まるで牢獄のようにパンと水だけを与えられて。自業自得だと、父から言われたよ」

「まあ、なんてお気の毒に」ダイアナはささやいた。幼かった子爵が恐ろしい罰にたったひとりで苦しみ、本さえ読めなかったことを想像すると、同情の念が胸に込みあげた。

「そんなにうろたえなくてもいいよ、ダイアナ。その経験は、父が意図したような効果はなかったが、本や友人をいっそう大切にすることを教えてくれた」

彼はわたしをダイアナと呼んだ。マイ・レディでもレディ・ダイアナでもなく、ただダイアナと。

アダーリー卿がこれだけつらい目に遭いながら苦々しい自己憐憫《れんびん》に浸ることなく、数々の苦しみを自分の背負うべき十字架のように語っているのは、まさに奇跡だわ。たしかに過去を変えることはできない。でも未来は？　なぜ彼はフォールストン卿の恨みがましい行為に耐えているのだろう？　「そんなつらい思いをしてもなお、フォールストン卿に好き勝手なことを言わせているんですか？　なぜやめさせないんです？」

「いったいどうしろと言うんだい？」その問いにはいつものからかうような響きがにじんでいた。「彼の舌を切りとるとか？」

「なんらかの方法があるはずです」

アダーリー卿は彼女にほほえんだが、目は笑っていなかった。「そこまで言い張るなら正直に言うが、私はいやな思いをさせられていることを認めて、あいつに満足感を与えたくないんだ」

たしかに彼はそんなそぶりを微塵も見せていない。「でも、世間の人に――」

「世間にどう思われようと関係ない」

「いいえ、気にするべきだわ。あなたはわたしが世間からどう思われるかをひどく気にしていらっしゃるじゃないですか」

「私の代わりに憤慨してくれるのはありがたいが、きみとは状況が違う。私は爵位を持つ裕福な紳士だ。私の名前がどれほど醜聞まみれになろうと、大半の人は見逃してくれる」

　彼の言葉は否定できないけれど、それでも……。

「人々があなたについてどんな噂話をしているかご存じですか？」

「ああ。もっとも、あまりにも過激な噂は私の耳まで届いていないかもしれないが」彼はさらに近づき、喉を鳴らすように低い声を響かせた。「きみはとても聡明な女性だし、気高い親戚《しんせき》から聞いた噂であろうと、すべてを鵜呑みにはしないだろう」

　ダイアナの全身を駆けめぐる血が脈打ち、興奮のさざ波が走った。「もちろん、聞いた噂の出所は考慮します。ですが、みんながみんなそうするわけではありません」

　アダーリー卿がさらに一歩踏み出し、ふたりの距離はわずか数センチになった。「ダイアナ、私の擁護者よ。私は正直、世間の大半の人になにを言われようとどう思われようとかまわない。彼らがああいう戯言《たわごと》を信じるというのなら、そうさせておくさ。だが、きみにはろくでなしだと思われたくない」

　ダイアナはどうこたえ、どう考えればいいかわからなかった。これまで彼に抱いていた印象は今や一変していた。

「この長い沈黙は、きみが私の噂をすべて鵜呑みにしていないという意味なのかい？」

彼は手を伸ばして彼女の頬を撫でた。

彼女はなにか口にしようとしたが、喉がからからに渇いているうえ、彼に抱きつかずにいられるような返事は思い浮かばなかった。

そのとき両開き扉の近くでグラスが触れあう音がした。ダイアナはびくっとし、人々から遠く離れた場所に彼とふたりきりでいるという幻想を打ち砕かれた。すぐそこには大勢の人がいて、彼と一緒のところをいつ見つかってもおかしくないのだ。「もうなかに入らないと」

「いや、待ってくれ」彼は鋭いまなざしで彼女を壁に釘づけにすると、さらに身を寄せてきた。「フォールストンはどうなんだ？」

どうって？　今この瞬間、フォールストン卿を思い浮かべることすらできないわ。

たとえわたしが、フォールストン卿の恨みがましさに怒りを覚える以外、彼に対してはなんの感情も抱いていないからといって、それをアダーリー卿に打ち明けるべきだろうか？　打ち明けたところでなにになるの？　彼がハンサムなアダーリー卿であることに今も変わりはないし、彼なら英国のどんな女性も手に入れられる。一方、わたしは小説家を目指すさえないレディ・ダイアナ・ウェストーヴァーのままだ。

「私がフォールストンに言ったことについてきいたんだよ、ダイアナ」アダーリー卿は声を落とした。その親密な響きに、彼女の体はとろけた。「あいつはきみにふさわしくないし、きみを幸せにできるとは思えない」

ええ、きっとフォールストン卿はわたしを幸せにできない。

アダーリー卿はダイアナをたくましい腕に抱き寄せると、ささやいた。「そのことをもっとはっきりときみにわからせるべきだな。フォールストンと私がきみに抱いている気持ちの違いを、自ら示すことによって」

次の瞬間、そっと求めるように唇が重なってきた。それはダイアナに拒まれることはないと思いこんだ傲慢な貴族が、鷹《たか》のように飛びかかってきて彼女の唇をついばもうとしたときとはまるで違った。このうえなく情熱的な男性による、完璧なキスだった。

彼女は口づけを交わしながらうっとりと肩の力を抜き、アダーリー卿の腕のなかこそ自分がいるべき場所だと感じた。その気持ちに身をゆだねて快感の波に思考を預け、彼の抱擁に身も心もあたためられた。

アダーリー卿はダイアナをしっかりと抱いたまま、一段とキスを深めた。彼女は促されるままに進んで口を開いた。とたんに彼の舌が滑りこんできて彼女の舌を探りあてた。

それを機にゆったりとした口づけが一変した。ゆるんだロープがぴんと引っ張られたように、彼の切望感や熱っぽいキスが彼女の胸の奥のなにかを呼び覚まし、ぞくぞくするような興奮を新たに生み出した。

ダイアナは誰かに見つかる可能性も、グラスが触れあう音も人々のざわめきも、月明かりも舞踏室の音楽も忘れた。もはやアダーリー卿のことしか考えられない。彼の唇や舌、愛撫の感触、押しつけられた堅く引きしまった体しか。彼女は自らその深みへと飛びこんだ。彼と一緒にいること以外、すべてがどうでもよくなった。

アダーリー卿はダイアナの体に優しく両手を這わせた。シルクのドレスではなく素肌に直接触れているかのように。ダイアナも夜会服の上着のなかに手を滑りこませてぱりっとしたシャツを撫で、生地越しに引きしまった筋肉を感じた。

そっと背中を蔦に押しつけられ、片方の手で乳房を包みこまれた。

圧倒されるほどの新たな快感に、彼女ははっとわれに返った。

息を切らして身を引いたものの、その動作は酔ったように弱々しかった。アダーリー卿に唇を奪われて愛撫されながら、至福に酔っていたのだろう。けれど、こんな暗がりで彼とキスをすべきではなかった。いいえ、相手が誰であろうと関係ない。もしも誰かに見られたらどうなるの？　おばたちや、フォールストン卿や、子爵の友人たちに。

アダーリー卿のことをどう思おうと、一緒にいるべきではないわ。とりわけこんなふうには。たとえ、彼に恋をしてしまったとしても――。

彼に対する思いの深さに気づき、ダイアナはサーベルで切りつけられたような衝撃を受けると同時に、疑念を抱いた。

彼はわたしにどんな気持ちを抱いているの？　愛情？　欲望？　それとも、もっと深い感情？

アダーリー卿がわたしのことを真摯《しんし》に気にかけているとしても、父から聞いた上流貴族の話を忘れることはできない。彼らの道徳心の欠如や、情事や、不誠実さを。もしも子爵を愛し、彼がほかの上流階級の紳士と何ら変わりないと判明したら、この心は砕け散り、二度と元には戻らないだろう。

「閣下」言葉につまりつつも、彼女は平静を取り戻そうとした。「わたしたちは……こ、こんなことをすべきではありません……」

「きみはこう言わないのか？　活気や情熱にあふれた魅力的な女性としてのきみを求める男より、きみを花嫁にふさわしいきちんとした令嬢としか見なさない男にキスされるほうがいいと」

そんなこと、言うはずがないわ。「いいえ」

「よかった」

ふたたび唇が重なってきた。さきほどとは違う切迫感に、ダイアナは胸の奥の原始的な欲望を呼び覚まされ、情熱の大波にのまれた。

アダーリー卿の両手に愛撫されるにつれ、全身に快感が広がり、背筋を駆けおりた。思わず彼にしがみつき、抱き寄せる。石けんや糊のきいたシャツの匂いを吸いこみ、上着の襟の縁に頬をくすぐられた。

彼の手がドレスのなかに滑りこんできて、あたたかいてのひらが柔らかい胸に触れた。つんと尖《とが》った乳首を親指でいたぶられ、切望感がますます募り、とうとううめき声をもらした。

「しーっ」彼は唇を重ねあわせたままつぶやき、こんな場面を見つかってはならないことを彼女に思い出させた。

お互いがどう感じていようと、これは過ちなのだから。

ダイアナは彼を遠ざけようと波打つ胸板に両手を突いた。「こんなことをしてはいけないわ」

「ああ、少なくともグランシャー伯爵の庭園では」

ダイアナは唖然としてアダーリー卿を凝視した。わたしにとってはかつて味わったことがないほどすばらしい情熱のひとときだったのに、彼はそれを茶化すの？　アダーリー卿の気持ちはその程度のものなのだろうか？　彼は父が嫌悪していた上流貴族と同類で、誠実さのかけらも持ちあわせていないの？

うろたえた彼女は目に怒りの炎を灯した。「これはおもしろがるようなことじゃないわ」非難の言葉をささやくと、彼を押しのけて通り過ぎた。

エドモンドはあわててダイアナのあとを追いかけて叫んだ。「冗談めかしたつもりなどなかったんだ！」だが、彼女は両開きの扉から室内に消えた。

あとを追って、傷つけたことを謝ろうと思ったが、すぐに警戒心が頭をもたげて立ちどまった。

ダイアナを追って室内に戻れば、人々の目にとまり、なぜ必死に彼女をつかまえようとしているのだろうと不思議がられて、憶測を招くことになる。私がほかの男だったら、彼女とふたりきりだったのだろうかと勘ぐられるだけですむだろう。だが、フォールストンに流されたさまざまな噂があるので、人々は私がダイアナを庭で誘惑したと決めつけるはずだ。

ダイアナの心からの気遣いに、あんな愚かな返事をするなんて！　だが、あまりに嬉しかったうえ、欲望が込みあげて、真っ先に頭に浮かんだことを口にしてしまったのだ。グランシャー伯爵の庭でキスなどすべきではなかった。もっとあたたかく快適で、人に目撃される恐れのない場所でするべきだったのだ。

それに、不安を覚えて当然のダイアナをうまくなだめるべきだった。彼女の不安を軽視するかのような物言いをせずに。もちろんダイアナの汚れなき評判を守ることはエドモンドにとっても非常に重要だ。しかし、彼女がキスを返してくれて、かつてないほどすばらしい情熱を味わったせいで、人に見つかる危険をほとんど忘れていた。そのため、つい思慮に欠けた返事をしてしまった。彼女が怒るのももっともだ。

焦燥感に駆られつつ、手すりに歩み寄ってもたれ、月明かりに照らされた庭園を見渡した。どうすればダイアナに謝る機会を――できれば今夜――得られるだろう？

エドモンドはレディ・ダイアナ・ウェストーヴァーと〈パンプ・ルーム〉で出会って以来、大胆かつ聡明で思いやりにあふれるとびきり魅惑的な彼女に対して芽生えた情熱が急激に高まったことをもはや否定できなかった。心の奥底を彼女に揺さぶられ、もう過去の自分には戻れない。

私の人生も一変した。彼女がいない人生など、ないも同然だ。

ブリックスがテラスに現われ、エドモンドに目をとめるなり、まっすぐ近づいてきて、両手を腰にあてた。「いったいどこにいた?」

この思いをまだ悟られたくなかったため、彼はダイアナとの関係を振り返っていたことをほほえみで隠し、友と向かいあった。「ここで新鮮な空気を吸っていた」

「きみは僕をファニー・エッピングから救うはずだっただろう」

「ああ、すまない。すっかり忘れていたよ」

ブリックスはいぶかしむようにエドモンドを見据えた。「誰と一緒にいたんだ? ミス・フォックスバロは招かれていないとバギーに確認したぞ」

エドモンドはテラスを指した。「ここに女性が見あたるか?」

ブリックスはいつになく真剣な面持ちで眉間に皺を寄せた。「最近のきみは変だぞ、エドモンド」

エドモンドには、自分の気持ちや今しがたダイアナとキスしたことを説明する気はなかった。ブリックスに対してさえも。それに説明したくてもできそうにない。

「おそらく読書のしすぎだろう」エドモンドは明るくこたえてから真顔になった。「ハロー校時代、フォールストンにもう少し情けをかけていれば、あいつもこんなに長く恨みを引きずらなかったかもしれないと思ったことはあるか？　フォールストンからすれば、ただわれわれと友達になりたかっただけなのに、ひどい辱めを受けたと思っているんだろう。逆の立場だったら、私たちもあいつと同じ反応を示したかもしれない」

「いや、僕たちはあんなことはしない」ブリックスは迷わずに言った。

ブリックスの言うとおりだ。ダイアナの言い分にも一理あるが、彼女はあの場にいなかった。それに、フォールストンの嘘とずっとつきあってきたわけでもない。

一番近い両開きの扉から若い女性の甘美な声が聞こえてきた。「スマイス＝メドウェイ卿を見かけませんでしたか？」

「ああ、ファニーが僕を探しているようだ」ブリックスが困ったように言った。「で、僕を助けてくれるのか？」

エドモンドは友の肩を叩いた。「もちろん力を貸すよ。それが親友だろう？　だが、前にも言ったとおり、ファニーと庭でキスをするのは断わる」

今キスしたい女性はこの世にたったひとりしかいない。それは間違ってもファニー・エッピングではなかった。

第九章

「ロドルフォ！」喜びと安堵が込みあげるのを感じながら、エヴァンジェリンは丘を駆けおり、道にひとりたたずんでいた男性の腕のなかに飛びこんだ。「ああ、ロドルフォ、もう二度と会えないかと思ったわ！」

彼は彼女をひしと抱きしめた。「ずっときみのことを捜していたよ。ああ、エヴァンジェリン、あの男に痛い目に遭わされたのか？　怪我はしていないのかい？」

「もう大丈夫よ」彼女は彼にしがみついた。「どうやってわたしを見つけたの？」

「しらみつぶしに捜索し、この近くの村までやってきた。そこで婚約者を捜していることを伝え、きみの外見を説明したら、村人の顔色が変わったんだ。それで、なにか知っていると確信した。何時間もかかったが、ようやくひとりの老女がコーロヴスキー伯爵と彼の城のことを教えてくれた。彼女からは今すぐ立ち去るように言われたよ。伯爵がきみを城に連れ去ったなら、きみのことは忘れるべきだと。だが、そんな気はなかったし、忘れることなどできるはずもなかった。伯爵がなにをしたとしてもかまわない、わが愛しのエヴァンジェリン。こうしてまたきみを抱きしめられるのなら」

「わたしは伯爵に最悪のことをされる前に逃れたわ」彼女はささやき、思ったことがすぐ顔に出る、嘘のつけないハンサムなロドルフォを見あげた。「さあ、急ぎましょう、さもないと――」

「その若者が私の宝を持って逃げようとするのを、私が見つけてしまう、そう言いたいのかね？」黒い外套をはためかせ、伯爵が悪魔の化身のごとく丘の頂に現われた。


『コーロヴスキー伯爵の城』


カリオペが勢いよくダイアナの部屋に駆けこんできた。「まだ寝ていたの？」ぞっとしたように叫び、ベッドの足元で立ちどまった。

ダイアナは肘を突いて身を起こし、眠たげな顔で当惑気味におばを見た。ゆうべは頭痛がすると訴えて早めにパーティーをあとにしたが、タウンハウスにたどり着いたのは真夜中をだいぶまわったころだった。「今何時なの？」

「十時よ」カリオペは日の光が差しこむように素早くカーテンを開けた。「さっさと起きなさい！　わたしのメイドにあなたの身支度を言いつけておいたわ。サリーを待つよりヘッティのほうが早いもの。サリーはきっと厨房《ちゅうぼう》でぶらぶらしているんでしょう」

「まだサリーを呼んでいないのよ」ダイアナはあくびをした。夜が明けたあとでようやく眠りにつき、二分前まで熟睡していたのだ。

ゆうべはアダーリー卿のことを考えてまんじりともせずに何時間も横たわっていた。彼が言ったことや、ふたりがしたことを思い返しながら。

アダーリー卿にキスしたことを後悔したり、恥じたり、罪悪感にさいなまれたりするつもりは毛頭ない。あの経験はきっと創作に役立つはずだもの。少なくとも自分にそう言い聞かせた。

とはいえ、ほんのつかのまでも、ほかの女性たちのように子爵を刺激的だと思ったなんて癪にさわる。そのうえ、鏡に映った自分を見れば真実は明らかなのに、彼に魅力的だと思われていると信じこむなんて、虚栄心の強いほかの女性となんら変わりないわ。

「……だから、彼女にはあなたが直接二階からおりてくると伝えておいたわ」

ダイアナは頭がおかしくなったメイドのようにせわしなく寝室を歩きまわるおばに注意を向けた。おばが投げて寄こしたヘアーブラシがあたらないように、左によける。

「階下に誰がいるの？」

カリオペはシュミーズをベッドの上にほうった。「エリス夫人よ」

エリス夫人にも彼女の息子にも今朝は会いたくない。「ということは、フォールストン卿も待っているのね」

「いいえ、ご子息は連れていらしていないわ」

ダイアナは安堵の吐息をもらした。

カリオペはダイアナのストッキングを手に、くるりと振り向いた。「いつまでベッドにいるつもり？　さあ、起きなさい！」

仕方なく急いで上掛けのなかから飛び出した。「エリス夫人は大事な用でいらしたようね？」

「大事な用、ですって？」カリオペは叫びながらストッキングもろとも両手を振りあげた。「これは一大事よ！　エリス夫人はもう何年も朝の訪問をなさっていないわ！　その夫人がわが家にいらしたのよ。しかも、あなたに会いに。それなのに、あなたはまだ寝ていたなんて！」

五十三歳のひょろりとしたメイドのヘッティが現われ、ありがたいことにカリオペはわめき散らすのをやめた。ヘッティが手早くダイアナの身支度に取りかかると、おばは化粧台の椅子にどさりと腰かけた。

「フォールストン卿はあなたに結婚を申しこむつもりなのよ」カリオペは顔を手であおぎ、スカーフの端で額を拭《ふ》いた。「今回の訪問はそのためよ。きっと夫人はあなたたちの仲を取り持とうとしているんだわ」

だとすれば、エリス夫人は努力が水の泡となってがっかりするだろう。わたしはフォールストン卿と結婚する気はないもの。でも、べつに今日、夫人にその悪い知らせを告げなくてもいいだろう。わたしがこんなに疲れているときには。今朝は、エリス夫人と彼女の息子について話す気分にはとてもなれない。「今日は誰とも会いたくないわ」「遊びすぎるからそんなことになるんです」カリオペは日ごろあらゆる催しに出かけるようダイアナに勧めていることを棚にあげて、食ってかかった。「きっと、紅茶を飲めば気分がよくなるわ。さもなければ、気つけ薬が効くはずよ」

「紅茶だけでいいわ」ダイアナは素早く言い、ヘッティに向かって言った。「どうかサリーに頼んで――」

「紅茶はエリス夫人と飲めばいいわ」

ダイアナはふたたびため息を押し殺した。どうやら命にかかわる重病でもない限り、部屋にとどまる言い訳にはならないようだ。父が言っていたように、避けようがないことは、できるだけ威厳をもって堪え忍ぶしかないだろう。

それからほどなくして、ダイアナは応接室の椅子に座っていた。ゆうべの食事以来なにも口にしていないため、ひどく空腹だったものの、身支度はこの短時間で、カリオペが納得するくらいにはきちんと整えていた。

エリス夫人は向かいの金襴《きんらん》のソファーに浅く腰かけ、背骨が鉄でできているかのように垂直の姿勢を保っていた。カリオペも同様に背筋をぴんと伸ばして近くに座っている。ユーフェニアだけがややくつろいでいる様子だった。

エリス夫人は名門学校の入学審査を行うかのごとく、手厳しいまなざしをダイアナに向けた。

ダイアナは気にせずに礼儀正しく挨拶した。「おはようございます、エリス夫人。今日はいいお天気ですね」

夫人は上流階級のお手本となるような挨拶は返さず、さっそく用件を切り出した。

「わたしは遠まわしな言い方をしないものですから、率直に申しあげますわ、レディ・ダイアナ。息子はあなたに好意を抱いています」

おばたちをちらりと盗み見ると、カリオペは凍りついて身動きできないものの、しゃべりたくてうずうずしているようだった。一方のユーフェニアは冷静そのもので、驚いた様子はさほど見られない。

「息子はあなたとの結婚を望んでいるようです」

ゆうべフォールストン卿の求婚をきっぱり断わらなかったことを不意に思い出した。わたしの言葉は結婚予告に対する完全な否定ではなく、今すぐ行われることはないという意味に受けとられたかもしれない。フォールストン卿に衝動的に抱きつかれたところを目撃されて動揺するあまり、明確に拒絶の意志を伝えず、いずれは承諾されると彼が幻想を抱き続けるのを阻止できなかったのだ。

ある意味、あれは自分が対処を誤ったわけだし、まずフォールストン卿本人に求婚は受け入れられないと伝えるのが筋だろう。感じのいい女性だとは到底思えないエリス夫人に言づけるのではなく。「わたしたちはまだ正式に婚約したわけではありません」

エリス夫人の目が細くなった。カリオペは背中に虫が這いまわっているかのようにもじもじし始めた。

「息子があなたと結婚したがっていることはたしかですし、あの子がまだプロポーズしていないとしても近々そうするはずです。ただ、いくつか懸念があるのです。あなたのお父さまの精神状態は――」

エリス夫人のぶしつけな態度にもかかわらず、ダイアナは息子が求婚を断わられたと知ったときの彼女の気持ちを推察して、これまではやや同情的だった。しかし、父が精神の病を患っていたのでは、とほのめかされたとたん、同情心はかき消えた。「父は晩年病に倒れるまで、心身ともにいたって健康でした、エリス夫人」

「わたしが聞いた話では――」

「それはくだらない噂話や憶測でしかありません」笑みを浮かべたが、洞察力に優れた人間であればそこに警告を読みとるはずだ。「お望みなら、担当医と事務弁護士に書類を出してもらって、ご不安を取り除いて差しあげますが」愛想よく言ったものの、そんなことをする気は毛頭なかった。

「それと、あなたのお父さまの資産は、お母さまの持参金の一部だったリンカンシャーのお屋敷以外、遠縁の親戚が受け継がれるそうですね」エリス夫人は続けた。

夫人の驚くべき図々しさに憤りが募ると同時に、人の噂を無視し続けたアダーリー卿への評価が高まった。ダイアナが癇癪をこらえるのは至難の業だった。「どうやってその情報を入手なさったのかは存じませんが、あなたにはまったく関係のないことです」

「わたしは男子の後継者にのみ資産を相続させることには反対です。女性相続人に問題がある場合は別ですが」

その言葉に暗に込められた意味は誤解のしようがなかった。夫人はダイアナの父親が娘の判断力を信用せず、遠縁のいとこに相続させたのかもしれないと疑っているのだ。

怒りは燃えさかる一方だったが、またしてもほほえんだ。「あなたはわたしがご子息の求婚を受け入れると信じきっていらっしゃるようですね」

今度ばかりはエリス夫人もダイアナの笑顔が好意的なものではないと察したようだ。彼女は息子が求婚を断わられる可能性や、ダイアナが快く自分の経済状態を明かそうとしない事態など予期していなかったのだろう。「お若いわりにはずいぶんずけずけと話されるのね」

「わたしは相手の口調に合わせているだけです」

夫人はビー玉のような目をさらに細くした。「あなたとアダーリー卿について気掛かりな噂も耳にしましたよ」

カリオペはもじもじするあまり今にも飛びあがりそうだったが、ダイアナが冷ややかな声でこう言ったときもなんとか沈黙を守った。「あなたがそんなろくでもない噂に耳を傾けられるなんて驚きましたわ、エリス夫人」

「あれはくだらない噂話ではありません。あなたが彼と話しているところを数人が目撃しています」

ダイアナはうなずいた。「きっと、ご子息と話しているところも目撃されたに違いありません。みなさんは彼もわたしを誘惑していると思っておられるのでしょうか？」

エリス夫人はあえぎ、カリオペは抗議の声をあげたが、ユーフェニアは笑みを押し殺した。

夫人は唇を引き結んだ。「アダーリー卿に言い寄られて気をよくしているのなら、大きな間違いですよ。彼はわたしの息子を怒らせようとしてあなたに関心を向けただけです。ひとつ断わっておきますが、息子に対する侮辱は、わたし自身に対する侮辱に相当します」

どうやら、子爵の行為はすべてわたし以外の人へのあてつけらしい。「どうして子爵にご子息の気持ちがわかると思うのですか？　わたしの知る限り、おふたりは親しくないのでしょう」

「ええ、もっともな理由で」

「たしかに、親しくないのも当然ですね」

それを聞いて、夫人の眉間の皺がいっそう深くなった。「とにかく、わたしの息子があなたとの結婚を望んでいるのは明らかです」

「だとすれば、彼が今朝一緒にお見えにならなかったのは意外ですね」

思いがけないことに、夫人の表情が和らいだ。「あの子はわたしがここに来たことを知りません」ごくりを唾《つば》をのみ、さらにぴんと背筋を伸ばした。「おそらく息子は近々自分の気持ちを明らかにするでしょうから、警告しておきたかったのです。子爵との関係を絶たなければ、息子が心変わりするかもしれないと」

エリス夫人は花嫁候補のダイアナに心底不満を抱いているのに、なぜ息子との仲を取り持とうとするのだろう？　ダイアナはそんな疑問に時間を無駄にしなかった。夫人がなにについて――とりわけわたしについて――どう考えようと関係ないわ。

ダイアナは席を立って戸口を指した。「お越しいただいてありがとうございました。では、ごきげんよう、エリス夫人」

ダイアナの別れの挨拶を唐突だと感じたとしても、エリス夫人はいっさい顔には出さなかった。ほほえむ代わりに、夫人はまた唇をぴくりとさせて立ちあがった。「あなたと合意に達してよかったわ、レディ・ダイアナ」

夫人が部屋を出ていくと、ダイアナはどさりとソファーに座った。エリス夫人とも彼女の息子とも、金輪際かかわりたくない。

カリオペがさっと立ちあがって駆け寄ってきた。「ああ、ダイアナ、どうしてあんなことを言ったの？　彼はいい人だし、魅力的でハンサムじゃない？　フォールストン卿と結婚したくないの？」

「それ以上なにを望むというの？」

ときめき、情熱。わたしの自立心をできるだけ認めてくれること。敬意。わたしに負けないくらい本を愛し、どうしても手に入れたい小説には二倍の代金を払う男性。つらい目に遭いながらも執念深くひねくれた人間にならなかった男性。わたしの愛を必要としている男性よ。

カリオペがわたしの理想の夫像を決して理解できないように、わたしは決してフォールストン卿とは結婚できない。いつもは味方になってくれるユーフェニアでさえ、ときめきや情熱や自立を求める姪に疑問を抱くかもしれない。情熱とときめきのせいで、おばはつらい人生を送ったのだから。

ダイアナが黙っていると、カリオペは頑固な顔つきになった。「ダイアナ、お互い正直になりましょう。わたしはあなたを実の娘のように愛しているけれど、あなたが美人でないことは否定できない。おまけに、性格的に問題があって、男性を惹きつけるのは容易ではないわ」

「カリオペ」ユーフェニアが警告するように言った。

カリオペはぱっと姉のほうを向いてにらむと、激しい口調で言った。「お姉さまだってそれが真実であることを否定できないはずよ」ふたたびダイアナに向き直る。「別に意地悪でこんなことを言っているんじゃないのよ、ダイアナ。ただ正直に話しているの。それに、あなたを責めているわけでもないわ」

「ええ、外見はわたしにはどうすることもできないものね」

カリオペの顔が真っ赤に染まった。「シリルお兄さまのせいよ。お兄さまが何年も前にあなたを人里離れたリンカンシャーに連れ去ったからだわ。本来ならもっとあなたに社交界に出る機会を与え、礼儀作法を身につけさせて磨きをかけ――」

ダイアナは強い自尊心に駆りたてられてぱっと立ちあがった。自分の欠点を並べたてられるのは耐えられる。たしかに、わたしは美人ではないし、非常識だと思われる意見も口にするし、率直すぎる。けれど、愛する父親をけなされて黙っていることはできない。とりわけ、あんなひどい女性が訪ねてきた今朝は。そのうえゆうべはほとんど眠れなかった。アダーリー卿は本当にわたしを魅力的だと感じているのだろうか、それともわたしを利用してフォールストン卿にいやがらせをしているだけだろうかと考えあぐねて。

「わたしはお父さまにそういうふうに育てられてよかったと思っているわ」ダイアナはきっぱりと告げた。「おばさまが心底愛している社交界は軽薄な偽善者の集まりだもの。みんな話すときに相手の目を見ることすらしない！　より重要な人物が近くにいないかと、話し相手の背後に目を走らせている。彼らが興味を持っているのは、洋服と馬車と立派なお屋敷とお金、そういうものをさらにもたらしてくれる結婚だけよ。彼らが言う〝愛情〟は本物の感情ではないわ。スポーツやゲームや肉体関係でしかない。そこには誠実さも信頼も愛もない。それなのに、そんな社交界の意見を気にして、彼らを感心させなければならないの？　彼らがありのままのわたしを気に入ろうと気に入るまいと、どうだっていいわ！」

そう吐き捨てると、踵を返して応接室を飛び出し、後ろ手にバタンと扉を閉めた。階段を駆けあがり、仰天した従僕の脇をすり抜けた。あの表情からして、ヒステリックな女性だと思われたようだ。そのことがまた癪にさわった。常に平静を失わないことを誇りにしてきたのに。

数分後にユーフェニアが追いかけてきたときには、化粧台のそばに座り、少なくとも表面上は落ち着きを取り戻していた。

ユーフェニアは銀の取っ手のヘアーブラシをもてあそびながら、こっそりこちらの様子をうかがった。「いやな思いをさせてすまなかったわね、ダイアナ」

「わたしも癇癪を起こしてごめんなさい」ダイアナは心から謝った。エリス夫人の言葉にあれほど腹を立てることはなかったのだ。それに、カリオペから自分や父親の欠点を指摘されるのもこれが初めてではない。

おばはブラシを置いて、ダイアナを見おろした。「多くの母親がそうであるように、エリス夫人も若い女性が皆ご子息に夢中になると思いこんでいるのよ」

「わたしは違うわ」ダイアナは明るくもきっぱりと言った。

「そうだと思ったわ」ユーフェニアは苦笑いを浮かべた。「カリオペもフォールストン卿もがっかりすることになるわね」

「時々、結婚するより独身でいるほうがいいと思うことがあるわ」意味もなく化粧道具を並べ替えながら、ため息とともに打ち明けた。「夫探しがこんなにわずらわしいものだなんて」

「近ごろは財産狙いの面ばかりが取り沙汰《ざた》されるけど」ユーフェニアはダイアナを見つめて語りだした。「結婚にはほかの要素もあるわ――結婚を望み、少なくともそのチャンスを完全に放棄すべきではないと思わせる要素も。実際、わたしの結婚生活も最初の数ヵ月はすばらしかったのよ」

この驚愕《きょうがく》の新事実に、ダイアナは化粧道具を並べ替えるのをやめておばを見た。ユーフェニアは頬を赤く染めながらもけなげに続けた。「それがみじめな生活に変わったのは、ドナルドが金銭感覚をいっさい持たず、必死に祈ればお金がぱっと現われると本気で信じ、わたしより賭博を愛していることが判明してからよ」

ダイアナは立ちあがって窓辺に向かった。ユーフェニアにとってこの話を打ち明けるのは、並大抵のことではなかったはずだ。姪の幸せを願ってあえてそうしてくれたことに、感謝の念が込みあげた。

青みがかった緑色のベルベットのカーテンの縁を手でなぞった。「たしか、おばさまはご主人を本当に愛してはいなかったのでしょう?」

「ええ、あとになって考えてみると」ユーフェニアは答え、ダイアナの隣に立って通りを眺めた。

普段は上品な話し方をするユーフェニアだが、そのあとの言葉はぎこちなく、私的な話をするのを躊躇していることがうかがえた。「でもね、ダイアナ、本物の愛情がなくても結婚生活には楽しめる面があるわ。心から愛しあっていれば、なおさらすばらしいでしょうけど。だから、あっさり結婚をあきらめてはだめ。とりわけ、最大の障害が未来の花婿の母親ならば」

ダイアナはアダーリー卿やフォールストン卿のことをすべて包み隠さず打ち明けたかった。だが、子爵のことや、ふたりのあいだでの出来事を持ち出せば、おばをひどく動揺させかねない。

もっとも、フォールストン卿への気持ちは正直に話しても支障はないだろう。「フォールストン卿のことは愛していません。彼がわたしと相思相愛で、わたしが求婚を承諾するとと信じていたなんてびっくりしたわ。もうこれからは彼に感じよく振舞うつもりもない。それに、わたしも彼にふさわしい妻には絶対になれないわ」

ユーフェニアは目に見えて肩の力を抜いた。「率直に話してくれてありがとう。あなたがそういう気持ちなら、彼の求婚を受け入れるべきではないわ」同情するようにほほえむ。「エリス夫人がお姑《しゅうとめ》になると想像すると、わたしでも正直気が滅入《めい》るわ」

ダイアナは安堵の吐息をもらした。カリオペが落胆から立ち直るにはもっと時間がかかるだろうけど、ユーフェニアが味方についてくれれば、カリオペの狼狽《ろうばい》や失望もしのぎやすいはずだ。

「それでも、あなたは少し行動を改めたほうがいいかもしれない」ユーフェニアは考えこみながら言った。ダイアナが口を開こうとすると片手をあげて制した。「考えを変えるべきだと言っているわけじゃないの。ただ、もっと人に受け入れてもらえるように意見を述べる方法を学んだほうがいいと言っているだけ」

おばはベッド脇のテーブルに置かれたダイアナの父親の細密画の肖像を眺めた。「わたしはシリルお兄さまを心から愛していたけれど、ある意味、お兄さまの子育てはあなたに不利益をもたらした。あなたが父親と違って世間から孤立した暮らしを望まないなら、早い段階で社交界や上流階級の人々と接するべきだった。公爵令嬢として同じ階級の人々とつきあっていれば、結婚を考慮する時期がめぐってきても心の準備が整っていたはずよ」

ダイアナは袖口の端をつまんだ。「あのままリンカンシャーにいたほうがよかったのかもしれない」

そうすれば子爵と会うこともなかった。わたしの生活は以前と変わりなく安全だったはずだ。

きっと、平穏で、退屈で、孤独だっただろう。

「バースを去ったら恋しくなるものはないの？」ユーフェニアが優しく尋ねた。

ダイアナはちらりとおばを見た。なぜそんなことをきくのだろう？「どういうこと？」

「バースで楽しかったことはないの？　お芝居やコンサート、舞踏会は？　書店や劇場でばったり会った子爵は？」

ダイアナははっと息をのんで頬を染めた。ダイニングテーブルのお菓子をつまみ食いしたところを見つかった子供のように罪悪感に駆られ、ついぽろりと言った。「おばさまがご存じだったなんて思わなかったわ」

怒りや失望の表情を予想して恐る恐るおばを見ると、彼女はいつもの穏やかな様子だった。「遅かれ早かれ、あらゆる情報がカリオペの耳には届くと覚悟しておいたほうがいいわ。わたしはカリオペから聞いたの」

なぜそのことを今まで知らされなかったのだろう？　カリオペがそういう噂を耳にすれば、即座にわたしを叱りつけるはずなのに。そうならなかったことや、ユーフェニアが平静であることに、ダイアナは安堵した。「おばさまたちに知らせたほうがいいことがあればそうしていたし、怒らせるつもりはなかったの」

　ユーフェニアはそっとほほえんだ。「ええ、そうでしょうとも。それに、あなたはやましいことなどしないはずだわ。カリオペにもそう話して、あなたを手厳しく非難しないよう釘を刺したの。子爵とはばったり顔を合わせただけで、分別のあるあなたは彼の気をそそるようなことはしないと」おばが悩ましげに顔を曇らせると、ダイアナの罪悪感が募った。「わたしは間違っていないわよね、ダイアナ？」

　良心の呵責にさいなまれながらも、ダイアナはアダーリー卿とふたりきりで会った事実が知られていないことにほっと胸を撫でおろした。ただ、心配は無用だと自分に言い聞かせたものの、おばのまっすぐな視線を受けとめられなかった。「子爵に気を持たせたことはないけれど、彼が世間に誤解されているのかもしれないと思い始めたわ」

「まあ、ダイアナ！」

　ダイアナは視線をあげて、うろたえたおばを見つめた。言わなければよかったのかしら。でも、ユーフェニアにはアダーリー卿の噂が必ずしも真実ではないと伝えたい。

「彼は他人が言うほど悪い人ではないのかもしれないわ。噂は誇張されて広まっていくものでしょう。彼が世間で思われているより立派な人物だという可能性だってあるわ」

ユーフェニアの怒りに燃える目を見て、胸が引き裂かれた。おばのあたたかい手がダイアナの両手を包みこんだ。「ええ、どんなことだってあり得るわ。普段は分別のある姪がハンサムなろくでなしに言い寄られて、つい心が揺らぐことも。姪がそういう男性に恋をして、軽率にも駆け落ちすることも。そして、若さゆえの過ちを悔やみながら一生を送るはめになる可能性も」

「おばさま、わたしは子爵と駆け落ちする気はないし、誘惑されたりもしないわ」きっぱりと告げた。実際、彼とは今後いっさいかかわるつもりはない。その誓いを今度こそ守ってみせる。

「わたしだって昔はそんなことをするつもりはなかったわ。でも、恋に落ちたと思いこむと、不可能が可能になるのよ」おばはダイアナの瞳をまっすぐ見据えた。「あなたには同じ過ちを犯してほしくないの」

ダイアナはユーフェニアを抱きしめた。「ええ、おばさま、わかっているわ。そんなことはしません。ディルビー公爵の娘として、アダーリー卿に誘惑されたり、彼と駆け落ちしたりしないと誓うわ。彼とのあいだにはなにもないもの」

もうこれからは。

フォールストンは愕然として、陶磁器やクリスタルやきらめく銀食器が並ぶつややかなくるみ材のダイニングテーブルの反対側に座る母親を凝視した。だが、二本の枝つき燭台とテーブル中央に飾られた花のせいで、彼がにらんでいたのは母親の頭のてっぺんだった。

「なにをしたって？」自分や母親の背後にそれぞれたたずむ従僕たちや、給仕、戸口に控えるメイドを無視して問いつめた。

「今朝レディ・ダイアナを訪ねて、子爵と縁を切らない限り、あなたと結婚するチャンスを棒に振る可能性があるときっちりわからせたと言ったのよ」母は繰り返した。

彼はテーブルを拳で叩いて罵った。

軍曹のような大声で、母は言った。「クリスピン、そんな言葉はわたしのダイニングルームではなく貧民街で使われるものよ」

指のつけ根が白くなるほど拳を握りしめた。「まったく余計な真似を」

母は平然と羊肉のローストを食べ続けた。「あなたのためにしたのよ、クリスピン」

「自分の息子が二十六歳だってことを度忘れしたのか？　私はもう自分で自分の面倒ぐらい見られる」

「ええ、そうでしょうとも」

「本気で言っているんだ。この件に母上が首を突っこむ必要はない」また悪態をつく。

「レディ・ダイアナはどう思っただろうな？」

「クリスピン、言葉遣いに気をつけなさい。きっと、彼女はあなたの家族を侮ってはいけないと思い知ったはずよ」

彼は左手でナプキンを握りしめた。「あるいは、私が自分で自分の面倒も見られないような意気地なしで、代わりに母親を遣いにやったと思っただろう」

「クリスピン、そんなに大騒ぎすることはないわ。レディ・ダイアナとの話し合いはうまくいったから。彼女はもうアダーリー卿に会っても見向きもしないはずよ」

「アダーリーについて彼女になにを言った？」歯を食いしばって詰問した。

「そんなに声を荒らげないで、クリスピン。わたしはただこう伝えただけよ。ちょっとでも子爵に関心を示したら、わたしの息子と結婚する可能性は危うくなると。だからあなたはもう、子爵のことなどまったく恐れなくていいのよ」

「これまでだって恐れたことはない」そう言い返した。

「とにかく、わたしの言いたいことはわかるでしょう。あなたがレディ・ダイアナに求婚するのをアダーリー卿に邪魔されるわけにはいかないの」

フォールストンはいぶかしむように母親をじっと見つめた。「私とレディ・ダイアナの仲を取り持とうとずいぶん躍起になっているようだね」

母はワインをひと口飲んでからこたえた。「息子には幸せになってもらいたいし、あなたがレディ・ダイアナを結婚相手に選んだのは一目瞭然だもの」

「ああ、だが、どうして母上がそんなに協力的なのかが腑《ふ》に落ちない」

「彼女は公爵令嬢よ、それも裕福な」

新たな疑念が胸に芽生えた。「もしかして、相続した資産のことまで尋ねたのか？」

母は羊肉に注意を向けた。「ええ、実を言うと。レディ・ダイアナは進んで答えてはくれなかったわ。だから、彼女の事務弁護士と面識がある、わが家の事務弁護士に調査を依頼したら、父親の遺産の大半は男子の相続人に受け継がれたものの、彼女自身の資産もかなりあることが判明したわ。期待したほどではないけれど、充分な額よ。だから、あなたがレディ・ダイアナと結婚するつもりなら、祝福するわ」

「私がレディ・ダイアナ・ウェストーヴァーと結婚するとしたら、それは彼女の相続財産目あてじゃない」

「わかっているわよ。でも、わたしたちのどちらかが現実的に考えないと」

彼はフォークを手に取って食事を再開すると、じっくり考えをめぐらせた。

そうさ、財産を殖やしたくてレディ・ダイアナとの結婚を望んでいるわけじゃない。

私にはまったく別の理由がある。母は決して理解しないだろうが、自尊心のある男ならわかるはずだ。

第十章

月明かりに照らされた暗くじめじめした独房を見まわすと、エヴァンジェリンは身を震わせ、ロドルフォに身をすり寄せた。

「怖がることはない、愛しい人」彼も不気味な周囲の様子に目を走らせてつぶやいた。

「必ず脱出方法が見つかるはずだ」

「もうなにも怖くないわ、あなたがここにいるんですもの。あの扉さえこじ開けられれば、この地下牢からの脱出路はわかるわ。以前、伯爵から逃れようとして見つけたの。階段をのぼって塔を抜けるのよ。反対側の経路は監視されているから」

ロドルフォは彼女を見おろしてほほえむと、頭をさげてそっと唇を重ねてきた。「ああ、きみを愛しているよ、エヴァンジェリン」彼女をひしと抱きしめてつぶやく。「こんな状況に陥っても、きみはくじけないんだね」

『コーロヴスキー伯爵の城』

エドモンドはすでに仮装舞踏会が始まっている〈アッパー・アセンブリー・ルーム〉の片隅で、人目につきにくい羊歯《しだ》の鉢植えの陰に半ば身を隠していた。そこからだと、ダイアナのおばたちに気づかれることなく彼女を眺められた。

グランシャー伯爵のパーティーから一週間以上たつのに、なぜかあれ以来ダイアナを見かけなかった。〈パンプ・ルーム〉でも図書館でも、がりがりのアルト歌手とかなりぽっちゃりしたソプラノ歌手が出演したコンサートでも、街角でも、シドニー・ガーデンズでも。

ダイアナと会うのを期待して日がな一日ローラ・プレイスをぶらつくこともできず、彼女の噂に耳を澄ませるしかなかった。一度思いきってブリックスに、彼女がリンカンシャーに戻ったのかどうか尋ねたが、彼の母親によればそれはないとのことだった。以来、エドモンドはダイアナについてきけずにいた。自分とダイアナのあいだになにか真剣な感情が芽生えつつあると、ブリックスに勘ぐられたくなくて。ダイアナとの関係にまだチャンスがあるとわかるまで、この件については話したくなかった。親友にさえも。

今夜のダイアナはなんてすてきなんだろう！　肩先だけを覆う短い袖の、深紅のベルベットのドレス、長い白手袋。ドレスはほっそりしたうなじから背中までを大きくさらすデザインだった。髪は慎ましくも上品に頭のてっぺんに結いあげられている。ドレスと同系色の駝鳥《だちょう》の羽根飾りと金のイヤリングだけが、装飾品だった。

レディ・フィッツバートンは最新の流行を身にまとい、その場の面々について説明しているようだ。隣にいるレディ・ハーベッジは、鼠を探す鷹さながらに室内を見まわしている。おそらく愛する姪を守ろうとしているのだろう。

少なくともフォールストンの姿はどこにも見あたらず、エドモンドの胸に希望が芽生えた。あいつが今夜現われないだけでなく、ダイアナとの結婚をあきらめたのであればいいのだが。さらに、ありがたいことに、どんなにつれなくしても今夜片時もそばを離れなかったアデリーナ・フォックスバロは、深紅に金の組紐《ひも》が輝く軍服姿の士官の一団に注意を奪われた。おかげで思う存分ダイアナを眺めて空想にふけることができる。陣太鼓のように鼓動を激しく響かせ、学生に戻ったかのような気分で。

ダイアナに口づけし、柔らかい乳房の重みをてのひらに感じたとき、全身が欲望で燃えあがったことをたちまち思い出した。なめらかなドレス越しにつんと尖った乳首を親指でこすると、彼女は歓びにあえぎ、しなだれかかってきた。

遠くから見つめているだけでは到底満足できない。近づいて話しかけ、ダイアナがあの甘美な声で、彼の興味を刺激するような予想外の言葉を口にするのを聞きたい。彼女に触れ、唇を重ね、きつく抱きしめたい。美しい髪を解いて、その豊かな髪に指を滑らせ、耳元で愛の言葉をささやきたい。

だが、なによりもふたりきりになって彼女への思いを伝えたかった。なんとしても。

いきなり歩み寄ってダンスを申しこんだらどうなるだろう？　ダイアナのおばたちは気分を害するだろうが、姪が承諾すればどうすることもできないはずだ。ダンスをするのはふたりきりになるのに比べれば物足りないが、今夜はそれで我慢するしかない。

アデリーナに目をやると、彼女もちょうどこちらを見た。アデリーナが満面の笑みを浮かべたことから、士官の一団に取り囲まれていても彼にダンスを申しこまれるのを期待しているのは明らかだった。

もし申しこまなければ、アデリーナはどう思うだろう？　それより、私がダイアナと踊ったらなんと言うだろう？　おそらく好意的には受けとられないはずだ。

そのとき、ブリクストン・スマイス＝メドウェイ卿の姿が見えた。周囲に愛想よく笑顔を振りまきながら、エドモンドが隠れている場所に近づいてくる。ブリックスがこちらに気づいたとは思えないし、あの様子からして室内を歩きまわりながら着飾った大勢の美女に見とれているのだろう。とりわけアデリーナ・フォックスバロに。

ある計画が頭に浮かび、ブリックスがすぐそばまで来たところで鉢植えの背後から飛び出した。「ブリックス、こんなところで会えるとは！」まるで何年も会っていなかったかのように叫んだ。

ブリックスは唖然とし、鉢植えの後ろに連れこまれると、ますます当惑した顔になった。

「いったいどうしたんだ?」ブリックスは目を細めて詰問した。「今夜の酒にはなにかが入っているのか?」

「いいや、いつもどおりさ」エドモンドは答えた。「いいから聞いてくれ、ブリックス。バギーのパーティーの晩、ファニーのことで助けてやったことを覚えているよな?」

「彼女の家族はようやくロンドンに戻ったよ。さもなければ、僕は永遠に身を潜めていなければならないところだった」

「とにかく、あのときの恩義の埋めあわせをしてもらう。今夜は私に手を貸してくれ」

ブリックスの眉がぱっとあがった。「というと?」

「あそこの士官がアデリーナ・フォックスバロに次のダンスを申しこまなかったら、きみが申しこんでくれないか? 彼らは彼女の美貌に圧倒されてただぽかんと見とれているだけのようだ。あれでは、わが国の軍の威信が案じられるよ」

だが、その冗談に友人は笑わなかった。「どうして僕にミス・フォックスバロと踊ってほしいんだ?」

「レディ・ダイアナにダンスを申しこむからさ。きみがミス・フォックスバロと踊ってくれれば、彼女は私を探さないはずだ」

クラヴァットがきつすぎるかのように、ブリックスは襟元に指を差し入れた。「つまり、まだレディ・ダイアナを悩ませるつもりか？　もうやめたと思っていたが」

「私はレディ・ダイアナを悩ませてなんかいない。ダンスの仕方を心得ている男が申しこめば、彼女も喜ぶだろうと思っただけさ。フォールストンは不器用だし、誰もまだ彼女にダンスを申しこんでいないようだから」

どちらも理にかなった理由だが、ブリックスは依然として半信半疑の面持ちだった。

「彼女と踊るのをずいぶん楽しみにしているようだな」

とたんに頭のなかで警告のベルが鳴りだした。本心をあらわにしすぎたようだ。ブリックスに向かってにっこりほほえむ。「私はダンスが好きだからな」

「僕がそうじゃないことは知っているだろう。第一、ミス・フォックスバロは僕が存在することにすらほとんど気づいていない。きみの友人でなければ目もくれないはずさ」

それには反論できない。「だったら、そろそろ気づかせてもいいころじゃないか？」

ブリックスは顔をしかめた。「まさか僕をミス・フォックスバロをめぐって争うライバル役に仕立てあげるつもりじゃないだろうな？　だとしたら、その手には乗らないぞ。どうせこちらに勝ち目はないし、無駄骨を折るのはごめんだ」

「一曲踊ってくれればいいだけだ、ブリックス」エドモンドは懇願し、高まる焦燥感を抑えこもうとした。「私はしばらくミス・フォックスバロの注意をそらしてもらって、あの厄介なフォールストンが現われる前にレディ・ダイアナと踊りたいだけだ。チャーリーやドゥルーリーがいれば彼らに頼むが、チャーリーはプリマスに向かったし、ドゥルーリーもロンドンに旅立った。バギーが新しい蜘蛛の標本と研究室に引きこもっていなければ、彼にさえすがるところさ」

「レディ・ダイアナにダンスを申しこむのはやめたほうがいい。というより、ちょっかいを出すのはそろそろやめるべきだ。母によれば、フォールストンがきみに決闘を申しこむ時期についてすでに憶測がめぐらされているらしいぞ」

エドモンドの心が沈んだ。「もうそんな憶測が飛び交っているのか?」

「レディ・フィッツバートンのせいだよ。きみが彼女の姪とフォールストンの縁談をぶち壊そうとしていると言い張っている」ブリックスは驚くほど真剣な面持ちでエドモンドを探るように見た。「本当なのか?」

「なぜ私がそんなことをするんだ?」エドモンドはびっくりして聞き返した。

「フォールストンが僕たちに殺されかけたと今も言いふらしているからさ」

「私はそんなことはまったく気にしていない」それが嘘偽りのない本心だった。

エドモンドが気にかけているのは、ダイアナの評判と、それに悪影響を及ぼすとわかった時点で彼女にかまうのをやめるとブリックスに誓ったことだ。仕返しのつもりで始めたことがこんな複雑な状況を生み、この期に及んでも彼女から手を引きたくないと思うなんて予期していなかった。「もうその噂は広まっているのか?」

「ああ、母によるとな。きみも知ってのとおり、母は街のニュースの収集に膨大な時間を費やしている」

それは事実だった。ブリックスの母親は昔から自分の家族より上流社会の出来事にはるかに興味を持っていた。彼は一度こんな冗談を言って心の傷を垣間見せた。母は自分の子供より王のご子息やご息女について詳しいと。

「きみは誓いを忘れていないよな?」ブリックスは慎重にきいた。

「もちろんだとも」

「これで最後にするんだ」親友はいつになく真剣な顔で言った。「どうもこの展開は気に入らない。エドモンド、レディ・ダイアナが傷つく前に仕返しはやめろ」

あるいは私が傷つく前に。エドモンドは内心そうつけ加えた。自分の気持ちが誠実なものだとダイアナに信じてもらえなければ、傷つくことは免れない。

ブリックスはエドモンドの返事を待たずに、素手の勝負に備えるプロボクサーのように肩をまわしたかと思うと、士官に取り囲まれたアデリーナへと直行した。青みがかった薄緑色のシルクのドレスに身を包んだ彼女は、このうえなく麗しく裕福そうに見えた。真珠のネックレスが髪に編みこまれ、白く滑らかな喉元にも輝いている。

エドモンドはダイアナのもとに向かった。たちまちレディ・フィッツバートンが気づき、憤慨した顔になった。まるで彼が姪を刑務所に入れに来たとでもいうように。

なんとしてもダイアナとダンスをする決意で女性たちに近づき、お辞儀をした。「レディ・ダイアナ、ダンスのお相手がいなければ、私と踊っていただけませんか?」

レディ・フィッツバートンは彼に今すぐ死んでほしいというような形相で、もし拳銃《けんじゆう》を渡されれば自ら引き金を引きそうだった。「姪は――」

「いいのよ、おばさま」ダイアナはつぶやいた。声は穏やかだが、瞳は例のごとく恐れを知らない決意に燃えていた。「喜んで子爵のダンスのお相手をさせていただくわ」

女性にダンスを申しこんで承諾してもらったことが、こんなに嬉しかったのは……生まれて初めてだ。

レディ・フィッツバートンは興奮してまくしたて、彼女の姉も不満げな様子だったが、エドモンドはふたりを無視して腕を差し出した。ダイアナがそっと手をかけてくると、彼はスコットランドの軽快なダンスを踊ろうと人々が列を作り始めた舞踏室の中央に彼女をいざなった。

「近ごろは具合でも悪かったのかい?」そう尋ねたとたん演奏が始まり、ふたりは互いのまわりをまわった。

「いいえ。体調を崩すことはめったにないわ」

「どこに行っても、ずっときみを見かけなかったが」

「あなたを避けていたからよ」

ダイアナの率直な返事に驚いてなにも言えずにいるうちに、パートナーが代わり、気がつくと中年女性と踊っていた。彼女は予期せぬ幸運を喜んでいるようだったが、それも彼がわざとらしく歯を見せて笑うまでのことだった。やがて、お互い離れられてせいせいしながら、それぞれのパートナーのもとに戻った。

「私を避けていたのか、マイ・レディ？」

「ええ。でも、それは臆病な解決法だと悟ったわ」

いったいなんのための解決法だろう。そう思案しながら、彼女とともに向きを変えた。

「今夜あなたとどうしても話したいの。ふたりきりで」

その要求の意味について、さまざまな可能性が頭を駆けめぐった。平凡なものから、ひどく刺激的なものまで。

ふたたび互いの脇をすり抜けたとき、彼女が身を寄せてきてささやいた。「今夜シドニー・ガーデンズで会っていただける？　あの柳の木のそばの洞窟で。夜警が二時を告げるときに」

これほどのショックを受けたのは、フォールストンが乗った舟が川岸のそばで沈みだすのを目にしたとき以来だ。「私と深夜にシドニー・ガーデンズで会いたいのかい？」

「ええ」

大いに気をそそられ、ダイアナとふたりきりで話したくてたまらなかったが、その提案を受け入れるのは不可能だった。「女性にはあまりにも危険――」

「どうしても話す必要があるの。それで、来ていただけるの、いただけないの？」

彼女の口調は、思いを寄せる男性と逢引の約束をする女性のものとは思えない。むしろ、決戦の前に命令を下す将軍のようだ。

「ああ、行くよ」


帽子を目深にかぶり、サイズの合わない男物のジャケットをきつく体に巻きつけながら、ダイアナはシドニー・ガーデンズに向かってグレート・パルトニー・ストリートを足早に進んでいた。足元だけを照らすように、手にしたランタンは覆いをわずかに開けてある。夜警や、まだ戻らない主人や女主人の帰りを玄関先で待つ使用人たちに見つからないよう、できるだけ身を隠さなければ。

エイヴォン川から立ちのぼる霧は期待どおり、夜の寒さのため白く煙っていた。行く手は数メートル先しか見えなくなっているが、霧はありがたかった。夜警と鉢合わせしなければ、比較的容易に目的の場所まで無事たどり着けるだろう。

重要な目的があり、危険を冒しているにもかかわらず、全身は興奮に脈打っている。これは普段レディが行うこと――着飾ったり、刺繍をしたり、噂話に花を咲かせたりすること――とはまるでかけ離れている。変装してひとけのない通りを駆け抜けるのは、紛れもなくロマンティックだわ。

夜はあらゆる音がいつもと違って聞こえる。軒先から垂れる滴の音はより哀愁に満ち、かすかな物音は謎めいている。聞き慣れた音さえ、奇妙に物悲しく響く。

小説の一場面に役立てるよう、この感覚を覚えておかなければ。でも、エヴァンジェリンはコーロヴスキー伯爵に会いたくて霧のなかを走ったりしない。彼女は恐怖に激しく鼓動を打たせて逃げるのだ。

その足元にあるのは玉石の舗装路ではなく、転びやすい藪《やぶ》や茂みや岩だ。おまけに、エヴァンジェリンはランタンも持っていない。一方、伯爵は悪魔の手先を彷彿させるランタンの光に導かれて、鼠を追う鼬《いたち》さながらに追跡するだろう。

みすぼらしい身なりの少年がたいまつを持ってそばを伴走する一台の黒い馬車が通り過ぎた。馬車からの明かりが霧に包まれた闇を照らす。御者席の脇のランプの灯は弱々しく揺らめいていた。背を丸めた御者は眠っているか死んでいるように見えた。

数分後、馬車とたいまつ持ちの少年は闇に消えた。まるで命を持った霧にのみこまれてしまったかのように。じめじめとした肌寒さとぞっとする空想に、思わず身震いした。

かすかに息を切らしながら、誰にも気づかれずにシドニー・ガーデンズに入り、砂利道を避けて足音を立てないようにしながら、大きな柳の木のそばの記憶に新しい洞窟に向かった。ランタンの覆いを閉じて物音を立てないように注意しつつ、体をあたためようと足踏みをした。

不安ではあったものの、そこにいることに後悔はなかった。誰にも目撃されず、邪魔されることなく、アダーリー卿とどうしても話したい。

この一週間、アダーリー卿を避け続けてきた。そうすれば胸のうちの葛藤がおさまると信じて。子爵の姿を目にしたり彼の言葉を耳にしたりしなければ、彼のことも、彼に心をかき乱されるという事実も忘れられると。それにタウンハウスに引きこもって外出しなければ小説の執筆も進むだろうと思ったが、実際は逆だった。子爵から隠れても、彼のことを余計考えるだけだった。今どこで誰となにをしているのだろうと。子爵との会話や、彼の言葉に潜む意味、彼が彼女に向けた表情、それにあのキスについて、考え続けた。

自分はただ魅力的な男性に惹かれただけで、アダーリー卿に深い思いは抱いていないと否定しようとした。だが、数日がたち、自分を偽っていることに気づいた。子爵に対する思いは、はかない憧れ以上のもので、単なる性欲でもない。もちろん、身体的な欲望も含まれているけれど、この気持ちはもっと深いものだ。

ダイアナはアダーリー卿のことを心から気にかけていた。だからこそ、彼があらゆることに対してどんな考えを抱いているのか知りたかった。人生や、友人や、これまで耐えてきたこと、望んできたこと、恐れてきたことに対して。そして、彼の世界の一部になりたかった。

アダーリー卿との抱擁を思い返すと、彼も彼女を心から気にかけ、同じ気持ちでいるはずだと感じることもあった。その一方、フォールストン卿とわたしの仲を邪魔したかっただけに違いないと確信することもあった。

もうこれ以上思い悩むことはできない。彼がどう感じているにせよ、真実が知りたい。そのためには自分の思いを打ち明けるか、さもなければ、自尊心が傷つかない程度に正直になろう。

それがうまくいかなかったとしても、これ以上状況が悪くなることはないし、子爵の手の内はお見とおしだとはっきり告げることもできる。彼と出会うことを恐れて、外出する場所や行動を決めるのはもうごめんだわ。

遠くで猫の喧嘩《けんか》が始まり、地獄を思わせる鳴き声が響いた。

アダーリー卿は遅くなるのかしら？　暗闇のなかでさまざまな恐ろしい想像に怯えながら、いつまで待つべきだろう？

とにかくあれこれ想像しないことよ。それに、子爵のキスや情熱を思い出すのも禁物だわ。今夜は冷静さを失わないことが肝心なのだから。

遠くで足音が響いた。わたしの勘違いでなければ、あれは男性の足音だろう。物陰から顔を出すと、ひとりの男性が近づいてくるのが見えた。

子爵だわ。暗闇や霧に包まれていても、優美なたくましさや貴族らしい物腰は見間違えようがない。彼は国民の喝采を浴びながら歩く王のように闊歩《かっぽ》していた。

彼は立ちどまって何気なく周囲を見まわしてからまた歩きだした。

もっと人目につかない場所に行くまでは声をかけたりランタンの覆いを開けたりしないほうがいいと判断し、こっそりあとをつけた。

一、二メートルの距離に近づいたところで、子爵がいきなり振り向いたかと思うと、ダイアナに飛びかかり、きつく両腕をつかんで自分から遠ざけた。ランタンが激しく揺れ、子爵の腕にぶつかったが、彼はそれを無視した。

「やめておけ、小僧!」彼は手厳しい声で凄《すご》んだ。

「わたしよ」彼女はあえいだ。「ダイアナよ」

子爵はとたんに腕を放した。ダイアナはランタンの覆いをかすかに開き、彼に顔が見えるように蠟燭の火を掲げた。

「驚かせないでくれ!」彼はささやき、ダイアナが半裸であるかのようにしげしげと眺めた。「いったいその服はなんだ?」

ダイアナはごわついた羊毛のジャケットをいっそうきつく身に巻きつけた。「変装したほうがいいと思ったの」

「てっきりすりに狙われたかと思ったよ。どこでその服を手に入れた?」

「おばの従僕から借りたの」

「彼がきみのおばたちに告げ口しないと信用できるのか？」

「彼はこのことを知らないわ。寝ているあいだに拝借したから」ダイアナは向きを変え、洞窟へと先導した。なかに入るとランタンを置き、彼に向き直った。「ジャケットがなくなったことに彼が気づく前に、返すつもりよ」

「でも、ジャケットが湿ってしまうぞ」

「彼がこれを使うのは半日後よ」

子爵はかすかに口元をほころばせた。「きみはありとあらゆる反論を思いつくようだな。だが、ひと言忠告させてもらうと、もし夜警がきみと鉢合わせしたら、おそらく私と同じことを考えるはずだ。深夜のバースのこの界隈《かいわい》でそんな格好をした少年は、犯罪者に違いないと」彼女の胸にちらりと目を向けた。「もっともよく考えると、夜警はすぐにきみが女性だと気づくはずだ。きみの変装はある面ではかなり不充分だからな」

彼女は意に反して真っ赤になった。「女性のほうが人目につきやすいでしょう」

「ああ、それには反論できない。きみがドレス姿で来たところを見つかっていたら、もっとひどいことになっていたかもしれない」

「そうね、深夜にたったひとりでここに来たことを知られたら、わたしの評判は――」

「私が言いたいのはそういうことじゃない」彼が歩み寄ってきた。「きみはすりではなく別のものに間違えられたかもしれないということだよ。私だってきみと一緒にいたくてたまらないが、今回の件は——」突然言葉を切り、彼は彼女の唇に人差し指をあてた。

ひと組の男女の話し声が近づいてきた。

ダイアナは不安に襲われた。霧に包まれているとはいえ、もう目撃されていたらどうしよう？　子爵の言うとおり、わたしはすりか強盗に間違えられるか、正体を見破られるかもしれない。

あわててランタンの覆いを閉じ、子爵の腕をつかんで洞窟の奥へと引っ張った。

彼はなにも言わずにそばにたたずんでいる。とても近くに。ダイアナが固唾をのむなか、その男女がどんど近づいてきたので、耳の奥が大きく脈打った。

男女の会話から、ふたりが闇に包まれた深夜の公園にやってきた目的を察し、ダイアナはもだえたくなった。しかも、彼らは近くの柳の木の下で目的を遂げるつもりらしい。

「これ以上気まずい状況になる前に食いとめてくるよ」隣にいるアダーリー卿がそっとつぶやき、ランタンを奪った。

ダイアナは抗議の声をあげようとしたが、彼はすでに洞窟を出て柳の木の下の男女のもとに向かっていた。

子爵は木のそばで足をとめるなり、ランタンの覆いを大きく開き、ふたりを照らした。女性は木に背中を預け、男性はぴったりと身を寄せていた。

ダイアナはとっさに目をそらそうとしたが、ふたりはまだそこまで親密な状態にはなっていなかった。

「おやおや、シシングズビーじゃないか」子爵はいつもの冷静な声で言った。「久しぶりだな」

男性が女性から身を引いた。彼女のほうは邪魔されてもとくに気にしていない様子だ。

ダイアナは目を丸くした。これがフォールストン卿の元婚約者の心を奪った男性なの？ 大酒飲みらしくむくんだ顔、見るからに大食漢の体つき。帽子は下品なほど傾き、地面に落ちないのが不思議なくらいだ。外套の前が開き、乱れた夜会服が見えた。

「おまえはいったい誰だ？」酔っ払ったシシングズビーが詰問した。

「まさか昔の同級生を忘れてはいないよな、シシングズビー。ハロー校の同級生を」

「アダーリーなのか？」

「ああ、そうさ」子爵は女性に目を向けた。「きみはもう金をもらったのか？」

そのやせた女性はぶかぶかの汚れたドレスをだらしなく身にまとい、すり切れたショールしか羽織っていなかった。結いあげられた髪が濡れて垂れさがっているところを見ると、しばらく夜霧のなかにいたのだろう。

ダイアナは娼婦を目にするのは初めてだった。ハミッシュ・マクタヴィッシュ牧師によれば、そんな汚れた生き方を選ぶ女性は軽蔑すべき存在らしい。だが、目の前の娼婦をしげしげと眺めながら感じたのは、嫌悪でも批判でもなく同情だった。それに、どんな女性でも自らそんな運命を選ぶはずはないという哀れみに満ちた確信を覚えた。

「まだ金はもらってないよ」娼婦が言った。片手を腰にあて、もう片方の手をシシングズビーに差し出す。「さあ」

その場から動こうとしない子爵をにらみ、シシングズビーはポケットのなかを探った。「おまえはいまだにお節介な雌鳥《めんどり》のように人の世話を焼いているようだな。もうそんなことは卒業したと思っていたが」

「いや、見てのとおり違う」アダーリー卿は落ち着いた声でこたえた。

シシングズビーが甲斐もなくさらにしばらく手探りすると、子爵は言った。「また博打で有り金をすべてすったのか？　シシングズビー、まったくどうしようもないやつだな。このお嬢さんが支払いを求めて家まで来たら、奥方にどう説明するつもりだ？」

シシングズビーは悪態をつき、娼婦も彼の図体《ずうたい》や精力を揶揄《やゆ》するように毒づいた。

「黙れ。この売春婦――」

「女性にそんな口の利き方をするな」大地を踏みしめた子爵の低い声には、威嚇の響きがありありと込められていた。

今の子爵はまさにコーロヴスキー伯爵そのものだ。表向きの洗練された仮面を脱ぎ捨て、恐怖をかき立てる強靱《きょうじん》で粗野な戦士の素顔があらわになっている。

だが、両者には決定的な違いがあった。アダーリー卿はその力を女性を守るために用いている。彼女が娼婦であるにもかかわらず。

「もちろん普通の女性にならそんなことはしないさ」シシングズビーはにやりとした。「だが彼女はただの売春婦だ」

アダーリー卿の全身に力がみなぎり、今にも殴りかかりそうに見えた。「そういうきみは男の風上にも置けないやつだ。彼女に謝れ、さもないとその腕をへし折るぞ」

きっと子爵にならそれができるし、そうしかねない。ダイアナはそのことを一瞬たりとも疑わなかった。

どうやらシシングズビーも同じように思ったようだ。「わ、悪かった」

「とっとと失《う》せろ」

シシングズビーは子爵や娼婦や女性一般に対する罵り言葉を吐きながら立ち去った。

ダイアナがとめていた息を吐くなか、子爵はランタンを拾いあげた。

予想に反し、娼婦はその場から逃げ出さずにぶらりと子爵に近づき、気をそそるように彼の胸を撫でた。「あんたのせいで稼ぎを失ったわけだから、その分の埋めあわせをしてくれるんでしょうね？」

子爵は娼婦の両手を引きはがしてジャケットの内側に手を伸ばし、硬貨を数枚取り出した。娼婦はそれをひったくってドレスの前身頃《みごろ》に突っこんだ。下着を身につけているようには見えないのに、なぜか硬貨は地面に落ちなかった。

「もう帰ったほうがいい。こんな天気じゃ、体にもよくないだろう」

娼婦はちっともおもしろくなさそうに笑った。低くしわがれた声は、彼女が歩んできた人生の過酷さを物語っていた。「なにもしなくていいわけ？　あんたみたいなすてきな紳士が相手なら、サービスしてもかまわないけど」

「申し出はありがたいが、遠慮しておく。さあ、帰りたまえ。それから、私ならもう二度とシシングズビーとはかかわらないようにするだろう」

「わたしもよ。ありがとう」娼婦は立ち去りかけて足をとめ、肩越しに振り返った。「あんたのことをお節介な雌鳥と呼ぶのはどうかと思うけど、ある意味あたっていると思うわ」そう言って霧のなかに消えた。

ダイアナも同感だった。子爵は娼婦に辛辣な言葉をぶつけて追い払ってもおかしくなかったのに、その接し方は優しく、親切とも言えるほどだった。きっと彼は友人たちよりはるかに年長であるかのように、仲間うちでは父親や兄のような役割を演じてきたのだろう。あるいは、聡明な年長者の雰囲気を漂わせているだけかもしれないが。

「どんな理由であれ、こんな時間に誰かがここに来るとは思わなかったわ」子爵が戻ってくるとダイアナは言った。

「そのことからも、きみがバースについてほとんど無知だということがうかがえる」

「ここがロンドンならわかるけど――」

「こういったことはロンドンだけに限らない」子爵はふたたびランタンを置き、広い胸の前で腕を組むと、愛想の良さを繕ったりせずにきいた。「で、きみはなぜ私をここに呼び出したんだい？」

ランタンの弱々しい光に下から照らされた子爵の角張った顔は、悪魔のように見えた。だが、彼は魔物ではなく生身の人間だ。「もうほうっておいてちょうだいと頼むとも考えたわ」

途方もなく長い沈黙が続いたように感じられ、ダイアナは胸が激しく打って口のなかが渇いた。ようやく、彼が片方の眉をあげた。「私はきみをわずらわせているのか？」

今こそ正直になるときだわ――ある程度は。「ええ。わたしたちの関係は――」

「私たちのあいだになんらかの関係があるのか？」彼がにじり寄ってきた。

その落ち着いた声音からはなにも読みとれなかったが、ダイアナは彼の動きにまごついた。ふたりの距離が離れているほうが、きちんと考えられる。

とっさに後ろにさがった。「ええ。いいえ」深く息を吸い、胸のうちで自分を叱りつける。これでは、自分の気持ちさえわからない間抜けな少女みたいだわ。

ぐっと胸を張り、ふたたび口を開く。「独身女性という生き方にも利点はあるけれど、わたしはいずれ結婚し、夫や子供を持ちたいの。あなたから関心を寄せられる状態がこのまま続けば、わたしの評判は傷つくわ。それに、あなたの関心は結婚を目的としたものとは思えないもの」

彼の目が闇にきらめいた。「ひとつ断わっておくが、私たちがかかわるようになったのはそもそも、きみが私のことを瓶に入った昆虫のようにじっと観察したからだ」

頬を赤く染めながらも、ダイアナは引きさがらなかった。「わたしは男性に対する知識が乏しく、あなたがとても魅力的に見えたのよ」

「とても魅力的に見えた？ ということは、今はもう違うのかい？」

なぜ子爵の声音が変化したのかわからない。どうしてがっかりしたような声になったのかしら。「いいえ、今でもとても魅力的よ」

彼がまたうっとりするような笑みを浮かべると、平静を保とうとする決意に反して胸が早鐘を打ちだした。

「実を言うと、マイ・レディ」彼はそっとつぶやいた。「私もきみに惹かれている」またしても鼓動が一、二秒とまったが、ダイアナは自分とアデリーナ・フォックスバロを冷静に比較した。「そんなことはとても信じられません」

眉間に皺を寄せて子爵がさらに近づき、彼の顔が陰になった。「なぜだい？」

彼女は後ずさりした。「わ、わたしにはあなたのような男性を魅了するのに必要な資質が備わっていませんもの」

「私が女性のどんな資質に惹かれると思っているんだね？」

間近にいる彼を無視して頭を働かせようと努めた。たばこの匂いも、彼の純白のシャツも、広い胸や肩の輪郭も意識しないようにして。「美貌や、優雅さや、レディのたしなみよ」

「私は女性に美しい顔や優雅な物腰以上のものを求める。もっとも、きみはその両方を兼ね備えているが。ピアノを弾いたり水彩画をたしなんだり、無駄に刺繍に精を出したりする女性に惹かれたことはただの一度もない」

彼の声は誠実そのものだったが、ダイアナはその言葉を信じることはできなかった。わたしはレディのお手本と崇められる女性たちとはあまりにもかけ離れている。「でも、そういう資質こそが世間に認められる女性の価値の基準なのでしょう?」

彼が声を落とすと、彼女の膝から力が抜けた。「私は幼いころ外見で人を評価しないよう父に躾けられた。私が高く評価するのは知性だ。愚かさや、無知なとりとめもないおしゃべりにはすぐに飽きてしまう」そう言うと彼女の眉間に触れた。「きみが深く考えこむと、ここに素敵な皺がうっすら現われる。知り合いの女性の多くは、きみほど頻繁に物事をじっくり考えたりしない。しかしきみは、ここにある脳を使うことを恐れない」

ああ、信じられない、彼の口調は真剣かつ誠実そのものだ……まるで本気でそう思っているかのように。

「きみと一緒にいると楽しいと感じる理由を、ほかにもあげようか？」彼は指で数えながら続けた。「きみは私が知る多くの女性と違って、自分の考えを率直に述べることを恐れない。それに私は、独立心旺盛で、目的を成し遂げるためにはときに危険さえ顧みない女性にも惹かれるんだ。きみの容姿に関して言えば、そんなきらきらした美しい瞳や、キスをしたくなるほど魅力的な唇の持ち主には会ったことがないよ」

手を伸ばしてきたアダーリー卿に帽子を奪われ、ダイアナの髪が肩に滑り落ちた。突然の親密な行為に不意を突かれ、彼女は言葉を失った。どきどきしながら息をつめる。彼をたしなめる言葉はふるいにかけられた水のように頭からかき消えた。

「その気になれば、きみはなにもそんなふうに変装したりせずに、公の場で私と話すことだってできた」彼はつぶやいた。「だが、そうしないでくれてよかったよ。こうしてふたりきりになれるほうがずっといい」

ダイアナも子爵とふたりきりになれて嬉しかった。いいえ、嬉しいなんて言葉ではとても言い表せない。彼とふたりきりでひと晩中ここにいたいくらいだ。

だから、抱き寄せられて荒々しく情熱的に唇を奪われても抗わなかった。強く押しつけられた彼の唇には、彼女の理解を超えた激しい切望感がにじんでいた。

彼女自身、この瞬間が終わってほしくないということしか考えられなかった。

ランタンが地面に落ちて蓋の開いた面が下になり、急に漆黒の闇に包まれた。

そのとたん、普段の日常や、礼儀作法に縛られた社会や、ファッションや噂話といった無意味な会話から解放され、完全に自由になった気がした。

アダーリー卿にぎゅっとしがみつき、たくましい腕に抱かれながら情熱的なキスに酔いしれ、彼の唇の味を堪能《たんのう》した。口を開くと彼の舌が滑りこんできて、最高の気分を味わった。恍惚《こうこつ》の低いうめき声が聞こえ、それが自分の発した声だと気づいた。

子爵の腕に力がこもった。ダイアナは彼の背中にゆっくりと両手をまわし、ジャケットを握りしめた。ほつれた髪に彼の指が滑りこんでくると、頭皮も体のほかの部分同様にうずいた。高まる欲望に、体から力が抜けていった。

導かれるがまま硬くひんやりとした岩壁に背中を預けた。シャツ越しに彼の両手が胴を這いあがり、胸のふくらみに到達した。乳房を包みこまれ、優しくもみしだかれるうちに、胸が張って体がほてり、情熱の炎が燃えあがった。

ダイアナは子爵の頭を引き寄せてむさぼるようにキスをした。もう片方の手で彼の背中を撫でまわし、彼の全身を感じようと抱き寄せた。

両脚のあいだに子爵の膝が滑りこんできた。とっさに筋肉質の脚に身をすり寄せる。すると、はいているズボンのごわごわした布地が内股《また》と秘めた部分をこすった。

彼の舌に口のなかを探られながら、何度も身をすり寄せた。

なおも愛撫されるうちに、体が張りつめていった。

やがてなんの前触れもなく絶頂が訪れ、全身に快感の波が広がった。圧倒されるほどの衝撃に息を切らし、彼の肩にしがみつく。いったいなにが起きたのかわからない。けれど、あまりにも満ち足りた気分で、そんなことはどうでもよかった。

徐々に彼の体を意識するにつれ、それが今も張りつめていることに気づいた。

彼はまだわたしのように歓びを味わっていないのね。どうすれば楽にしてあげられるのかしら？「どうすればいいの？」緊張した彼の顔を見あげてささやく。

「今この瞬間は、なにもしなくていい」彼はしわがれた声で言った。「さもないと、私は自分が紳士であることを忘れかねない」

そのとき、太陽が暗雲の背後からいきなり顔を覗かせたかのように、明るい光が彼女の顔を照らした。

ダイアナはあえぎながら、夜警が突然顔の高さに掲げた大きなランタンのまぶしさに目をしばたたいた。

アダーリー卿は即座に彼女の盾となった。

「おい、いったいなにをしているんだ？」夜警は不快そうな顔で詰問した。「そこの小僧、とっとと失せろ」彼女を追い払うようにランタンを振る。「ここはそういったことをする場所じゃない」

どういうこと？　彼はいったい――？

子爵はダイアナを背後に隠したまま、手を伸ばしてランタンを拾いあげた。「私のランタンは灯が消えてしまった。きみのランタンから灯をもらってもいいかな?」

夜警の表情が一変した。「ああ、これはすみません、旦那《だんな》。もちろんです」

夜警はアダーリー卿が灯をつけるあいだ、自分のランタンをじっと掲げていた。それがすむと、子爵に警戒した表情を向けた。「ここではやめてもらえますか、旦那?」

夜警はがに股で足早に立ち去った。上下に揺れる彼のランタンが大きな蛍のように見えた。

アダーリー卿がゆっくり息を吐き出した。

ダイアナは仰天した顔で彼を見つめた。「あの夜警はわたしが――あなたが――わたしたちが――」

「ああ、ばつが悪いことこのうえないな」彼は同意した。「夜警はきみが女性だと気づかなかったようだ」

彼はそう言いながらも少しも心配していない様子だった。「でも……そのほうが困るでしょう?」

「さっきも言ったように、ばつが悪いことこのうえないよ。この密会によって、私の評判は地に落ちるかもしれないな」

「なぜそんなに冷静でいられるの?」

「おそらく夜警は私の正体に気づいていない。気づいていたら〝閣下〟と呼びかけたはずだ。この身なりを見てただ金持ちだと判断しただけだろう。私がそんな行為にふけるみだらな男だとしても敬意を払うべきだと」

ダイアナは自分のせいで子爵の新たな噂が広まる可能性を想像して両手をきつく握りしめた。「ああ、こんなふうに会うのは間違いだったわ！」

彼は手を伸ばして彼女を抱き寄せた。「私はそうは思わない」

子爵は頭をさげてふたたびキスをしようとしたが、彼女は身をくねらせて抱擁から逃れた。「もう行かないと！」そう言うなり、ランタンをつかんだ。

「ダイアナ、待ってくれ」彼はダイアナの肩に両手を置き、ダークブラウンの目で探るように彼女を見つめた。「どうかフォールストンと結婚するつもりはないと言ってくれ。それに、私の知らないほかの男とも。リンカンシャーに誰か意中の男がいるのか？」

子爵は彼女の返事次第でこのうえなく幸せにもみじめにもなると言わんばかりの面持ちだった。

「たとえフォールストン卿が英国で最後の男性だったとしても、彼と結婚する気はないし、リンカンシャーにも愛する人はいません」

アダーリー卿は私を気にかけているんだわ。彼の気持ちは本物で、不誠実なものではなかった。これほどの幸せを味わったのは生まれて初めてだ。彼と一緒にいたいけれど、これ以上ここにとどまるわけにはいかない。

爪先立ちになって、彼の頬にキスをした。「もう本当に行かないと。あの夜警が戻ってくるかもしれないし、これ以上あなたに関する嘘が広まるなんていやだもの。おやすみなさい、エドモンド」

そう言って彼女は踵を返した。

「ダイアナ、待ってくれ！」エドモンドは小声で呼びかけて、あとを追った。

だが、その声は彼女の耳に届かなかった。彼は全速力で走ったが、追いつくことはできなかった。

ダイアナはおばの屋敷の裏手の厩舎に駆けこんだ。角を曲がった彼は、彼女が庭のフェンスをよじ登り、配水管を伝って二階の窓に忍びこむのを恐怖と感嘆の入り交じる思いで見守った。

今夜はもうダイアナとは話せないが、明日になったら絶対に話をしよう。明朝、訪問しても礼儀に反しない時刻になり次第、会いに行って自分の気持ちを伝えよう。ダイアナが二度と私や、私の気持ちや、彼女自身の魅力に疑問を抱かないように。

第十一章

できるだけ足音を忍ばせながら、エヴァンジェリンとロドルフォは湿って滑りやすい塔の階段を足早にのぼり、城壁の通路を目指していた。

ロドルフォは古びた木戸を押し開け、城壁に背を向けて外に出た。あとに続いたエヴァンジェリンは冷たい突風に足元をすくわれそうになった。暗雲が月夜の空を流れていく。彼方《かなた》の浜辺の近くで渦巻く霧は、ふたりをのみこもうと待ち受ける魔物のようだ。だが、ロドルフォがあの霧に覆われた浜に隠してきたボートまでたどり着ければ、危険から逃れられるだろう。

『コーロヴスキー伯爵の城』

翌日、ダイアナはマクタヴィッシュ牧師の本を膝にのせたまま、応接室の窓ガラスを流れ落ちる雨粒をぼうっと眺めていた。ほかに新たに読むものがなく、このつまらない説教書を一日中読み進めてきたが、一語ごとにエドモンドのことが頭に浮かんだ。エドモンドの両親が人間の弱さに対するマクタヴィッシュ牧師の教えを支持していたとすれば、彼の子供時代はさぞ憂鬱《ゆううつ》で不幸だったに違いない。

ダイアナは小説の執筆に集中できなかった。何時間たってもエドモンドが会いに来なかったからだ。今日はあいにくの天気だけど、彼のような男性がそんなことで踏みとどまるとは思えない。エドモンドを忌み嫌うおばたちと顔を合わせたくないのかもしれないけれど、その可能性も信じがたい。

悪天候はともかく、今日はエドモンドが訪問してくるのにうってつけの日だ。カリオペは頭痛がすると言って寝室にこもり、ユーフェニアは書斎で家計簿を確認している。家計の話が出ると、カリオペは決まって気分が優れないと言って寝室に引きこもるのだ。もちろん、エドモンドとふたりきりになるのは許されないだろうけど、少なくとも今日はカリオペが同席して非難がましく彼をにらみつけることはない。

エドモンドに手紙を書くことも考えた。だが、彼から本を贈られたのと同様、それは礼儀作法に反する――ふたりの関係が公になるまでは。彼との関係を思うと、胸をときめかせずにはいられない。エドモンドのような男性が自分みたいな女性を気にかけてくれると信じるなんて愚かだと、新たに不安が募ってはいたが。

「ダイアナ?」

びくっとして声がしたほうを見ると、ユーフェニアが戸口に立っていた。「なに?」

「フォールストン卿がいらしたわ」

顔をしかめそうになるのをかろうじてこらえた。求婚しても無駄だと、フォールストン卿が悟ってくれることを願っていたが、その願いはかなわなかったようだ。少年時代の彼がエドモンドや彼の仲間にしつこくつきまとう姿がありありと目に浮かんだ。

とはいえ、エドモンドが噂どおりの放蕩者ではないことをおばたちに証明するまでは、慎重に振舞わなければ。

エドモンドが会いに来てくれたら証明できるのに！

もしも彼が会いに来てくれたら。

わたしが彼のことを完全に誤解しているのでなければ。

ユーフェニアは応接室に入ってくると、炉棚に一番近いソファーに座った。ありがたいことに付き添い人役になってくれるようだ。

「求婚されても受け入れる意志はないと、この機会にフォールストン卿に伝えたほうがいいでしょうね」ユーフェニアが指摘した。

「ええ、おばさまの言うとおりだわ」ダイアナは気を引きしめ、優しくもきっぱりと断わる心の準備をした。

戸口に現われたフォールストン卿のズボンは雨で薄汚れていた。

「こんにちは、レディ・ハーベッジ、レディ・ダイアナ」彼はやけに愛想よく言うと、足早にユーフェニアに近づいて手を取った。続いてダイアナの手を取ったが、挨拶にしては長すぎるほどのあいだ放さなかった。「あいにくの雨天ですが、ようやく晴れてきました」

崇拝するような目で見つめられたとたん、ダイアナの顎がこわばった。フォールストン卿はわたしの気持ちをまったくわかっていないのかしら？　わたしが彼と同じ気持ちでないことも。席を立って、できるだけ彼から遠ざかるように窓辺に移動した。

「ええ、そうですね」ユーフェニアは返事をしたあと、《タイムズ》紙を手に取った。

ダイアナはそれを〝あとはあなたたちだけで〟という意味に受けとった。フォールストン卿もそう解釈したらしく、小走り同然で近寄ってくると、必死な少年を思わせるまなざしで彼女を見つめた。

「先日母がこちらを訪問した際、あなたが気分を害されたのであれば、お詫《わ》びします」

ダイアナに口を開く間も与えず、彼は声を潜めて言った。「母は私の承諾も得ずに軽率な話をしたようですが、事前にわかっていればそんなことはさせませんでした」

ダイアナの胸に安堵の念が一気に込みあげた。たぶん彼は求婚しても時間の無駄だと悟り、母親の訪問について謝罪したかっただけだろう。「エリス夫人は愛する息子を思うがゆえの行動だとおっしゃっていました」

意外にも、彼は険しい顔つきになった。「母は私がもう手助けを必要としない大人であることを忘れているのです。私はずっとあなたにどう謝るべきか考えていました」

「あなたはきちんと謝罪してくださったわ」礼儀正しい口調を保ったものの、内心こうつけ加えた。だから、もうお帰りになって。

「でしたら、母の非礼を許してくださるんですね？」

「もちろんです」かすかにほほえんだ。「あなたのお母さまはご自分なりのやり方で力になろうとなさっただけですから」

フォールストン卿はたった今肩の重荷が取り除かれたというようににっこりした。

「レディ・ダイアナ、そう聞いて、私がどれほど喜んでいるかおわかりになりますか？ いいえ、あなたがどれほどわたしを喜ばせるか」

彼から徐々に遠ざかりつつ、今こそはっきり告げるべきだと悟った。「申し訳ありません、フォールストン卿、ですが――」

「世間があなたとアダーリーについてなんと言おうと、私は気にしません。あなたは人からとがめられるようなことはなさっていないはずですから」

非常に寛大な男性であるかのような口ぶりだが、彼がささいな過ちを快く許すとは思えなかった。

とたんに、エドモンドとシドニー・ガーデンズで逢引したことを話したくなった。それも詳細に。

次の瞬間、ユーフェニアがその場にいるにもかかわらず、フォールストン卿がいきなりダイアナの両手をつかみ、湿ったてのひらで包みこんだ。「レディ・ダイアナ」彼はささやいた。「ご存じのとおり、私はあなたを愛しています。心から崇拝しております！　わが天使よ、どうか私の妻となってください！　そうでなければ、私の人生は荒れ果てた廃墟と化し、墓場も同然です！」

フォールストン卿がダイアナの気持ちについてひと言も触れなかったことに気づき、彼女は彼の手を振り解こうとした。どうしてユーフェニアはなにも言わないの？　ロンドンの最新ニュースを読みふけっているのかしら？　おばの背中しか見えず、確かめられない。「閣下、あなたの求婚をお受けすることはできませ――」

「わが女神よ、もし承諾してくださったら」彼は彼女を遮って、さらに手をきつく握りしめた。「あなたの人生を天国のようにするために全力を尽くすとお約束します」

そんなことは不可能だとダイアナは信じて疑わなかった。それに、天使だの女神だのと呼ばれて吹き出さずにいるのも無理だ。

毅然《きぜん》とした態度で断わろうとした矢先、フォールストン卿が元婚約者に捨てられたことを思い出した。同情心に声を和らげ、彼の手を振り解こうとするのをやめた。すぐにおばが気づき、咳払いかなにかで彼をたしなめてくれるはずだ。「いいえ、閣下、承諾することはできません」

彼のまなざしが必死に懇願するようになった。「ですが、私はあなたの意見をあんなふうに批判したことに対して過ちを認めたじゃありませんか。心配は無用です、私は快く、いいえ、心からあなたの指示に従いたいと思っています」

まるでわたしが妻ではなく彼の教師になりたがっているみたいじゃない！「閣下、わたしはあなたを愛していません」

「でも、いずれ愛するようになりますよ」彼は哀れっぽく言った。

「いいえ、閣下、そうなることはありません」

「いや、そうなりますよ」彼の目に頑固そうな光が宿った。「あなたがほかの多くの愚かな女性たちのようにアダーリーのとりこにならなければ」

フォールストン卿の強情な目つきやその言葉によって、彼に優しくするのをやめた。決して彼の妻にはならないと明確に告げるべく口を開き、なんとか手を振り解くことにした。

だが、そうする前に、カリオペが部屋に飛びこんできた。どうやら頭痛が治ったらしい。おばはふたりの握りしめられた手に気づくなり、疑問と喜びに鋭い目をきらめかせた。ユーフェニアは新聞から目をあげて眉間に皺を寄せた。

「フォールストン卿、まあ、なんて嬉しい驚きでしょう！」カリオペは叫びながらふたりに近づいてきた。

ダイアナはきつく握られて痛みだした両手を思いきり引っ張り、ついに彼の手を振り解いた。「それは誤解よ、カリオペおばさま」

だが、それ以上なにも言わないうちに、フォールストン卿は素早く戸口に退却した。

「用事があるのでこれで失礼します。また近々お会いできることを願っています」

そう言うと、彼は姿を消した。

フォールストン卿がいなくなってせいせいしたものの、きっぱり拒絶の言葉を伝えられなかったことが悔やまれた。いずれ承諾すると、バース中の人に言いふらされたくないわ。

「あなたの手を握ったりしてはならないと、彼をたしなめるつもりだったのに」ユーフェニアが言った。

姉の言葉を聞き流して、カリオペはダイアナに駆け寄り、ソファーへいざなった。

「それで?」ダイアナを隣に座らせて問いただす。「求婚を受け入れたんでしょう? そうだと言ってちょうだい! もちろん、そうしたわよね! あなたたちは本当にお似合いだもの! 彼はとても魅力的で感じがいいし!」

曖昧《あいまい》に答えても意味がない。どうせフォールストン卿とは結婚しないのだから、カリオペにさっさと知らせるべきだ。「求婚はされたけれど、承諾しなかったわ」

「なんですって?」

「彼のことは愛していないから、受け入れるつもりはないわ」

カリオペはうろたえ、ソファーのクッションの下に常備している気つけ薬に手を伸ばした。「いったいなにを考えているの？」そう叫ぶなり、気つけ薬を思いきり吸いこんだ。「彼の求婚を断わるなんて！　あのフォールストン卿の求婚を！　親切で感じのいい紳士じゃないの！　すべての面において結婚相手にふさわしい男性よ！」

「でも、彼のことは愛していないのよ、おばさま」ダイアナは反論した。「まさか、姪のわたしが、愛してもいない男性と結婚することを望んではいないでしょう？」

「もちろん、ダイアナの言い分が正しいわ」ユーフェニアがカリオペの隣に腰かけて言った。「この子は愛情以外の理由で結婚する必要はないし、そうするのは間違いよ」そっと妹から気つけ薬を取りあげた。「カリオペ、あなたも知ってのとおり、ダイアナは愛してもいない男性の求婚を承諾するほど愚かではないわ。それに、あなただってこの子には幸せになってもらいたいでしょう」

カリオペのブルーの目がうるんだ。「ええ、もちろんダイアナには幸せになってもらいたいわ」はなをすすって言う。「だからこそフォールストン卿と結婚してほしかったのよ。あの立派な若者と」

「いいえ、彼は立派じゃないわ」ダイアナは言い返した。フォールストン卿やアダーリー卿についてわかったことをおばたちに説明しようとした矢先、執事が戸口に現われた。

「失礼します。別の紳士がお見えになりましたが」

執事は銀のお盆にのせた名刺をユーフェニアに見せた。おばはかすかに身をこわばらせると、執事を見あげた。「さっき指示したでしょう、ダルトン。わたしたちは今日不在だと、アダーリー卿に告げるようにと」

ダイアナはおばを凝視してから、足早に立ち去った執事を見送った。

「アダーリー卿がすでにいらしていたの？」ふたりのおばを代わる代わる見つめてから、そこが自宅でないことなど忘れてエドモンドを招き入れようと戸口に向かった。

「ダイアナ、待ちなさい！」

ユーフェニアの予期せぬ命令口調に、ダイアナはぴたりと立ちどまって振り向いた。おばがなにも言わないうちに玄関の扉が開いてさらに閉まる音がした。

エドモンドが帰ってしまう！　ダイアナは窓に駆け寄り、ガラス窓を開けて彼を呼び戻そうとしたが、またしてもユーフェニアの手厳しい声に阻まれた。

「わたしたちに隠していることがあるの？　子爵のことで？」

「ええ」ダイアナは認めた。

カリオペは野ウサギの匂いを嗅《か》ぎつけた猟犬のごとく飛びあがった。「ダイアナ！まさか、あの噂は――あれは本当ではないんでしょう？」

「すべての噂を聞いたわけではないけれど、アダーリー卿とわたしが親密な関係だという噂があるなら、それは本当よ」

カリオペがうめき声をもらしてソファーに崩れ落ちると、ダイアナはおばたちとまっすぐ向かいあった。「でも、わたしたちの関係に恥ずべき点はないし、あったとしても、それはわたしが秘密にすることを望んだからよ」

「あなたは約束したわよね、ダイアナ」ユーフェニアが静かな声で言った。

「ええ、それに約束を守ったわ。子爵と駆け落ちはしていないし、誘惑もされていない。でも、彼は世間に思われているようなろくでなしではないわ。それどころか、フォールストン卿や、お父さま以外のほかのどの男性よりも立派で親切な紳士よ。彼の訪問を認めてくれたら、おばさまたちにもそれがわかるはずだわ」

「だけど、ダイアナ、わたしがこれまでに聞いた話では！」カリオペが反論した。

「あれはただの嘘よ。その大半は、おばさまが褒めちぎっているフォールストン卿が、予想外の結果を招いた学生時代のいたずらの復讐《ふくしゅう》に言いふらしているものよ」

「昨日小耳に挟んだ話では」ユーフェニアが普段の落ち着き払った声で話しだした。「あなたとアダーリー卿がテラスで親密に抱きあっていたと、グランシャー伯爵の使用人が主張しているそうよ。それが本当なら、とても紳士的な振舞いとは言えないわ」

「わたしは進んで身をゆだねたのよ」

カリオペはうめき声をあげて頭に手をあてた。「あなたは自分の評判を台無しにしたいの？」嘆き悲しむように言う。「身内に醜聞をもたらしたいの？」

「もちろん、そんなことは望んでいないわ。それに誰も傷つけたくない、とりわけおばさまたちのことは」ユーフェニアを見つめてから、両手をもみしぼっているカリオペに視線を移す。「おばさまたちのことは心から愛しているわ」そっと続ける。「わたしは亡くなったお母さまに会ったことがないけれど、ふたりはわたしにとって母親も同然よ。だけど、わたしはもう大人だし、自分の心に素直に生きたいの。どうしてもそうせざるを得ないなら、わたしとは縁を切って屋敷から追い出してちょうだい。エドモンドへの愛をあきらめるつもりはないから」

泣き始めたカリオペの横で、ユーフェニアが真剣な目でダイアナを見つめた。「わたしたちは決してあなたを追い出したり縁を切ったりしないわ。今までの話からして、あなたは彼を愛しているのね？」

「ええ」

「彼はあなたを愛しているの？」

「それは……」エドモンドが口に出してそう言ったことはないけれど、ダイアナは自分の心や、キスをする直前に彼が浮かべたまなざしを信じた。「ええ、そうだと思うわ」

「子爵から結婚を申しこまれたの？」

「いいえ、まだよ。彼は……まだその機会がなくて」

「でも、子爵がそうするつもりだと信じているのね」

一瞬、かすかな疑念がまた浮上しそうになったが、エドモンドへの愛がそれを阻止した。「アダーリー卿は結婚を考えていると思うわ。彼は高潔な人だから」

カリオペがはなをすするなか、ユーフェニアの表情が和らいだ。「だったら、これ以上なにも言う必要はないし、今後は子爵の訪問を歓迎するわ」

「ダルトンか従僕を遣いにやって、彼を呼び戻せないかしら？」

「もう遅すぎるし、そろそろ夕食の身支度をする時間よ。子爵があなたを愛しているなら、きっと明日も訪ねてくるでしょうし、そのときは歓迎するわ」ユーフェニアはカリオペをちらりと見た。鼻を真っ赤にし、涙で頬を濡らしたカリオペは、スカーフの端で目元をぬぐっていた。「それに、今日はもうたっぷり興奮した人もいるし」

ダイアナはあまりの嬉しさに口答えしたり食いさがったりしなかった。ユーフェニアがエドモンドとの関係を認めてくれただけでも充分だ。おばの言うとおり、エドモンドはきっと明日も会いに来てくれるはず。それまでカリオペには、現実を受けとめる時間を与えるのが賢明だろう。

戸口に移動して立ちどまり、振り向いておばたちにほほえんだ。「おばさまたちもエドモンドがどんなにすてきな人かきっとわかるわ。それに、彼も読書が好きなの」

ユーフェニアは姪を見送りながらうなずき、カリオペははなをすすった。

だが、姪がいなくなったとたん、打ちひしがれて押し黙っていたカリオペはうろたえた叫び声をあげ、気つけ薬を求めてソファーのクッションの下を探った。「あの子爵のせいですべてが台無しだわ！」

ユーフェニアはなにも言わなかった。

「どうしてそんなに平静でいられるの？」カリオペは気つけ薬を見つけると、姉をにらんだ。「なぜ彼の訪問を認めるなんて言ったの？　フォールストン卿に関してダイアナが正しかったとしても――別にそうだとは言っていないけれど――アダーリー卿をあの子の求婚者と認めるなんて……。最悪だわ！」

ユーフェニアは妹の抗議にさほど動じなかった。「子爵はわたしたちがダイアナの相手に選ぶような男性ではないけれど、これまで思っていたようなごろつきではないのかもしれない。少なくとも、ダイアナが子爵を愛していることがその証《あかし》だわ。たとえ彼がごろつきだったとしても、あの子を悲しませたり、わたしたちに隠し事をしなければならないと思わせたりしてはだめよ。なにがあろうと、ダイアナには常に心を許してもらいたいもの、いいわね？」

「ええ、もちろんよ」カリオペは大きくはなをすすって同意した。「たとえ最悪の結果になったとしても、わたしたちが激怒して二度とあの子の顔を見たがらないなどと、ダイアナに誤解させたくないもの」

「そのとおりよ」ユーフェニアはうなずいた。「子爵を受け入れるのはたやすいことではないでしょうけど、シリルお兄さまのときのようにダイアナを失いたくないわ」

眉間に皺を寄せながら、フォールストンは戸口にたたずむ丸々と太った執事を見あげた。「いったいなんだ、エヴァンズ?」そう詰問し、手にしたワインのグラスに視線を戻す。もっと強い酒にすればよかった。

「申し訳ございません、閣下、若い令嬢が閣下に面会を求めています。今日はいらっしゃらないと伝えましょうか?」

礼儀作法を厳守するエヴァンズは不愉快そうな顔つきだった。その〝若い令嬢〟は付き添い人を伴わずにたったひとりで来たに違いない。自分の知り合いでそういう社会のしきたりを無視しそうな女性といえば、ひとりしかいない――レディ・ダイアナ・ウェストーヴァーだ。

喜びと恐怖が同時に襲ってきた。彼女は私の求婚を拒絶したのは過ちだったと悟ったか、まったく別の理由で訪ねてきたに違いない。

どちらの事態にも対応できるよう身構えて言った。「すぐに彼女をお連れしろ」

執事はすぐにはその場を動かなかった。

「母上にも来るように伝えてくれ」

その言葉を聞いてようやくエヴァンズは指示に従った。

フォールストンは苦々しい顔で思った。私がこの屋敷の主人となったあかつきには、あの執事を解雇しよう。勤続五十年だろうとなんだろうと。

レディ・ダイアナを待つあいだに、フォールストンは鏡で自分の姿を確認し、クラヴァットを何度も直した。私はアダーリーほどハンサムではないが、不器量とは言いがたいし、レディ・ダイアナも好ましく思うはずだ。

物音がして振り向くと、絶世の美女が心もとなさそうに戸口にたたずんでいて、フォールストンは驚きに目を見張った。彼女がレディ・ダイアナでないことは一目瞭然だ。黒髪に色白の肌、赤ワインを思わせる唇、ほっそりと長い首、落ち着いて上品な物腰。ピンクの花柄のモスリンの美しいドレスに、柔らかいカシミアのショールをふわりと羽織り、繊細なピンクの花をあしらったボンネットをかぶったその姿は、女性らしさにあふれていた。

ふと、母親を呼ぶようエヴァンズに言いつけなければよかったと悔やんだ。

「突然図々しく押しかけたことをどうかお許しください、閣下」彼女はしとやかな声で言った。「ですが、あなたとひそかにお話しする方法がほかに思い浮かばなかったのです。ただ、今回の訪問の理由をご説明すれば、きっとご理解いただけると思います」

フォールストンは手振りで椅子を勧めた。彼女は優雅に腰をおろすと、手袋をはめた手でシルクのレティキュールを握りしめながら彼の無言の問いに答えた。「閣下とはすでにお目にかかっております」

彼女とはいつどこで会ったのだろう?

ロイヤル劇場だ。彼女と出会ったのはあの劇場だ。

「まさか、きみは女優じゃないだろうな?」まるで役者は皆病気を持っているものだと思っているかのように、彼ははっと息をのんだ。実際、彼の一族からすれば、実際に病気を持った人間のほうが、舞台の住人よりましだった。

「違います!」美女は見るからに憤慨して叫んだ。「わたしはアデリーナ・フォックスバロです」

そう告げられても思い出せずにいると、彼女は美しい瞳で彼をじっと見つめてゆっくりと言った。「わたしはアダーリー卿とあの劇場にいました。わたしの父は〈フォックスバロ製造会社〉の社長です」

「ああ、そうだったな」彼はぴしゃりと言った。彼女はある程度教育を受けているのだろうが、父親はラム酒で大儲《もう》けした男だ。

おまけに、ミス・フォックスバロが自分の宿敵と一緒にいたことを考えると、あまり好感は持てない。

「今日訪ねてきたのはどんな並々ならぬ理由からかね、ミス・フォックスバロ?」炉棚にもたれ、いつもアダーリーがさりげなくやっているように、くつろぎながらも男らしさをみなぎらせようとした。

「おっしゃるとおり、並々ならぬ理由があるんです。これほど重要でなければ、こちらを訪ねたりはしません、閣下」

彼はもったいぶってうなずいた。「続けたまえ」

「あなたがレディ・ダイアナ・ウェストーヴァーに求婚するつもりでいらっしゃることはバースでは周知の事実です」

フォールストンが目を細めると、ミス・フォックスバロはあわてて言葉を継いだ。

「あなたがアダーリー卿と長年の敵同士であることもよく知られています。また、彼がレディ・ダイアナに対するあなたの思いに気づき、ひそかに求婚の邪魔をしようとしていることもあなたはご存じでしょうね」

気づいていたとしても認めるつもりはなかった。「いや、その可能性はないだろう」

「いいえ、閣下、わたしを含めほかの多くの人がそのことに気づいています。アダーリー卿があなたの求婚を妨害できるかどうかが賭の対象になっているようですし……」それ以上続けるのは苦痛だと言わんばかりに言葉を濁した。

フォールストンは彼女に近づいて隣に腰をおろした。「いったいどんな噂が出まわっているんだ?」

「ブロムウェル卿のパーティーで、彼女は彼とふたりきりでテラスにいたそうです」

「アダーリー卿とか？」

「ええ、メイドのひとりが目撃したとか」

「そのメイドは、彼女の相手が子爵だったと間違いなく確信しているのか？」

「ええ」ミス・フォックスバロは上品に咳払いをした。「わたしのメイドが確認したところ、最初はあなたとレディ・ダイアナだけでしたが、子爵に邪魔され、その後、子爵は彼女に話しかけ……やがて……話しかける以上のことをしたそうです。どういうことかおわかりだと思いますが」

フォールストンは長いあいだ呆然と彼女を凝視した。

ミス・フォックスバロが彼に投げかけたまなざしは、彼女が抜け目のない実業家の娘であることを物語っていた。「ほんのわずかなお金をうまく使うだけで、人の情報がつかめるなんて驚きですよね。父はかかわっている人間について、常にできるだけ把握すべきだと言っています」

フォールストンは両手を握りしめた。アダーリーやその仲間に踏みにじられて粉々になったプライドが、新たに傷つけられた。「それは単なる噂や根拠のない憶測だろう。私はすでにレディ・ダイアナに求婚し、断わられてはいない」

「彼女が承諾したという話は聞いていませんが」

彼は顔をしかめた。「私とレディ・ダイアナのことはきみには関係ない」

「ええ、ですが、レディ・ダイアナとアダーリー卿のことは関係があります。率直に言わせていただければ、わたしは子爵との結婚を望んでいて、彼女に邪魔されたくないんです」

彼は驚きに目を丸くした。

「彼女がバースに来るまでは、子爵との結婚はほぼ確実だと思われました」

「むろんそうだろう。その美貌さえあれば……」

「それに、わたしの資産も間違いなく結婚の決め手となるはずです」

「アダーリーが金に困っているという話は聞いたことがないが」

「誰にでもお金は必要ですし、少なくとも、殖やしたいに決まっています。それも幼いころに父から学んだ教訓ですが、いまだにその教えに反する事例を目にしたことはありません。あなたでさえ、収入が増えて地位が向上するのは歓迎なさるはずです」

「私はそんな理由でレディ・ダイアナと結婚したいわけじゃない」

彼女は赤面した。「お気にさわることを口にしてしまったのなら、どうかお許しください」

彼はいぶかしむように彼女を見つめた。「なぜあいつと結婚したいんだ?」

「わたしは裕福で高い教養もありますが、社交界では今もラム酒製造業者の娘としか見られていません、閣下。もっと上を目指そうとすれば、地位の高い方との結婚が必要不可欠です。これまで何年も費やしてレディらしい歩き方や、話し方や、ダンスを身につけました。歌では本物の歌手に負けませんし、ピアノやハープも演奏します。目がかすんで潤むまでフランス語、イタリア語、ドイツ語、ラテン語、ギリシャ語も学びました。水彩画や油絵やスケッチもたしなみます。こういったレッスンや教育に膨大な時間を投じたのは、ひとえに爵位を持つ夫を得るためです。その努力を水の泡にするわけにはいきませんし、子爵はわたしを結婚相手として考慮していたはずです」

「つまり、きみはそれだけの理由でアダーリーと結婚するのか？」

「それに子爵はとてもハンサムで魅力的ですから、閣下」鋼のような決意が彼女の顔に浮かんだ。「たとえ公爵令嬢であろうと、あんな不器量な田舎娘に彼の関心をさらわれるなんて冗談じゃありません」ミス・フォックスバロは声を荒らげたことに気づいたらしく、またあでやかにほほえんだ。「もうおわかりでしょう、わたしたちはアダーリー卿をレディ・ダイアナから引き離さなければならないという共通の差し迫った事態に直面しているのです。わたしにはその解決策があります。ただ、それを実行するためにはあなたのお力が必要です」

　男としての独占欲という馴染みのない感情が込みあげ、ふつふつと力がわいてきた。

「なるほど。私がそれに同意したとして、まだそうするとは言っていないが、きみはどんな助けを必要としているんだ？」

「わたしが子爵に興味を持っていると知ったとき、父は新たな仕事相手に対して常に行うように、子爵の身辺を調査したんです。すると、ある若いフランス人で、恐怖時代に難民となりロンドンで暮らしている女性がいることがわかりました。彼女は子爵と過去に関係を持っていたようです。お針子として働いていて、あまり腕はよくありません。彼女は子爵との情事の詳細を喜んで明かしました。もちろん報酬と引き替えに」

「ああ、そうだろうとも」

「バースに来るように説得するのはいとも簡単でした。彼女は今この街にいて、わたしたちに進んで協力するつもりでいます」

「さらなる報酬を求めてか？」

「ええ、非常に現実的な女性ですから。絶好の機会がめぐってくるまで、彼女とその子供の存在はアダーリー卿に知らせないよう申し渡してあります」

フォールストンは怪物《ガーゴイル》の彫刻を彷彿させる笑みを浮かべた。「子供がいるのか？」

ミス・フォックスバロもワインレッドの唇の端をあげた。「ええ、子爵に生き写しの子が」

「そいつは最高だ！」

予想価格の二倍の値で商品を売った商人のように満足した顔で、彼女はやや胸を張った。「きっと喜んでいただけると思っておりましたわ。レディ・ダイアナもマダム・ヴォワジーと会ってさまざまな真実を知れば、子爵との関係を考え直すはずです。そうお思いになりませんか?」

「ああ、そのとおりだ」

「ただし、わたしは彼女にこの件を知らせる場に居あわせたくないのです」

「この件に関与していることをアダーリーに知られる危険は冒したくないんだな?」

「ええ」彼女は自分のたくらみに恥じ入る様子すらなかった。「ですが、閣下がレディ・ダイアナにマダム・ヴォワジーを紹介すれば、あなたは彼女を身の破滅を招く情事から救うことになります」

ミス・フォックスバロは肘から細く優美な手首へと、袖を撫でおろした。「その後、後悔に涙するレディ・ダイアナは慰めてくれる人を必要とするでしょう。軽率な戯れを寛大に許してくれる人を……。あなたへの感謝の念が強力な要因となって愛情が芽生え、やがて結婚に行き着くかもしれません、閣下」

彼女の策略の利点はただちにのみこめた。これであれば、ダイアナのためを思ってしたことだと思ってもらえるだろう。それに、快くダイアナを許してまた愛してやれば、彼女に感謝されて当然だ。彼女のおばたちもわたしに感謝するに違いない。

唯一遺憾なのは、同じような策略を自分で思いつかなかったことだ。敵の過去を利用して相手を陥れるこの手口をしっかり覚えておこう。「きみはなんて頭が切れるんだ！」

ほほえみながら、彼女はドレスの襟ぐりに沿って指先を滑らせた。フォールストンはたちまちその豊満な胸を強烈に意識してごくりと唾をのみ、凝視しないよう努めた。

二階の廊下からあわただしい足音が聞こえ、母親がほどなく現われることがわかった。私がアデリーナ・フォックスバロのことをどう思おうと――彼女への評価は刻一刻と高まっているが――ラム酒製造業者の娘がひとりで訪ねてきて応接室に座っているのを見れば、母がなんと言うかは想像に難くない。「もうきみは帰ったほうがいい、ミス・フォックスバロ」そう言って応接室の戸口に急いだ。

彼女も立ちあがり、レティキュールから小さな紙切れを取り出して近づいてきた。

「これがマダム・ヴォワジーのバースの住所です」

手が触れあったことに興奮しつつ、それをポケットにしまった。とっさに、手袋に包まれた彼女の手をつかみ、思いきり唇を押しあてた。「お互いの期待どおりことが運べば、きみに借りができるな、ミス・フォックスバロ」

「それはお互いさまですわ」彼女はそっとつぶやき、美しい顔に満足げな表情を浮かべてするりと出ていった。

第十二章

エヴァンジェリンは伯爵の手下に取り囲まれながら、信じられない面持ちで伯爵を見つめた。「愛ですって？」鸚鵡《おうむ》返しに言う。「女性の気持ちを無視して引きとめようとするのは愛ではないわ。愛とは寛大かつ無欲で、相手に強制しないものよ。愛とは与えるもので、奪うものではないわ」

「私はきみに寛大ではなかったか？」伯爵が問いただした。抗うロドルフォを、彼の手下が押さえつけている。「きみが望み、必要とするすべてを、与えたではないか？ ほかになにをすればよいのだ？ 頼みさえすれば、どんな望みもきく」

「それなら、わたしたちを解放してちょうだい」彼女は反抗的に答えた。「わたしのことを本当に愛しているのなら、わたしたちを自由にして」

伯爵の形相が険しくなった。「それはできない」

「だったら、あなたが抱いている感情は単なる欲望よ。あなたが求めているのはわたしの体であって心ではないし、あなたはこの心を決して手に入れることはできない。わたしは命を落とすその日まで、ロドルフォを愛し続けるわ」
伯爵が剣を抜いた。「あるいは、こいつが死ぬまで」

『コーロヴスキー伯爵の城』

日が暮れるなか、エドモンドは落ち着きのない獣のように自宅の図書室を歩きまわりながら、ダイアナと再会する方法を模索していた。バースの住民の大半が大雨で外出を控えたにもかかわらず、彼は朝一番にダイアナのおばのタウンハウスを訪ねた。もっとも、ダイアナも彼女のおばたちも不在だと告げられた。

そんなことは一秒たりとも信じなかった。ただ、深夜に外出したダイアナがまだ眠っていて、彼女のおばたちが不在だと告げるよう指示した可能性は高い。そう信じていったん退却し、しばらくしてからまた訪問したが、また同じ冷淡な言葉を返された。

その後何度も。

魂を揺さぶられるようなすばらしいキスを交わしたあとで、ダイアナが居留守を使うはずがない。彼女の私に対する思いは、本人同様力強く揺るぎないものだ。だが、彼女のおばたちは私にまつわる噂や嘘をいろいろと耳にしている。彼女たちは、私を賭博好きの放蕩者だと、いや、おそらくそれ以下の男だと信じているに違いない。

フォールストンが悪意ある嘘や噂を流したり、不当に非難したりするのを阻止しなかったつけがこれか。ったつけがこれか。対抗する手を打っていれば、ダイアナのおばたちもこれほどまでに私に反感を抱かず、少なくとも姪に会わせてはくれただろう。だが、彼女たちは私を認めず、客人であるダイアナはおばたちの決めたことに従うしかない。

私の愛すべき大胆不敵な女性は、おばたちの制約にさぞいらだっているだろう。彼女が私と会うために、暗くなってからタウンハウスを抜け出す計画を練っているのが目に浮かぶようだ。従僕はのちに目を覚まし、服がないことに気づくことになるかもしれない。そしてラトルズは、玄関先に現われた奇妙な格好の小僧を見て仰天するのだろう。

ダイアナには無性に会いたいが、彼女にはもう二度と寝室の窓から這いおりる危険を冒してほしくない。前回はうまくいったが、彼女が手を滑らせて地面に落下する場面は容易に想像できる。それに、夜道を女性がひとりで歩くのはあまりに危険だ。

どうにかして会う方法を見つけるから待っていてくれと手紙を出したいところだが、それも彼女のおばたちに阻止されるのは目に見えている。使用人に賄賂《わいろ》を渡してダイアナに手渡してもらうことも可能だが、今夜はもう無理だ。

ダイアナが行動するより先に彼女のもとに向かうしかないな。彼女がレディ・フィッツバートンのタウンハウスから抜け出したのと同じ方法で忍びこもう。その手のことは、ハロー校ですでに経験ずみだ。

だが、犯罪者さながらにタウンハウスに侵入するところを目撃される恐れもある。ダイアナはきっと私を擁護してくれるが、おばたちは住居侵入罪で私を訴えるだろう。

それでも、ダイアナが落ちて首の骨を折ったり、通りで強盗やもっとたちの悪い男たちにつかまったりする危険を思うと、選択肢はなかった。暗くなり次第、レディ・フィッツバートンのタウンハウスに向かい、安全を確認したあとで配水管を伝って、ダイアナの寝室の窓から忍びこむのだ。それまでは万が一彼女が這いおりてきた場合に備えて見張るとしよう。ダイアナに自分の姿を見せて部屋にとどまらせ、自ら彼女のもとに行けばいい。

こんなやり方で求婚するのは本意ではないが、ダイアナに身の危険を冒させるわけにはいかないし、なんとしても彼女に会いたい――。

年配の執事が戸口に現われた。彼が口を開くより先に、ブリックスがその隣をすり抜けて入ってきた。

「扉を閉めろ、ラトルズ」ブリックスはそう命じ、いつもとは違う意味で老執事を驚かせた。この十年でブリックスと知り合いになった者だったら、まさか彼がそんな声音の持ち主で、ましてやそういう物言いをするなどとは夢にも思わないだろう。

ラトルズが指示に従うと、ブリックスはほとほと愛想を尽かしたようにこちらを見据えた。「本当なのか？」両脇に垂らした拳を握りしめて問いつめる。

「なんのことだ?」ブリックスがこんなふうに振舞うなんて、いったいどんな噂を耳にしたのだろう?

「レディ・ダイアナとは親密な関係なのか? バギーのパーティーが行われた日、きみたちがテラスでふたりきりになってキスしているところが目撃されている」

立ちあがってブリックスと向かいあいながら、ダイアナへの気持ちを正直に打ち明けていればよかったと悔やんだ。今こそ話すときだろう。「ああ、本当だ、だが――」

「なんてことだ!」ブリックスは顔を真っ赤にして叫んだ。その体が義憤に打ち震えるのを目にして、エドモンドはショックを受けた。こんなに激怒したブリックスはかつて見たことがないし、彼がこれほど憤ることがあるとは思いもしなかった。「ただの冗談じゃなかったのか? きみはレディ・ダイアナを誘惑したり、彼女の評判を傷つけたりしないと言っただろう。今回の件は、彼女にじろじろ見られていやな思いをしたり、彼女がきみに惹かれなくて癪にさわったりしたことへのささやかな仕返しだったはずだ。僕は危険だと警告したが、きみを信頼していた。きみは約束したじゃないか!」

「約束は守ったよ、ブリックス、それに――」

「いや、守っていない」ブリックスは噛みついた。「きみはレディ・ダイアナの評判を傷つけた。すでにきみが彼女を誘惑したかどうかについて賭が行われているし、別の胴元はきみがまだ実行していないと踏んで、彼女を誘惑する日を賭の対象にしている。きみとフォールストンのどちらが決闘で勝つかも賭になっているぞ」

ブリックスの非難に傷つきながらも、エドモンドはそれを無視した。「みんなダイアナについてなんて言っているんだ？」

「きみの知ったことじゃないだろう！」エドモンドを部屋からほうり出したいと思っているかのように、ブリックスは両手を振りまわした。「バギーのパーティー当日、きみたちがふたりきりでテラスにいたところをメイドが目撃したことや、きみが深夜に彼女とシドニー・ガーデンズの洞窟にいたとシシングズビーが断言していることはバース中に広まっている」

「たしかにどれも事実だ。私はダイアナと洞窟にいた。だが、説明する機会を与えてくれれば――」

「ほかにどんな嘘を僕についたんだ？」ブリックスは詰問した。「彼女を誘惑しないと固く誓っておきながら、最初からそうするつもりだったのか？」

「あのときは本気で約束したんだ」エドモンドの忍耐はすり減りつつあった。「瓶に入った虫みたいな気分にさせられて、彼女に仕返ししたいとしか思っていなかった」

「そう聞いて気分がよくなったよ」ブリックスは皮肉たっぷりに言い返した。「なぜ気が変わって誓いを破った？ 新たな報復の手段を思いついたのか？ きみに惚れさせてから振るつもりか？ それとも狙いはフォールストンだったのか？ やつから彼女を奪っておいて、あとで捨てる気か？」

「違う！　私はきみとの約束を守ろうとしたし、今でもそのつもりだ。あの晩はダイアナがテラスにいるなんて知らなかった。それに彼女のほうから洞窟で会いたいと言ってきたんだ。私の彼女に対する気持ちは――」

「へえ、なにもかもレディ・ダイアナのせいか？　読書家のくせに世間知らずな彼女は、きみと火遊びをするより田舎者らしくリンカンシャーに引っこんでいるべきだったという意見もあるが、きみはそれに同意するのか？　レディ・ダイアナを擁護しようとする者でさえ、彼女がきみの愛人となる日を指折り数えて見守っているよ」

エドモンドは人々がどんなことを言い、どんな目でダイアナを見つめているかありありと想像できた。彼女はあの探るような視線をもってしても、世間に太刀打ちできないだろう。「これだけは断言するが、ブリックス、私は彼女を誘惑していない」

「今はまだ、か？」ブリックスは言い返し、動いて怒りを発散させようとするように部屋のなかを歩きまわりだした。「まだだとしても、それは誘惑しようとしていないからじゃないだろう。きみがレディ・ダイアナをつけまわすだけでは飽き足らなくなると予想すべきだった。もっと深い動機があると。きみはフォールストンが彼女と結婚する可能性を踏みにじるつもりだったんだな。フォールストンを姑息《こそく》で執念深いやつだと思ってきたが、まさかきみがそんなことをするなんて！」ぴたりと立ちどまり、またエドモンドをにらみつけた。「きみには失望したよ、エドモンド。長年の親友の僕に約束しておきながら、こんな姑息な真似をするなんて！」

「もともとふたりの仲を壊すつもりはなかったが、そうしたとしても悔いはない」エドモンドは床を踏みしめ、怒りと焦燥感を爆発させた。「ダイアナにはあいつとなんか結婚してほしくない。彼女には私と結婚してほしいんだ」

〝驚きのあまり言葉を失った男〟という題名の彫像のごとく、ブリックスは凍りついた。

「彼女を愛しているんだ、ブリックス」エドモンドはきっぱりと言った。「できることなら明日にでも結婚したいくらいだ」

「だが、きみは……それに彼女は……えっ、どうなっているんだ？」

さっきより少し落ち着いた声で、エドモンドはできるだけゆっくりしゃべった。あたかもブリックスが麻痺《まひ》状態に陥っているかのように。「私はレディ・ダイアナ・ウェストーヴァーを愛していて、彼女と結婚したいと思っている」

ブリックスは椅子を手探りして腰をおろしかけたが、座り損ねてまた手探りした。

「きみは……彼女を……愛しているのか？　レディ・ダイアナを？　人を凝視するあの女性を？」

「ああ、私は人を凝視する癖があるレディ・ダイアナ・ウェストーヴァーを愛している」エドモンドは繰り返した。

「なんてことだ！　本気なんだな！」

ふたたび肩の力を抜いて机にもたれた。「これほど本気になったことは生まれて初めてだよ」

「それに、本気で彼女と結婚したいんだな？」

「ああ、彼女が承諾してくれるなら。まだ求婚はしていないんだ」

「エドモンド」かつてないほど長い沈黙がふたりのあいだに落ちたあと、ブリックスは口を開いた。「彼女がきみとテラスでキスをして、舞踏会できみと踊り、洞窟できみと逢引したなら、承諾してくれるはずだ」

「あいにく事はそれほど単純じゃない。ダイアナのおばたちは私を毛嫌いしているし、これからも決して認めてくれない可能性がある。つまり、紳士らしく正式な形で求婚するのは不可能だ。当然彼女のおばたちはますます私に対して批判的になるだろう。それでも、どうにかするしかない。彼女を失うなんて耐えられないからな」

「臆病者は決して魅力的なレディを勝ちとれない」驚きから覚めやらぬまま、ブリックスはつぶやいた。「悪名高いアダーリー卿でいるのにもいくつか不都合な点があるようだな」

「ああ、とりわけ今は」エドモンドは額をぬぐった。「ブリックス、私はなんてばかだったんだろう！　おそらく、ダイアナのあの魅力的な瞳に見つめられていることに気づいた瞬間、恋に落ちたのに、いまだに自分の思いを伝えられずにいる。ゆうべのシドニー・ガーデンズでも……」

「その噂も本当なのか?」

「舞踏会のあとで、シドニー・ガーデンズへ行った。ダイアナと踊っているときに、そこで会いたいと言われて、落ちあったんだ。彼女と私は……。あのとき、私に対するダイアナの気持ちが明らかになり、私もようやく彼女のことをどう思っているかに気づいた。だが、私たちが違法な逢引をしていると思った夜警に邪魔されて追い払われたんだ。彼女は即座に逃げ帰り、配水管をよじ登って部屋に戻った」

ブリックスは啞然としてエドモンドを凝視し続けた。「配水管をよじ登った、だって?　ドレスでか?」

「彼女は男物の服を着て変装していたんだ」

「彼女は配水管をよじ登り、男物の服を着てバースを駆けまわり、おまけにきみと密会したのか?　まったく、きみたちはふたりとも頭がどうかしているんじゃないか?」

「私はそうかもしれないが、ダイアナは違う。彼女は決意と神から与えられた知性を使っただけさ」

ブリックスの顔に明るい笑みが浮かんだ。「きみの言うとおり、彼女はいたって正常なのかもしれないな」

「それに、ダイアナとキスをしたとき――」

ブリックスは手をあげて制した。「その詳細やのろけは省略してくれ。つまりこういうことだろう。信じがたいことに、きみはレディ・ダイアナに恋をして結婚したいと望んでいるが、彼女のおばたちがギリシャ神話の怪物姉妹のごとく立ちはだかり、彼女のもとにたどり着けないと」

「ああ、要するにそういう状態だ」エドモンドは同意した。

「女性の気持ちを変えることができる人物がいるとすれば、それは魅力的なアダーリー卿だろう」

「その手の魅力は利用したくない。それより真実や誠実さで訴えたい。私はダイアナを心から愛しているんだ、ブリックス」

ブリックスはにやりとしたものの、まなざしは同情にあふれていた。「つまり、僕の正当な怒りは的外れだったわけか。実に嘆かわしい。これほど憤慨したのは生まれて初めてだったというのに」

エドモンドは苦笑いを浮かべた。「きみから長々と非難されるとは予想もしなかったよ」

「僕がきみを驚かせたって？　きみがレディ・ダイアナのような女性を結婚相手に選ぶことのほうが予想外だよ。バギーが彼女と恋に落ち、ふたりが図書室でハネムーンを過ごすところなら想像できるが、まさかきみが！」

「私がハネムーンを図書室で過ごすところは想像できないのか？」

ブリックスはしばし考えこんだ。「想像できたとしても、肝心なのはそこじゃない」

「いや、そこだよ。私と彼女の相性はぴったりだ。たしかに、最初は彼女の長所に気づかなかったが、今は重々理解している」

陽気な笑みを浮かべていたブリックスが真顔になった。「いろんな噂が飛び交うだろうし、フォールストンはひどい癇癪を起こすはずだ」

「そうならないことを願うが、フォールストンが喜ぶとは思えないな。あいつは私が彼女を奪ったと言い張るだろうが、そもそも最初から彼女に愛されてはいなかった」

ブリックスは唇を噛んだ。「もっとひどい事態になるかもしれないぞ。お互い知ってのとおり、フォールストンは偽の噂を流すことを躊躇しないし、そういう嘘がすでに山ほど広まっている。きっと、やつは彼女がきみに誘惑されて結婚せざるを得なくなったと言うに決まっている。彼女があいつではなくきみを選んだわけではないと」

「フォールストンが流した不当な非難や噂に沈黙を貫くべきではなかった。だが、あいつが哀れな犠牲者を演じるのに飽きてやめることを願い続けていたんだ」

ブリックスはエドモンドにいかめしいまなざしを向けた。「きみの口ぶりからして本気で彼女を愛しているようだが、もしそうなら、きみたちふたりの幸運を祈るよ。僕にできることがあれば、なんでも言ってくれ」

エドモンドは親友の肩を叩いた。「ありがとう、ブリックス、なにかあれば頼むことにするよ」

ブリックスはにやりとした。「門番の怪物姉妹を突破するための計画は必要かい？」

エドモンドはにっこりした。「実を言うと、もう計画は練ってある」


ダイアナはとたんに目を覚まして耳を澄ました。鼠が壁をこするような音が窓辺から聞こえる。

ゆっくりと身を起こし、カーテンの細い隙間から差しこむ月明かりを頼りに鼠を探した。

風が吹いていないのにカーテンが揺れるのを見て、はっと息をのんだ。サイドテーブルの燭台に手を伸ばし、冷たい金属の柄を握りしめる。物音を立てないようにゆっくりとベッドから抜け出すと、腕を掲げながら窓辺に近づいた。鼠がカーテンの裏に隠れているのなら、このまま目にすることなく始末できるだろう。

カーテンがまた揺れた。彼女は高々と武器を掲げた。

そのときなにかが――いや、誰かが――うめいた。

鼠じゃないわ！　これは侵入者よ！

戸口へ駆けだそうとした矢先、聞き覚えのある低い声に呼びとめられた。「ダイアナ！」

彼女はぱっと振り向いた。「エドモンドなの？」

「そうだ！　手を貸してくれ」

燭台を置いて窓辺に駆け寄った。「いったいなにをしているの？」

「窓から忍びこもうとしたが、うまくいかなくて」そう話す彼の肩をつかんだ。

「足をその出っ張りにのせて」彼の左側に顎をしゃくって指示した。「そうよ。それを足がかりにしてよじ登ればいいわ」

「これか！」エドモンドは指示に従い、ほどなく窓枠から入ってきた。息を切らしながら、きめの粗い羊毛のジャケットから埃《ほこり》を払い落とす。ダイアナは彼に全身を眺められた瞬間、薄いナイトガウン姿で三つ編みにした豊かな髪を背中に垂らしていることを思い出した。とっさにベッドの足元から化粧着をつかみ、急いで羽織った。

エドモンドが部屋を横切って近づいてきた。「こんなことをするのは危険だし、きみのおばたちに見つかったら大変なことになるとわかっていたが、どうしても会いたかったんだ。一日中会おうと試みたが、きみは不在だと毎回執事に退けられた。逆にきみが私に会いに来ようとすれば、そのほうが危険だと思い、きみの例にならうことにしたよ。建物をよじ登るのはハロー校時代に経験ずみだからね」肩をまわした拍子にたじろぐ。「もっとも、何年もやっていなかったせいで、すっかり腕がさびついているが」

「ああ、エドモンド、手紙を出せばよかったわ」彼女は哀れむようにほほえんだ。「おばたちが考えを改めたの。だから、もう訪問できるのよ」

彼は嬉しそうに顔を輝かせた。「本当かい？　彼女たちは私を門前払いしないのか？どうして気が変わったんだ？」

「フォールストン卿と結婚しない理由を説明し、あなたを愛していることを打ち明けたからよ」

エドモンドの目に一瞬、傷つきやすい一面が見え、願いを拒絶されることを恐れる必死な男の素顔があらわになった。「きみは私を愛しているのか？」

エドモンドの肩に両手をのせて彼の顔を覗きこむ。

彼の目が喜びに輝いた。「私も心の底から本気できみを愛しているよ、ダイアナ」

「たとえわたしがほかの女性のようでなくても？　わたしは美人ではないし――」

彼はダイアナの唇を人差し指で封じ、彼女の瞳をじっと見つめた。「ダイアナ、私は子供のころ、自分がこの世でもっとも醜くゆがんでいると両親に思わされていた。八歳になってようやく、人からじろじろ見られるのは私が不器量で不格好だからではなく、その反対だと知った」彼は自分の胸に手をあてた。「だが、外見がどうであれ、心のなかは今も少年のころと変わらない。心のなかの私は不器量でもハンサムでもなく、ただのエドモンドだ。あれ以来、私は世間が美しいと見なすものに注意を払わなくなった」

彼は彼女の両手をつかんだ。しっかりと、だが優しい手つきで。「〈パンプ・ルーム〉で出会った日にはもうきみの輝く瞳を見て春の青空を連想したよ。きみの笑顔は私の魂の奥底まで喜びで満たしてくれる。なによりきみから賞賛や敬意のまなざしを向けられると、生まれて初めて自分がそれに値する人間だと感じられるんだ――両親や世間からなにを言われようと。そんな気持ちにさせてくれるのはきみだけだ。だからきみを愛している」

彼はふたりの手を自分の胸に押しあてた。「きみはこの世でもっとも美しく、すばらしく、そのうえ大胆不敵で刺激的だ」口元がほころぶ。「おまけに忌々しいほど癪にさわる魅力的な女性だよ。きみのいない人生などもはや想像できない」

ダイアナの疑念や不安は跡形もなく消え失せた。自信のなさが薄れると同時に、エドモンドに対する愛が解き放たれ、かつてないほど生き生きと力強く胸にあふれて、満面の笑みがこぼれた。「あなたを愛さないように努め、愛してはいけないと自分に言い聞かせてきたけれど、わたしは自分の命令に従うのが得意じゃなかったみたい」

エドモンドのダークブラウンの目が彼女の視線をとらえた。「ダイアナ、私と結婚してくれるかい？」

ふたりの愛を確信した彼女は小生意気なまなざしを向け、冗談めかして言った。「あなたがわざわざわたしの寝室までやってきてそんなことを言うんだもの、もちろん結婚しなければならないわ、閣下」視線を和らげ、爪先立ちになってキスをした。「それに、あなたと結婚しなければみじめな気分になるし」

次の瞬間、唇を奪われ、ダイアナは息をのむと同時に、彼との新たな人生を垣間見た。活気に満ち、刺激的かつ情熱的な人生を。女性として愛される人生を。今までずっと夢見ながら、決して手には入らないとあきらめていた人生を。

これまでに読んだことも想像したこともないほどすばらしい人生が、彼の腕のなかで始まったのだ。

エドモンドの首に腕をまわして身を寄せ、胸に渦巻く情熱に身をゆだねた。すべてのしがらみから解放され、彼の愛は本物だと信じて自らぴったりと唇を重ねた。確信に満ちたキスを交わしながら、彼に触れて味わうにつれ、欲望が花開いた。あえてゆっくりと、ふたりは開いた口から滑りこんできた彼の舌を喜んで迎え入れた。あえてゆっくりと、ふたりは舌を絡みあわせた。

エドモンドの両手がダイアナの背中を撫でおろし、なおも彼女を引き寄せると、彼に触れられた肌がひりひりしてほてった。ナイトガウンの障壁などないも同然で、裸のような気分だ。

ああ、すべて脱ぎ捨てたい。エドモンドの裸の姿が頭に浮かび、情熱の炎がさらに燃えあがった。せっかちな手つきで彼のジャケットを肩から引きおろそうと試みる。

激しく息を切らしつつ、エドモンドはダークブラウンの目でダイアナの顔を見つめて身を引き、ジャケットを脱いでそっと床に落とした。彼女は素早く彼のシャツのボタンを外した。シャツをはぎ取って裸の胸板をあらわにすると、それは想像どおりすばらしかった。髪の毛のように黒い体毛がダークブラウンの左右の乳首のあいだに薄く広がっておへそへと伸び、ズボンのウエストの下に消えている。

「目にしたものを気に入ったかい、ダイアナ？」彼の目が山猫のように光った。傷つきやすい一面はかき消え、洗練された冷静さなど微塵も感じさせない男らしさに取って代わった。

「ええ、とても」彼女は吐息をもらした。アーサー王の円卓の騎士のランスロットやガーウェインもこんな胸板や肩や腕をしていたに違いない。

彼の唇がゆっくりと弧を描く。「それはすばらしい褒め言葉だ」

エドモンドが手を伸ばしてきたかと思うと、ナイトガウンのリボンと首の隙間に人差し指を滑りこませた。私の裸を見たいのかしら？

そのことにダイアナは怯えもしなければ、ショックも受けなかった。それはごく自然なことに思え、刺激的で気をそそられた。

そっと引っ張られて一歩踏み出した拍子にリボンが解けた。息をつめていると、エドモンドはゆっくりとナイトガウンのボタンを外してダイアナの肩をあらわにした。優しく彼女の両腕をつかみ、首筋に沿って羽根のように軽いキスを浴びせていく。

だが不意に、エドモンドはキスをやめた。あえぎながらため息をもらすと、彼はガウンをもとに戻してもう一度ため息をつき、後ろにさがった。「ダイアナ、私はそろそろ帰ったほうがいい」

もちろんエドモンドの言うとおりだ。今ふたりがしていることは、世間からすれば過ちだもの。おばたちもここで彼を見つけたらそう思うはずだ。エドモンドがすでに求婚し、ダイアナが喜んで承諾していたとしても、ふたりはまだ夫婦ではないのだから。

彼女は切ない気持ちで彼に向かってほほえみ、全身を駆けめぐる切望の波に抗った。

「あなたは正真正銘の紳士なのね」

「今この瞬間はそうでなければよかったのにと思うよ」

「わたしも今この瞬間はレディでなければよかったのにと思うわ」

彼は探るように彼女を見つめた。「本気で言っているんだね」

「ええ、いたって本気よ。残念ながら、あなたが正しいことも、あなたがここにとどまれないこともわかっているけど。もしもあなたがとどまれば、わたしは決してベッドから出してあげないでしょうから」

「ダイアナ、きみは私を拷問しようとしているのか?」

「いいえ、閣下。自分に正直に話しているだけよ」

「きみにそう呼ばれると中世の領主のような気分になる。エドモンドでいい」

彼女は長い昼寝からたった今目覚めたばかりの猫のように伸びをした。「エドモンド……いい名前ね」

「気に入ってもらえて嬉しいよ」エドモンドが喉を鳴らすように声を落とすと、ダイアナの心が震えた。彼はふたたび彼女を抱き寄せた。「包み隠さず正直に言うと、私は今、きみをベッドにいざない、ふたりとも満ち足りて動けなくなるまでそこから出たくないと思っている」

ダイアナの息遣いが乱れた。「満ち足りて動けなくなるまで?」なんとかささやく。

「ああ、そうだ」彼は低い声で唸るように断言した。

ふたりの視線が絡みあい、沈黙と緊張が高まった。

エドモンドの唇が勢いよく重なってくると、ダイアナはまともにものが考えられなくなり、ふつふつと燃えていた情熱の炎が一気に爆発した。

次の瞬間、エドモンドはダイアナをたくましい腕に抱きあげ、たった二歩でベッドまで連れていき横たえた。ダイアナは肩で息をする愛しいハデスにじっと見おろされると、彼のズボンのウエストに指を引っかけて自分の上へと引き寄せた。

エドモンドの胸に両手を這わせ、そのあとを唇でたどった。彼はわたしが愛し、求めの？

る男性で、わたしのものよ。そして、わたしは彼のもの。ほかになにが重要だという
　エドモンドが身を翻し、両脚のあいだに腰を割りこませてきた。片手で体を支えなが
ら鼻先でガウンを引きおろし、彼女の胸にキスをすると同時に、もう片方の手をむき出
しの脚に這わせてガウンの裾を押しあげた。彼に乳首を吸われた瞬間、彼女はあえぎ、
体がぴんと張りつめた。こんな感覚は知らなかった……想像すらしたことがなかった。
　つんと尖った胸の頂をそっと舌でころがされるうちに、これまでとは違う緊張が高ま
り、体を駆けめぐる欲望と混ざりあった。
　ぞくぞくするような緊張感。驚くべき欲望。彼女は身を弓なりにして、続けてほしい
と無言でせがんだ。
　エドモンドの手が腿《もも》のあいだに触れた。彼がその手をずらしてズボンに覆われた股間《こかん》
の高ぶりをすり寄せてくると、思わず小さなうめき声がもれた。
　切望に駆りたてられて身を起こし、エドモンドを真似て彼の胸の先を口に含んだ。ダ
ークブラウンの乳首の周りに舌を滑らせると、彼がそっとうめいた。
　エドモンドは身を引いてひざまずいた。「こんなことをするのは賢明じゃない」
　彼女も両肘を突いて身を起こした。「愛が賢明なものだとは思わないわ」
　彼は向きを変え、ベッドの端に腰かけた。「ああ、だがお互い賢明に振舞うべきだ。

きみのことがほしくてたまらないし、ここでやめるのは拷問に等しいが、きみが妊娠したらどうなる？　子供の出産日から私たちが結ばれた時期は逆算できるし、周囲はそうするに決まっている」

　エドモンドの背後にひざまずき、彼に両腕をまわしてその背中に胸を押しつけた。

「きっとみんなはあなたがわたしを誘惑したと非難するでしょうね。そうでなくても、あなたの評判は傷だらけなのに」

「私が案じているのはきみの評判と、きみに対するおばたちの意見だ」

「あなたに対するおばたちの意見は悪くなるでしょうね」彼の頬を撫でた。「あなたの言うとおりだわ。今感じていることよりも将来を考慮すべきね。あなたはもう帰ったほうがいい」

「ああ」

「わたしもあなたを解放してあげないとね」彼の魅力的な唇に指を滑らせる。「今夜の訪問が重大な結果をもたらすと、あなたは承知しているんでしょうね？」

「ああ、私たちは結婚する」

「それに、結婚初夜に対するわたしの期待は非常に高まったわ」

　彼はにっこりしてベッドを出ると、シャツを拾った。「その期待に添うよう最善を尽くすよ」

ダイアナは肘を突いて身を起こし、シャツを着るエドモンドをじっと見守った。彼はその視線に気づくなり、顔をしかめた。「きみに凝視されると本当に落ち着かない気分になるよ」

「見とれているだけよ」

「だったら、思う存分見つめてくれ」

ダイアナはゆうべ彼にされた質問を投げかけた。「いったいその服はなに？」

彼の目が愉快そうにきらめき、その奥に本物の喜びが見え隠れした。「変装だよ。従僕の服は予想以上にぴったりだった。私の体格に合う服を仕立てるのは大変だとこぼす仕立屋に、今度ひと言言っておかないといけないな」

たしかにその服は肩幅の広い筋肉質な彼の体を際立たせていた。

彼女はベッドからおり、ジャケットを着る彼のもとに向かった。「従僕の服を着たあなたはなぜかとても魅力的だわ。普段ほど威圧的じゃないからかしら」

「きみは私に怖じ気づいたことなどないだろう」

「いいえ、あるわ」

「だとしたら、隠すのがよほどうまいんだな」

「もちろん、もう怯えたりしないけど」彼のジャケットの襟の下に手を滑らせた。

「ダイアナ、私はきみの大胆不敵なところが好きだが、そんなふうにされると紳士としての決意が揺らぎそうになるよ」

ダイアナは手を引っこめ、両手を後ろで組んだ。三つ編みにしたブラウンの髪や、白いナイトガウンや、純真な表情からして、彼女は天使のように清らかに見えるが、その瞳はいたずらっぽく誘惑の光を放っていた。

「ダイアナ、ダイアナ、まったく、きみのことをどうすればいいんだ?」彼はうろたえたようにうめいた。

「結婚してちょうだい、閣下」

「ほんのわずかでも心の平穏を得るためには、そうするしかなさそうだ」彼はしぶしぶ窓辺に向かい、窓枠に片脚をかけた。「だが、きみを妻に迎えたら、心の平穏が保証されるかどうかは怪しいな」にやりとし、邪ないたずらを思いついたような顔をした。「もっとも、きみと結婚しないことなど考えられないが。さあ、今すぐキスして送り出してくれ、愛しい人、また明日会おう」

彼女はその頼みに応じ、彼が配水管を伝って地面におり、足早に立ち去るのを見送ったあと、あふれる喜びに身を任せてダンスを踊った。

第十三章

「いや！」伯爵の剣がロドルフォの脇腹を突き刺した瞬間、エヴァンジェリンは悲鳴をあげた。

愛するロドルフォはさっと青ざめ、苦悶《くもん》に満ちた目で彼女を見つめると、気を失って地面に崩れ落ちた。

伯爵は満月を背に黒い外套をはためかせ、うつぶせになったロドルフォを冷酷な悪魔さながらに見おろした。「まだ死んではいない、愛しい人」陰になった目をあげて彼女を見つめた。「彼が生き延びるためなら、きみはなんでもするのか？」

彼女は伯爵を凝視した。ロドルフォの身を案じると同時に、敵の言葉におののくあまり、言葉が出ない。

「私がきみを手放すとでも思っていたのかね、エヴァンジェリン？」そう問いただす伯爵の声は廃墟に住む烏《からす》のように低くしゃがれていた。「命の見返りは命だよ、わが麗しのエヴァンジェリン。私のそばにいてくれたら、ロドルフォを生かそう。だが、それを拒むなら、彼の体は眼下の岩に叩きつけられる」

「わたしの愛する男性を殺せば、わたしがあなたを求めるとでも思っているの？」エヴァンジェリンは荒れ狂う嵐の吹きすさぶ風にかき消されないよう声を張りあげた。「彼を殺したら、あなたをいっそう憎むだけよ」

「きみはもうわたしを憎んでいるが、自分を犠牲にしてロドルフォの命を救ったことが、私とベッドをともにするときの慰めとなるだろう。それに、彼が生き続けようが死のうが、きみが私とベッドをともにすることに変わりない」

『コーロヴスキー伯爵の城』

扉を軽く叩く音がしたとき、ダイアナは書きあげたばかりの重要な場面を読み返していた。ゆうべエドモンドが帰ったあとは興奮しすぎて寝つけず、数日ぶりに、エヴァンジェリンとロドルフォが伯爵と対決する場面を夢中で書きあげたのだ。

カリオペかもしれないと、あわてて原稿を書き物机に突っこみ、蓋を閉じた。「なに？」

「お嬢さま」閉じた扉の向こうからサリーの声がした。「おばさま方が応接室におりてきてほしいとおっしゃっています。お嬢さまを訪ねていらした方がいるそうです」

ダイアナは意気揚々と立ちあがった。こんな朝早くに訪ねてくるのは、エドモンドに違いない。「どなたがいらしたの?」扉を開きながらきいた。

サリーは軽く膝を折ってお辞儀をした。「フォールストン卿とその知人だそうです」

「ありがとう」エドモンドでないことにがっかりしながらも失望を押し殺した。

「なにかお手伝いしましょうか、お嬢さま?」サリーはダイアナがすでに起きていただけでなく身支度をすませていることに驚いたようだ。

「いいえ、いいわ。今すぐ応接室に向かうわね」

訪問者がフォールストン卿でよかったのかもしれないと、階段をおりながら思った。エドモンドとの関係が噂や憶測を超えたものであることが公になる前に、フォールストン卿とは結婚する意思がないことを伝えよう。そのことが他人の口から彼の耳に入るよりいいはずだ。

フォールストン卿の母親も来たのかしら。ダイアナは顔をしかめた。だが、それなら不愉快なことを一度に片づけられる。

そしてわたしは、エドモンドと結婚するのだ。彼女の胸は幸せの音色を高らかに奏でた。

応接室に入るやいなや、ダイアナは立ちどまった。フォールストン卿は炉床を背にし、くつろいだ軍人のように両手を後ろで組んでいる。だが、その目は邪悪な喜びに輝いていた。それが悪意に満ちた勝利の表情であることに、ダイアナは瞬時に気づいた。

彼はたちまちいつもの愛想がいい温厚な表情を浮かべたが、今しがた見たものは疑いようがなく、警告のベルが頭のなかで鳴りだした。

ダイアナは炉床のそばの椅子にぎこちなく座るおばたちに目を向けた。ふたりとも見るからに居心地が悪そうだ。ソファーに並んで座っている、若く美しいおしゃれな女性と幼い少女はなんの害もなさそうなのに。女性は色白で顎は細く、ふっくらした頬はピンク色で、上品な物腰だった。彼女も少女も流行のドレスを身につけていた。ただし、少女の肌はやや浅黒かった。

「レディ・ダイアナ」フォールストン卿が一歩踏み出した。「マダム・ヴォワジーとそのお嬢さんのアメリを紹介させてください」

ダイアナが挨拶の言葉をつぶやくと、マダム・ヴォワジーはフランス語訛《なまり》の英語で言った。「アダーリー卿は近ごろお元気ですか？　今も女性の心を引き裂いているのでしょうか？　もちろんそうですわね、彼が人一倍ハンサムで情熱的なことは、わたしも存じております」

背筋をぴんと伸ばして、ダイアナはソファーの向かい側の椅子に腰かけた。その言葉がほのめかした意味はこれ以上ないほど明白だった。エドモンドに女性との経験がないとは思っていなかったけれど、マダム・ヴォワジーの口から彼のことをこんなふうに聞かされるなんて。しかもおばたちの前で！　これでおばたちが彼に好意的な意見を持つ可能性は消滅したかもしれない。

でも、フォールストン卿やこの女性の前で悲しみをさらすつもりはない。「アダーリー卿はお元気ですよ」

「あなたはなぜわたしが子爵と親しいのか不思議に思っていらっしゃるでしょうね」

山火事の煙のごとく室内の緊張が密度を増していくなか、ダイアナは自制心を保とうと努めた。「以前彼と親密な関係だったのでしょう」

フォールストン卿が咳払いをした。「でしたら、レディ・ダイアナ、この幼い私生児の父親が誰かもおわかりですね」

ダイアナははっと息をのんだ。マダム・ヴォワジーや彼女のあてこすりに対するおばたちの反応のほうが気になっていて、そんなことには考えが及んでいなかった。

ダイアナは少女をしげしげと眺めた。エドモンドは子供のことなど一度も口にしていないけれど、髪の色や目元や顎の輪郭だけでなく頭の形までよく似ているわ。

彼が愛人を囲って非嫡出子を持つほかの裕福な貴族とは違うと信じたのは、間違いだったの?

「私はあなたもアダーリーの本性を知るべきだと思ったんです」フォールストン卿が恩着せがましくたしなめるように言った。「言葉だけでは足りないこともありますから」

ふたたび少女に目をやると、ダイアナ同様困惑している様子だった。フォールストン卿とマダム・ヴォワジーがなにをもくろんで訪ねてきたにせよ、少女は無垢な子供にすぎない。

「アメリ」フォールストン卿をひとまず無視し、フランス語で少女に話しかけた。「別の部屋にあるわたしの本を見てみたい?」

少女が目を輝かせると、ますますエドモンドにそっくりだった。「ええ、マドモワゼル!」少女もフランス語で答えた。「本は大好きです」

アメリはダイアナが差し出した手をためらわずにつかんだ。

「すぐに戻ります」ダイアナはそう告げてアメリを書斎に連れていった。鳥の図鑑や挿絵がたくさんあるおとぎ話の本を取り出すと、少女は歓声をあげた。「しばらくひとりきりでも大丈夫?」

「はい、ほとんどいつもひとりぼっちですから。あっ、ドラゴンだわ!」

ダイアナは安心してその場をあとにしようとしたが、ふと足をとめた。「お父さまに会ったことはあるの?」嬉しそうに挿絵を眺めているアメリにきいた。

「いいえ」アメリはダイアナを見あげて首を振った。「ママはパパが立派な人だと言ってました。とてもハンサムで、わたしはパパにそっくりだと」

きかなければよかったと思いつつ、足早に応接室に引き返した。

フォールストン卿のあの目つきからして、なにをもくろんでいるかは一目瞭然だ。彼がなんと言おうと、今回の訪問はわたしのためではない。

これはわたしや、あの少女や、マダム・ヴォワジーのことを案じての行動ではなく、エドモンドに対する憎しみに駆られた行為だ。そう確信して元気を取り戻し、きびきびした足取りで応接室に入った。「カリオペおばさま、ユーフェニアおばさま、席を外してもらえるかしら?」

カリオペは動かなかったが、ユーフェニアは即座に席を立った。「ええ、もちろんよ」妹の手を取って立ちあがらせると、抵抗する妹の腰に手をあてて戸口に向かった。「さあ、行きましょう、カリオペ」

ふたりがいなくなると、ダイアナはマダム・ヴォワジーを無視してフォールストン卿に言った。「つまり、閣下、あなたが親切にも頼んでくださったおかげで、このマダム・ヴォワジーは子爵の愛人だったことをわたしに明かし、彼の子供だと思われる少女を見せに来たのですね?」きれいなフランス人女性を鋭く一瞥する。「マダム、それで間違いありませんね?」

マダム・ヴォワジーはまったく動じずに言った。「ええ、エドモンドは元恋人です。すばらしい恋人でしたわ」内緒話をするようにほほえむ。「もっとも、あなたもご存じでしょうけど、マイ・レディ」

それに対してこたえるつもりはないわ。「マダム、長年わが国はフランスと戦闘状態でしたが、子爵はどうやってフランスに行かれたのでしょう？」

マダム・ヴォワジーはさらにほほえんだ。「残念ながら、わたしたちはフランスで情事を楽しんだわけではありません。フランス革命の最中に一家で亡命して以来暮らしてきたロンドンで出会いました。当時の子爵は本当にお若く、とても情熱的で精力的でしたわ！」

「そうでしょうね」ダイアナは淡々と言った。

若かりしころのエドモンドが両親の家の厳格なしきたりや学校の規則から初めて解放されて己の欲求に身を任せる姿は想像に難くない。

エドモンドが愛人を持ち、賭博や酒に溺れたとしても理解できる。エドモンドの敵がその過去を利用して、彼が今も道楽にふけっていると大袈裟に触れまわり、彼は以前とまったく変わらないと主張することも。

けれど、若いころになにをしたにせよ、エドモンドは変わったのだ。もう堕落したならず者でも、上流社会によくいる自分勝手な貴族でもない。たまたま子爵であるものの、礼儀正しい高潔な男性だ。

「彼はわたしに永遠の愛を誓い、結婚の約束さえしてくれました」マダム・ヴォワジーはフォールストン卿のように悪意に目を輝かせて続けた。「ですが、妊娠したことを打ち明けると、わたしを捨てたんです。ある朝ふらりと出かけたきり、二度と戻ってきませんでした。子爵は一ペニーも置いていってはくれませんでした――わたしは妊婦だったというのに！」

マダム・ヴォワジーがエドモンドの元恋人だった可能性は信じられるけれど、彼がそんな冷酷な行動を取ったとは思えない。己の責任に背を向けて無情に立ち去ったとは。たとえ情事が終わったのだとしても。「すべてが真実だという証拠はありますか？」

「わたしには娘がいます。あとのことは彼にきいてください」

もしこれが真っ赤な嘘なら、マダム・ヴォワジーはエドモンドに真相を確かめるよう勧めたりするかしら？

「エドモンドが高潔な紳士なら、真実を告白するはずです」マダム・ヴォワジーは続けた。「彼はあなたに許しを請いながらも永遠の愛を誓うでしょうね。とても説得力がある男性ですから。当時のわたしも、都会に出てきたばかりの田舎者だったわけではありませんが、すっかりだまされました。彼が役者だったら大儲けするでしょう。今は別の方法で富を手に入れようともくろんでいるようですが」

「彼は富を手に入れる必要などないわ」ダイアナは言った。

マダム・ヴォワジーは肩をすくめた。「それはどうだか」

「アダーリーはあなたに借金のことを話していないんですか？」フォールストン卿がきいた。「彼の地所はすべて、多額の抵当に入っています」

ダイアナはフォールストン卿にゆっくりと向き直った。彼の声には同情がにじんでいたが、その目は嬉しそうに邪悪な光を放っている。「これでもうあの男が世間の噂どおりの狡猾《こうかつ》な女たらしだとわかったでしょう、愛しい人」

彼女は炉棚の花瓶のように凍りついた。「マダム・ヴォワジー」フランス人女性に目もくれずに言った。「書斎にいるお嬢さんのところに行っていただけるかしら？」

マダム・ヴォワジーは優雅に肩をすくめて従った。

「あなたはなんとしても子爵を悪漢に仕立てあげたいのね」ふたりきりになったとたん、ダイアナはフォールストン卿に言った。

彼は後悔の表情を浮かべるだけの賢明さは備えていた。「私はただあなたを守ろうとしただけです」

もう遅すぎるわ。わたしが悲しむのを見て彼がほくそ笑むのを目のあたりにしたもの。「まあ本当に？　どうもご親切に」皮肉を隠さずに言った。「ですが、わたしがあなた以外の人にどんな気持ちを抱こうと、あなたには関係ありません。それに、あなたの庇護《ひご》など求めてもいなければ、必要ともしていません」

彼の目つきが険しくなった。「マイ・レディ、わたしは以前、魅力的な女たらしに恋人を奪われました」

「おばの話によれば、浮ついた愚かな女性だったそうですね。わたしをそんな女性だとお思いですか、閣下？」

「いえ、だが、アダーリーはシシングズビーの二倍の魅力を備えている。今回のことはひとえにあなたのためを思ってしたことです、マイ・レディ」

「ご自分のためでしょう、閣下。あなたがこんなことをしたのは、わたしを愛しているからでも、守りたい衝動に駆られたからでもない。あなたは以前エドモンドにひどく傷つけられました。その心の傷に対する復讐心が強力な動機となっているはずです。お気持ちは理解できますが、あなたの行動は容認できません。紳士の名にふさわしいやり方ではありませんから」

「でも、あの不幸な女性と少女に対するアダーリーの仕打ちは許せると言うんですか？」

「そうは言っていません」

「マイ・レディ、あなたがあの男を擁護するなら――」

「わたしは彼を愛しています」

フォールストン卿はあんぐりと口を開けた。「なんですって？」

「わたしは彼を愛しています」

フォールストン卿の顔が憤怒《ふんぬ》で真っ赤になった。両の拳を握りしめ、ダイアナをねめつけると、凶暴な顔つきで近づいてきた。「あなたもか？　女性はみんな同じだ！　端整な顔立ち、魅力的な物腰、月明かりで交わす口づけ――！」

彼は手を振りあげて殴ろうとした。

とっさに腕を伸ばし、ダイアナは彼の柔らかい脇の下を思いきり指で突いた。

フォールストン卿は悲鳴をあげて後ずさりした。

「今度わたしに触れようとしたら、仰向けに倒れて慈悲を請うことになるわよ」歯を食いしばって吐き出すように言った。「田舎育ちだからと言って、わたしは人間の本性にうといわけではないわ」邪な笑みを浮かべる。「その面で読書は大いに役立ったわ。あなたも本を読む努力をしていれば理解できたでしょうけど」

脇の下を押さえながら、彼はダイアナを凝視した。「きみは……異常だ！」

「でもあなたはついさっき、わたしをほかの女性と変わらないと非難したわ。あれもこれも求めようとしても無理よ、閣下」応接室の戸口まで行き扉を開く。「さあ、閣下、もうお引き取りください。マダム・ヴォワジーとお嬢さんを連れて。あっ、それから、期待どおりの結果にならなかったとしても、彼女には約束した報酬を支払ってくださいね。こうなったのは彼女ではなく、あなた自身のせいですから」

痛めつけられた脇の下を押さえたまま、フォールストン卿はよろよろと部屋を出ていった。ダイアナが息を乱してソファーに引き返すと、フォールストン卿とマダム・ヴォワジーとアメリが立ち去る音がした。

次の瞬間、カリオペとユーフェニアが駆けこんできた。案の定カリオペは両手をもみ絞っている。ユーフェニアは心配でたまらないようなまなざしだった。

「わたしは絶対にフォールストン卿とは結婚しないわ」ダイアナはきっぱりと告げた。すぐさま部屋を出て、ボンネットもショールも手袋も持たずに玄関を飛び出した。呆然自失の状態のおばたちを残して。ふたりとも姪の頭がおかしくなったと思っているかのような目でダイアナを見送った。

髪を振り乱し、ドレスに汗染みができた状態で、ダイアナはエドモンドの寝室に勢いよく駆けこんだ。

「ダイアナ!」彼はシャツのボタンがとまっていないまま振り返った。「いったいなにがあった? 怪我でもしたのか?」

側仕えは身につけた深紅のベストと同じくらい真っ赤になり、急いで化粧室に駆けこむと、モーニングコートを取ってきてエドモンドの前に盾のように掲げた。彼女に続いて到着した執事のラトルズは息を切らし、この不届きな見知らぬ女性の侵入を防げなかったことに憤慨しているようだ。

エドモンドが近づいてくると、ダイアナは手を突き出して制し、ゆるぎないまなざしを向けた。「マダム・ヴォワジーというのはいったい何者なの?」

エドモンドはまるでダイアナに撃たれたかのように目を見張ったが、ごまかさずに即答した。「かつての愛人だ」執事に目をやる。「もうさがっていいぞ、ラトルズ」

ラトルズは無表情な顔でただちに踵を返し、部屋を出て後ろ手に扉を閉めた。

「どんなふうに別れたの？」ダイアナは愛するエドモンドをひたと見据えた。信頼に値する誠実な人だと信じたい男性を。

顔を赤らめながらも、彼は躊躇しなかった。「ひどい形で」

「そうみたいね。彼女の側の話は聞いたから、あなたの側の話を聞かせて」

「マデリンがバースにいるのか？」

「フォールストン卿がおばのタウンハウスに彼女を連れてきたわ」

エドモンドは愕然としてダイアナを見つめた。「フォールストンが……あいつのやりそうなことだ！　だが、どうやって――」

「マダム・ヴォワジーはあなたの娘も連れてきたわ」

エドモンドの顔がさっと青ざめた。「私の……なんだって？」

「あなたのお嬢さんのアメリよ」

彼は目を細め、ふたたび力をみなぎらせて断言した。「私に娘はいない。マデリンとのあいだに子供は生まれなかった」

「あの子はあなたにそっくりだったわ、閣下」

「その子が私の娘のはずがない。もしマデリンが私の子を身ごもっていたなら、必ず知らせたはずだ。それを理由に私からできるだけ金をまきあげようとしただろう。私が彼女の本性に気づく前に、そして……」

「そして？」

彼は額をぬぐった。「あんな形で別れたことは恥じている。ある日ふらりと出かけて二度と彼女のもとには戻らなかった」

「一ペニーも渡さずに捨てたの？」

彼は眉根を寄せた。「あのアパートには食料もワインもたっぷりあったし、私の服や洗面用具を売れば金になったはずだ。私の代わりにマデリンの〝庇護者〟になりたがっている男も数人いた。彼女は一週間もしないうちに別の金づるを見つけたはずだ」

「でも、それは確かではないでしょう」

「ああ」

「それに、突然出ていったことを考えると、マダム・ヴォワジーがあなたの子を身ごもっていなかったとどうして言いきれるの？　その時点では彼女自身も確信が持てず、まだ打ち明けなかったのかもしれないわ」

「きみはマデリンのことを知らないんだよ。ほんのわずかでも妊娠した可能性があれば、私にそう告げたはずだ。私の子供を身ごもれば、さらに私から金を引き出せるからな。後日妊娠が発覚したとしても、訪ねてきて金を要求したはずだ」

「あなたはその立場になったこともないのに、他人の行動についてずいぶん確信があるのね。あなたに冷たく捨てられるほどふたりの仲が悪化していたとすれば、彼女は妊娠を打ち明けなかったかもしれないわ。自尊心が邪魔したか、あなたに知らせても意味がないと思ったのかもしれない」

「私はマデリンにとって金づるでしかないと悟ったあと、彼女を捨てた。彼女は私を愛してなどいなかった。とくに好意を持っていたとも思えない。私の外見は気に入っていたかもしれないが、それだけだ。マデリンが求めていたのは私の金だ。そう気づいた瞬間、情事を続けるのは無意味だと悟った。だから、立ち去ったんだ」彼は床を踏みしめてダイアナとまっすぐ向きあった。「だが、私の名誉にかけて誓うが、子供がいるとわかっていたら、その子がきちんと養育されるように取りはからったはずだ」

「その子の母親がひどい女性であっても?」

彼は両方の拳を握りしめた。「だからこそだよ。マデリンが母親としてきちんと子供を育てるよう、養育費を渡しただろう」

「その費用はどうやって捻出《ねんしゅつ》するの?」

彼の眉間に皺が寄った。「なんだって?」

「あなたの地所はどれも多額の抵当に入っていると聞いたわ」

彼の目が怒りに燃えあがった。「それは真っ赤な嘘だ。たしかに二箇所の地所は抵当に入っている。ひとつはバギーの調査旅行を援助するために、もうひとつはチャーリーの……私的な弁護費用のために。どちらも後悔したことは一瞬たりともない。だが、多額の抵当に入っている、だって？　そんなことは断じてないよ」

ダイアナはエドモンドの話をすべて信じてゆっくりと息を吐き、滑らかなダマスク織りの生地が張られた近くの椅子の背に手を滑らせた。「ダイアナ、私を信じてくれるだろう？」

彼女は彼を見つめた。「ええ、エドモンド、信じるわ」

「ああ、よかった！」彼は部屋を横切って彼女を抱きしめた。

ダイアナはじっと身じろぎせず、彼の抱擁に決まってかき立てられる欲望に流されまいとした。「ほかに愛人は何人いたの、エドモンド？」

「私が心から愛し、気にかけているのはきみだけだ。こんなふうに誰かを愛したことはかつてない」

「彼女たちにも同じ台詞を言ったの？」

彼は身を引くと、苦痛に満ちたまなざしでこちらを見た。「とんでもない！」

ダイアナはじっと彼を見つめた。「わたしに感じている愛情が、ほかの女性に抱いた情熱とは違うと確信できる？　これから一生わたしを愛し続けると本気で思っているの?」

彼はためらうことなく答えた。「ああ、ダイアナ、そう思っているよ」

「ユーフェニアおばさまの不幸な結婚の話はご存じでしょう?」

彼はうなずいた。

「だったら、わたしがなぜこんなことを頼み、あなたに同意してもらう必要があるかを理解してちょうだい」彼女は深く息を吸い、固い決意から力を得た。「わたしと距離を置いてほしいの」

エドモンドははっと息をのみ、驚きに言葉を失ってダイアナの計画に耳を傾けた。ダイアナが先ほど、彼女を凝視して指さしたりささやいたりする人々を無視しながら、バースの通りを駆け抜けるあいだに立てた計画に。

「これから一年間、わたしをほうっておいて、エドモンド。わたしに会おうとしたり、話しかけようとしたり、近づこうとしたりしないで。数週間後にはわたしはリンカンシャーに戻るけれど、もし一年後もまだわたしを愛していたら会いに来てちょうだい。あなたの愛が時間や距離の試練に耐えられるかどうか、どうしても確かめたいの。わたしの愛は揺るぎないと信じているけど、あなたの愛もそうだと確信したいから。疑念の余地がなくなるまで確信したいの」

長いあいだ離れていることを思ってダイアナは胸が痛み、エドモンドのまなざしを見て決意が揺らぎかけた。けれど、口にしたことは本心だ。わたしは彼の愛が本物かどうかを確かめる必要がある。

彼は堂々と胸を張った。「私は死ぬまできみを愛し続けるよ、ダイアナ、それを証明するために必要だというのなら、つらいが、きみの言うとおりにするよ」

彼女は手を差し出して涙をこらえた。「だったら、これでお別れね、エドモンド。一年後にリンカンシャーで再会する日まで」

彼はダイアナの手の甲にそっとキスをした。「さよならじゃない。ごきげんよう《アデュー》だ」そうささやくと、ダークブラウンの目をあげて彼女を見つめた。〈パンプ・ルーム〉で出会ったときのように。

ダイアナは彼の頰を撫でた。「アデュー、愛しいあなた。一年後に再会できることを願っているわ」

「ああ、絶対に会えるさ、ダイアナ」彼が静かな声で誓うと、彼女は部屋から飛び出した。

第十四章

か細い声が懇願した。「許してくれ！」

伯爵はエヴァンジェリンの手をつかんだまま、崩れ落ちる壁に足がかりを見つけられないかと探った。彼女は伯爵の懇願を無視して、数々の悪行の報いを受けさせるべくその場に置き去りにしたかった。

けれども、できなかった。伯爵が人間であることに変わりはないし、転落死させるわけにはいかない。そんなことをすれば彼と同類になってしまう。

伯爵の腕をつかみ、思いきり引っ張った。だが、雨でびしょ濡れの外套のせいで伯爵は重くなっているうえに、彼女は地下牢にとらわれて飢えていたため衰弱している。

腕がつけ根から外れそうな気がし、伯爵の指が滑りだした。「もっと強く引っ張るんだ！」怯えきった顔で、彼は命じた。

残っている壁の一部にしがみつき、ふたたび伯爵を引っ張った。

そのとき目もくらむような閃光《せんこう》が夜空を切り裂き、稲妻が近くの塔を直撃した。伯爵は驚いて叫び、手をゆるめた。同時にエヴァンジェリンの足元の石が傾き、崩れ始めた。身の毛もよだつ絶叫とともに、伯爵は仰向けに暗闇の底へと落ちていった。

『コーロヴスキー伯爵の城』

フォールストン卿の執事のエヴァンズは、戸口の前の階段に立った身なりのいい男性を見て片方の眉をあげた。「なんでしょう?」真冬の山頂のごとく冷ややかに尋ねた。

「フォールストン卿と面会したい」男は尊大きわまりない口調で告げた。

「ご主人さまがいらっしゃるかどうか定かでありません。どちらさまでしょうか? 名刺はお持ちですか?」

「私はアダーリー卿だ。フォールストン卿が不在なら、どこにいるか知らせたほうが身のためだぞ」

ひどく威嚇されたわけではないものの、アダーリー卿の声音や物腰に、エヴァンズは真剣に躊躇した。雇い主のために自分の身を犠牲にすることはない。

「たしか、ご主人さまはお戻りになっているはずです」会釈をして、アダーリー卿を迎え入れるべく脇にどいた。

エドモンドは執事を通り過ぎてから足をとめた。「彼はどこにいる?」

「正確な場所はわかりかねます、閣下」

エドモンドは近くをうろついていた従僕をにらんだ。従僕は言葉につまりながら、曖昧に階上を指した。「ご、ご主人さまは書斎にいらっしゃいます」

「書斎はどこだ？」エドモンドは詰問した。

「左側にある三番目の部屋です」

一段おきに階段を駆けあがり、二階にたどり着いた。あわてて飛びのく中年のメイドを無視し、三番目の部屋に直行した。

ノックもせずになかに入ると、フォールストンはワインを片手に炉床のそばの椅子に座っていた。一瞬びくっとしてから、うぬぼれた笑みを浮かべた。「やあ、アダーリー」ワインを置いた。「ノックもしないなんて不作法だな。だが、いずれきみが現われると思っていたよ」

エドモンドはフォールストンにつかつかと歩み寄り、ジャケットの襟をつかんで持ちあげたが、触れるのさえ不快だと思い直し手を放した。「マデリンとその子供はどこだ？」

忌々しいフォールストンは有頂天でほくそ笑んだ。「どうやらきみの秘密がもはや秘密でなくなったことを誰かに聞いたようだな。誰に聞いたんだ？」一瞬考えこむふりをした。この状況を大いに楽しんでいるのは一目瞭然だ。「ああ、もしかしてレディ・ダイアナか？　でも、彼女とそんな話をしたのは、パーティーで私がいなくなったあと彼女とテラスでふたりきりになったときでも、彼女と踊ったときでもないだろうが」

「私が誰から聞いたかは問題じゃない。おまえが心配すべきは、私がそのことを知っていて、誰が公にしたかもわかっていることだ。この卑怯《ひきょう》なろくでなし――」

「自分の子供の母親を無情に捨てたのは私ではない」

エドモンドは憤りをこらえようとした。この下衆に過去の過ちを釈明する必要はないし、今もっとも重要なのはフォールストンがマデリンやアメリのことをどうやって突きとめたのかではない。「ふたりはどこにいる?」

「レディ・ダイアナと会った直後に立ち去ったよ。きみの美しい元愛人は私から金を受けとり次第すぐに姿を消すと約束したからな」

それなら信じられるとエドモンドは思った。マデリンは愚かではない。強欲でずる賢い彼女は、母性のかけらもなく、妊娠に気づけば躊躇せずに中絶するだろうが、愚かでないことはたしかだ。

フォールストンはエドモンドが苦悩に満ちた表情を浮かべるのを見て、嬉しそうに笑った。「おやおや、ハデスが動揺しているのか?　ついに途方に暮れたのか?」

「私はアメリのことを知らなかった」

「そいつはお気の毒に」フォールストンは冷笑をもらした。「だが、自分をギリシャ神話の美男子のアドニスやアポロの生まれ変わりだと自負する男が、ロンドン中で女性を誘惑すれば、そういうことが起きてもおかしくない。そいつがアドニスやアポロのように聡明であれば、この手の問題を予期して対処したはずだが。たとえば、女を捨てるとき、彼女が身ごもっていないかどうか確認するとか、捨てられた愛人が当然の代償を求めてこないよう、その後の様子を把握するとか。残念ながら、きみは自分で思うほど聡明ではなかったということだ」

ついに、フォールストンは復讐を果たしたわけだ。

たしかにフォールストンの言うとおりだ。あんなふうに突然マデリンを捨てるべきではなかったし、その後彼女がどうしたかを確認すべきだった。

「あいにくきみは思ったほど上手に自分の行動の痕跡《こんせき》を消し去っていなかったわけだ。神々でさえ時には過ちを犯すらしい。それも大きな過ちを」フォールストンの目が邪悪に光った。「少年を怯えさせて死にそうな目に遭わせるほどの過ちではないが、自分自身がみじめな気分を味わうくらいの過ちを」

エドモンドの胸に憤りが込みあげた。「あれは事故だったんだ、フォールストン！何度言えばわかるんだ？」

「どのみち結果は同じだろう、この間抜けめ！」フォールストンは声を荒らげ、椅子の背後に移動した。「私はきみに辱められた、きみたち一味に。常に脚光を浴びる大胆不敵なきみたちに！」前屈《かが》みになって指のつけ根が白くなるほどきつく椅子の背を握りしめ、エドモンドと鼻先をつきあわせた。「負けるのはどんな気分だ、アダーリー?」

エドモンドは拳を握りしめたが、相手を叩きのめしたい衝動はこらえた。「そういうことか、これは復讐なのか?」

「きみに教訓を与えてやったのさ!」

「ダイアナはどうなんだ? 彼女はその教訓にどう関係する? おまえは彼女をこれっぽっちも気にかけていないんだろう。彼女は復讐の道具でしかないんだな」

手から力を抜き、フォールストンは唇をゆがめてエドモンドに苦々しい笑みを向けた。「きみは私のことをまるでわかってないな、アダーリー。もちろんレディ・ダイアナのことは気にかけているさ。いずれ結婚する相手だからな。つまるところ彼女は公爵令嬢だ。だが、私は彼女を愛するほどばかじゃない。ルシンダに裏切られたのを機に、もう二度と女を愛したり優位に立たせたり、きみたち以上に私を傷つける力を与えたりしないと誓った。これでよくわかっただろう、アダーリー? ダイアナにはなんと言われた? もう二度と会いたくないと? 彼女のおばたちは、きみが卑劣にも自分の子供を捨てたことを知って、バースだけでなくロンドンや英国中にそのことを触れまわるだろうよ」

エドモンドは蔑《さげす》むように唇をゆがめた。「おまえをとことん軽蔑するよ、フォールストン。昔から甘やかされたやかまし屋で、ことあるごとにめそめそ泣いては先生に駆け寄っていた。あの舟が沈む前にも、おまえはチャーリーのベッドのほうがいいと思いこみ、彼を退学させようとしただろう。私たちに気づかれないとでも思っていたのか？どうやら自分で思うほど賢くないのは私だけではないらしいな」

フォールストンはほほえんだが、その笑みは引きつっていた。「なんとでも言え。私は望んだものを――ほぼ手に入れた。レディ・ダイアナとの挙式当日、私はついにきみたちより優れていることをきみに見せつけ、満足感を味わうだろう」

エドモンドが拳を握りしめて荒々しく椅子を払い倒すと、フォールストンはよろめきながら後ずさりした。「ダイアナがおまえと結婚すると本気で思っているのか？」

「そうならないはずがないだろう」フォールストンは叫んでふたたび体勢を整えた。

「私は立派な若い紳士だ。彼女のおばたちもそう思っている」

フォールストンはぴんと背筋を伸ばし、挑発的な口調で話していたが、エドモンドに触れられてもいないのに声や体は震えていた。

エドモンドは骨の髄まで凍りつくような笑い声をもらした。臆病者がさらに怖じ気づくような笑い声を。「おまえはダイアナのことをまるでわかってないな。わかっていれば、彼女がおまえの本性を見抜けないほど愚かではないと気づくはずだ」

フォールストンは炉床ににじり寄り、火かき棒をつかんだ。「そうかもな。だが、少なくともきみが彼女を手に入れることはない。きみは特権に恵まれた人生において初めて、心から求めているものを失う」

「いや、そんなことにはならない」ずる賢いフォールストンが殴りかかってくるのを期待して見守った。そうすれば殴り返すことができる。「おまえが私の評判を傷つけようとしたにもかかわらず、ダイアナは私を愛している。おまえは本性をあらわにしたが、それは無駄骨だったわけだ、フォールストン」

「嘘だ！」フォールストンはお気に入りのおもちゃを取りあげられた短気な子供のようにわめき、火かき棒を掲げた。「彼女がまだきみを愛しているはずがない！　そんなことはあり得ない！」

「閣下、大丈夫ですか？」心配そうな顔の執事が戸口から尋ねた。

フォールストンは火かき棒が火傷《やけど》しそうなほど熱いかのように、ぱっとそれを落とした。「もう話はすんだ」弱々しい声で言う。「こちらの紳士をお見送りしろ」

エドモンドは戸口へと歩きだしてから振り返り、フォールストンが忌み嫌う邪な笑みを浮かべた。「これで片がついたと思ったら大間違いだ。これは始まりにすぎない。なんとしてもおまえの悪行を阻止してやるからな、ファスティ。ずっと前にそうするべきだった。そうしなかったのは私の過ちだが、おまえはもっと大きな過ちを犯した。ダイアナを見くびるという過ちを」

「あの子が帰ってきたわ！」カリオペは眺めのいい窓辺から叫んだ。

「さあ座って」ユーフェニアは静かに命じた。「ダイアナを質問攻めにしたらだめよ。あの子がどこに行っていたかは明らかだもの」

「だけど、ユーフェニア――」

「ダイアナが話したいと思うときまで待ちましょう、カリオペ。尋問のような真似をすれば、あの子が心を閉ざしてしまうかもしれないわ」

カリオペがしぶしぶうなずくと、ダイアナが戸口に現われた。

「ああ、ダイアナ」ユーフェニアは見るからに疲れきった姪をソファーに連れていった。

「わたしは大丈夫よ」ダイアナは小声で言いながら腰をおろした。

カリオペは気つけ薬を求めてそこら中のクッションをそわそわと手探りし始めた。やっと気つけ薬が見つかったころには、ダイアナは呼吸も落ち着き、平静を取り戻していた。

「本当に大丈夫だから」ダイアナは両脇に座って気をもむおばたちにほほえみかけた。

「おばさまたちに事情を説明したいの」

「今話すことはないわ」ユーフェニアは言った。「まずお風呂に入って清潔なドレスに着替えて、お茶を飲んだほうがいいでしょう」

「帰ってすぐに、サリーに浴槽の準備を頼んだわ。でも、今はなによりもまず、子爵とわたしのあいだで起きたことをおばさまたちに話したいの」

「ええ、あなたが本当にそうしたいなら。でも、わたしたちは今すぐ説明してもらわなくてもかまわないのよ」

「いいえ、今話したほうがいいわ。今すぐに」さっさとすませようと、おばの返事を待たずに切り出した。「エドモンドに会いに行ったの。マダム・ヴォワジーとの関係について、彼自身の話を聞きたかったから。彼は彼女の話を否定しなかった。たしかに彼はあの愛人を捨てたけど――子供のことは知らなかったそうよ。わたしはその言葉を信じたわ。彼女とあんなふうに別れて悪かったと思っているという彼の気持ちが、正直で誠実なものだということも」

ダイアナは疲労に襲われながらユーフェニアを見た。「エドモンドのことは今でも愛しているけど、愛情だと信じた感情が実はそうでない場合もあると、おばさまは言っていた。だから、自分の気持ちや、エドモンドが愛情だと主張する思いが、永遠に続く本物の愛かどうか確かめることにしたの。彼には一年間距離を置いてほしいと頼んだわ。彼が心から本気でわたしを愛しているのなら、一年後に会いに来てほしいと。そうでないなら……」震えながら息を吸う。「もしそうでなくても、みじめな結婚をするより彼を待って一年を棒に振るほうがいいわ」

ユーフェニアは一瞬思い悩んでから口を開いた。「あなたを実の娘のように愛しているから、これだけはきかせて、ダイアナ。一年後にアダーリー卿と再会したとき、彼がその間あなたに対して誠実であったかどうか、どうやって確かめるの？　本人はそう主張するかもしれないけれど、実際は違う可能性もあるわ」

ダイアナは唇をゆがめて皮肉っぽくほほえんだ。「噂でわかるわ、ユーフェニアおばさま。今度ばかりは、カリオペおばさまにおしゃべり好きなお友達が大勢いてよかった。なにか噂を耳にすれば、カリオペおばさまが教えてくれるはずだもの。でも、そんなことにはならないと思うわ。わたしはエドモンドを信じているの」

「だったら、あなたが正しいことを願うわ、ダイアナ」

カリオペがいきなり泣きだした。「ああ、ダイアナ！　ユーフェニアの言うとおりね！　あなたは分別がある子だわ！」

旺盛な好奇心を必死にこらえた様子のサリーが、浴槽の準備が整ったと告げに来た。

ダイアナは席を立ってドレスを見おろした。「ひどい格好。すっかり醜態をさらしてしまったし、これでわたしの評判は完全に地に落ちたわね。本当にごめんなさい、カリオペおばさま」

「こんな田舎町の住民がなんと言おうとかまうものですか！」カリオペはそう叫んで立ちあがり、ひしとダイアナを抱きしめた。「大切なのはあなたの幸せよ。みんなには勝手に言わせておけばいいわ！」

「実際、みんなあれこれ言うでしょうね」ダイアナは静かに言うと、カリオペの柔らかな肩に頭をのせた。「今回の出来事をすべて耳にしたら、噂話に花を咲かせるはずよ」

その夜、ブリックスは書斎の机で必死に手紙を書いているエドモンドを凝視していた。

「フランスに行くとはどういうことだ？　いつ旅立つんだ？」

「明日の夜明けには発《た》つ」

「なんのために？」その答えが思い浮かんだらしく、ブリックスはたじろいだ。「まさか、レディ・ダイアナをあきらめるつもりか？　てっきり彼女を愛しているんだと思っていたが――」

「もちろん、あきらめたりしないさ」エドモンドは遮った。口を挟むにはそうするしかなかったのだ。「ダイアナを愛しているし、彼女も私を愛している」

「ということは、彼女に会えたんだな」

エドモンドは一瞬ほほえんだ。「ああ、彼女は私の妻になることに同意してくれたよ」

「だったら、なぜ旅立つんだ？　結婚式の計画を立てたり――あるいはきみが立てなくても、彼女が計画するのに少しは協力したりしなきゃならないだろう？」

エドモンドはペンを置いてため息をついた「実は厄介なことになったんだ」

「もう充分厄介な状況だったのに？」

「まあ、座れよ、説明するから」

「こいつはおもしろそうだ」ブリックスはつぶやき、机の向かい側の地味なオークの椅子に腰かけた。

「私がマダム・マデリン・ヴォワジーと親密な関係だったことは覚えているだろう？」

エドモンドは切り出した。

「きみがそのことでひどく怒っていたのは覚えているよ。金目あての女性についてクラブでずいぶん悪態をついていたからな。あのときはチャーリーもびっくりしていたよ」

「彼女がバースにいるんだ、少なくとも今朝まではいた」

「なんだって！　彼女はいくら要求しているんだ？　役者とふた股をかけられたのに、まさか金を払うつもりじゃないだろうな」

「金はまったく要求してこなかった。実を言うと、本人と直接会ったわけじゃない。だからフランスに行くんだ。彼女を見つけないといけない」

ブリックスはぴんと背筋を伸ばした。「いったいなんのために？　妙な騎士道精神に駆られたのか？　それともあんなふうに捨てた罪悪感のせいか？」

「マデリンはアメリという少女が私の子供だと主張している」

ブリックスはぽかんと口を開けたものの、しばらく声が出なかった。やがて言葉につまりながら言った。「こ、子供だって？　おまえの子だと主張しているのか？」

「われらが友人のフォールストンが親切にもそのふたりをダイアナに紹介した」

ブリックスはだしぬけに立ちあがった。「やっぱりな！　聖人ぶったあの下衆野郎に決闘を申しこんでおけばよかった！」

「座れよ、ブリックス。もう過ぎたことだ。それに、きみの射撃の腕前はひどい。あんな姑息な男にきみを殺されたくない」

ブリックスはこの世からやかまし屋を葬り去ってやるとつぶやいたが、エドモンドは聞き流した。「その少女が私の子供かどうかはわからないが、この目で確かめて真相を突きとめなければならない。本当に私の子なら、きちんと育てられるように取りはからう必要がある。だからフランスに行くんだ。フォールストンの執事に賄賂を渡して、マデリンたちがフランスに行ったことは聞き出した」ブリックスに向かって一瞬ほほえんだ。「マデリンは昔から、豪華な暮らしができるようになったらパリに戻りたいと言っていた。どうやら今はそれが可能なほどの金を手にしたようだ」

「ふたりを捜すのは至難の業だぞ」ブリックスは案じるように言った。「パリは大都市だし、見つかりたくないと思えばいくらでも隠れられる。ぜひ一緒に行かせてくれ、エドモンド。僕も捜索を手伝うよ」

エドモンドはほほえんだ。「その申し出はありがたいが、きみのフランス語は使い物にならないよ、ブリックス」

「ドゥルーリーはどうなんだ？　あいつなら母国語のようにフランス語を操れるし、フランス政府にもつてがあるかもしれない」

「彼が戦時中にしていたことを考えると、フランス政府と友好的な関係だとは思えない。それよりひとりで捜索したほうがよさそうだ。時間ならたっぷりあるからな」

ブリックスは困惑した顔になった。「ダイアナはどうする？　彼女はきみが旅立つことを知っているのか？」

エドモンドはかぶりを振った。「いや、だが知らせる必要はない。彼女は私と会いたがっていないからな」

ブリックスがまたぱっと立ちあがった。「あのずる賢いフォールストンめ！　やつが彼女にそうするよう仕向け――」

「そうじゃない」

ブリックスは目をぱちくりさせた。

「ダイアナはフォールストンが私の評判を傷つけようとしていることに気づき、私から直接事情を聞きたいとすぐさま訪ねてきた。ダイアナには、マデリンをあんな形で捨てたことを悔やんでいることや、子供がいるとわかっていたら、きちんと育てられるように尽力したはずだと伝えた。彼女は私を信じてくれたよ、ブリックス」

ブリックスはふたたび椅子に座った。「だったら、なぜ彼女はきみと会いたがらないんだ?」

「一生会わないわけじゃない。もっとも、私には永遠のように思えるが。彼女から一年間距離を置こうと言われた。私の愛情が本物かどうか、どうしても確かめたいそうだ。永遠に続くものかどうか」

「なんてことだ、それは試験じゃないか!」

「そのとおりだ」

「そんな状況を甘んじて受け入れるつもりか?」

「私はその試験に見事合格してみせる。きみがなにか言う前に、ひと言断わっておくが、ダイアナを責める気はない。マデリンに会ってあれこれ聞かされたダイアナを、責められるわけがないだろう? 私の愛が揺るぎない証を彼女が求めるのは当然だ」

「そんなに聞き分けがいいなんて、きみは僕よりできた男だな」

エドモンドは友に目を向けてかぶりを振った。「快く納得したわけじゃない。心が引き裂かれる思いだが、彼女の希望は尊重しなければならない。それに、アメリが自分の子供だとすれば見つける必要がある」

ブリックスはため息をつき、ややあって口を開いた。「せめてフォールストンを殴って目の周りに青痣を作ってやったんだろうな?」

エドモンドはペンを手に取った。「正直そうしたかったが、あいつの執事に邪魔された」

「じゃあ、黙って見逃すのか？　あいつがなにをするかは目に見えている。きっとまた殉教者を気取って、とんでもない噂をまき散らすはずだ」

エドモンドは手紙から顔をあげてにっこりした。「今後はフォールストンの悪行をいっさい許さない。あいつは何年にもわたって私に関するデマを流し、私たちがあいつを殺そうとしたと言いふらしてきた。もうそろそろ名誉毀損《きそん》であいつを訴えてもいいころだ、そう思わないか？」

ブリックスは驚きに目を見張った。「あいつを法廷に引きずり出すつもりか？」

「ああ。ついにあいつの悪事を阻止し、今後私やほかの人に関する嘘を流すのを思いとどまらせてやる」

ブリックスは眉根を寄せた。「やつは必死に反撃するだろう」

「心からそう願うよ」エドモンドは悪魔を彷彿させる笑みを浮かべた。「この裁判がみんなの話題にのぼってほしい」

「ひどく世間を騒がせるだろうな」その口ぶりからして、ブリックスは友人の頭がどうかしたのではないかと疑っているようだ。

エドモンドは小さく笑い声をもらした。「ああ。だが、フォールストンの嘘のおかげで、私は少しぐらいの醜聞なら痛くもかゆくもない。一方、フォールストンは家名が傷つくことを恐れている。あいつの母親はなおのこと」ペンの端で顎をこする。「フォールストンが《タイムズ》紙に私に関する文を投稿しなかったのが残念だよ。そうであれば、文書誹毀《ひき》罪もつけ加えられたのに。もっとも、やつは友人や知人宛の手紙で私を非難しているかもしれない。その件は事務弁護士に調査させよう」

ブリックスはにやりとしてから真顔になった。「この手の訴訟は高くつくし、何年も長引く恐れがあるぞ」

「かまうものか。そろそろ誰かがあいつにお灸を据えていいころだ。だから私がやってやる」

「そういうことなら、決まりだ」ブリックスが真剣な口調で言った。「僕も訴訟に参加させてくれ。おそらくチャーリーやドゥルーリーもそうしたがるはずだ」

「本気なのか?」

ブリックスは気高い笑みを浮かべた。「信心ぶったあの下衆が気の毒に思えてきたよ」

数週間後、ユーフェニアは書き物机をしまって荷造りを終えるダイアナを見つめた。

「気持ちは変わらないのね? クリスマスまでここに滞在する気はないの?」

「そう言ってくれて本当に嬉しいわ、でもクリスマスは自宅で過ごしたいの」ダイアナは優しくも決意に満ちた声で言った。彼女にしてみれば、もうとっくにリンカンシャーに戻っていいころだった。「平穏な生活が無性に恋しいの。バースはあまりにもせわしすぎるわ」

おばはほほえんだ。「五十歳以下でそんなふうに思うのは、あなたしかいないわ」

「でも、それが本音なの。のどかな田舎に戻ったらほっとするわ」

平穏なリンカンシャーでは山ほどすることがあるし、気心の知れた長年の友人たちもいる。彼らはバースの活力の源とも言える噂話や醜聞などにはまったく興味を示さない。今、バースはエドモンドと彼の友人たちがフォールストン卿に対して起こした訴訟のニュースでわいていた。それにダイアナとフォールストン卿が破局し、アダーリー卿がそれに関与したという噂が加わり、乾いた藁に燃え広がる野火のように、さまざまな憶測が町中を飛び交っている。噂には幾通りもの説があり、無数の疑問が渦巻いていたが、直接真相を尋ねようとする者はおらず、彼女もタウンハウスに閉じこもったりしなかった。外出するたび、詮索する視線を感じたり、人々がささやきあう姿を見かけたり、エドモンドが旅立ったことについて大胆な質問を投げかけられたりして不愉快な思いをしたが、起きたことを恥じる様子は決して見せなかった。そもそも恥じてなどいなかったからだ。

ただ、外出には、別の面で深刻な弊害があった。バースのどこに行っても、エドモンドと鉢合わせすることをつい期待し、願ってしまうのだ。彼がバースを発ったと聞いたあとでさえも。一度は礼拝が始まる直前、バース修道院で赤の他人に手を振って呼びかけそうになり、勘違いをごまかすべくボンネットに手を伸ばしてかぶり直すふりをした。

彼が距離を置いているのは自分のせいなのだから、会いたいと思うのは理屈に合わなかったが、それでも期待せずにはいられなかった。だから、妄想に取りつかれる前にリンカンシャーに戻って、そこで一年間待つべきだと判断したのだ。

ダイアナはおばに向き直った。「来年の春にはカリオペおばさまと一緒にリンカンシャーにいらしてね」

ユーフェニアは姪をじっと見つめた。「本当にいいの?」

うなずいてダイアナは書き物机の金具をもてあそんだ。「エドモンドが来なかった場合、ひとりで過ごしたくないから」目をあげてせつなげにほほえむ。「でも彼が来たら、わたしがこの世で一番愛しているほかのふたりとその幸せを分かちあいたいの」

ユーフェニアは目をうるませ、すぐさま涙をぬぐった。「もちろん行くわ。それまで、わたしたちは噂話を食いとめるよう全力を尽くすわ」

「ありがとう」それが並大抵のことではないと承知しているダイアナは心から感謝した。「わたし宛の手紙が来たら、転送してもらえるかしら?」

「もちろんよ」

最後にエドモンドと会ったとき、手紙を書かないでと頼んだ覚えはないが、あれ以来連絡はなかった。わたしたちは婚約しているというのに。

もっとも、いっさいの接触を断ちたいとこちらから申し出たのだから、彼が手紙を書いてこなくてもおかしくはない。離れ離れの状態を強いたのは自分だし、ふたりが互いへの愛を心から確信するためには、この沈黙がかえっていいのかもしれない。

ただ、エドモンドの様子を知りたくてたまらない一方、別の連絡も心待ちにしていた。ロンドンの〈ジェイミソン＆ソン出版社〉からの便りを。

エドモンドが旅立ったあとの数週間で原稿を書きあげ、全文をほぼ丸暗記するまで推敲を行なったのち、出版にこぎ着けるには今しかチャンスはないと判断した。覚悟を決めて原稿を包み、ロンドンに送った。

だが、実際に原稿が手元を離れると、込みあげてきたのは喜びでも安堵でも希望でさえもなく、吐き気に似たものだった。

最近は四六時中不安にさいなまれている。それとは別に、エドモンドがどこでなにをしているのか、無事なのかどうかも心配だった。カリオペがさまざまな友人から聞いた話によれば、彼はパリに行き、その後帰国したらしい。以来ひとりでひっそりと暮らしているようだ。

エドモンドがフランスに行った理由は想像がつき、彼が娘と出会う場面を幾度となく想像した。その後どうなったかはわからないが、きっと彼はアメリがきちんと育てられるよう取りはからったに違いない。

カリオペが羽根飾りとシルクのドレスをはためかせながら午前の郵便物を手に駆けこんできた。「あなた宛の手紙よ、ダイアナ」

どきどきしながら駆け寄り、手紙を受けとって封を開いた。

差出人はエドモンドではなかった。

「あなたがリンカンシャーでどんなお友達とつきあっているのか知らないけれど」カリオペがぼやいた。「彼女はきちんとした宛名書きもできないのね。あなたに敬称をつけ忘れるなんて」

失望が薄れ、便箋の上部に印刷された〈ジェイミソン&ソン出版社〉のマークが目に飛びこんできた。ダイアナは息をするのも忘れて手紙を読み始めた。

〝親愛なるミス・ウェストーヴァー〟

ダイアナは爵位を持つことでほかの作者に比べて不当に高く評価されないように、あえて敬称を使わなかった。書き手の血筋ではなく、作品そのものを見て評価してほしかったのだ。

〝弊社はあなたが執筆なさった『コーロヴスキー伯爵の城』をぜひ出版したく、ご連絡いたしました〟

そのありがたい文が消えてしまうのではと恐れるかのように、ダイアナは便箋を凝視した。

だが、白い上質皮紙に黒いインクではっきりと書かれた文字は消えなかった。〈ジェイミソン＆ソン出版社〉がわたしの小説を出版することを望んでいる！

エドモンドに初めてキスされたときと同じくらいすばらしい気分だわ。

「なんだったの？」ユーフェニアが心配そうに尋ねた。「悪い知らせではないんでしょうね？」

「いいえ、すばらしい知らせよ！　最高の知らせだわ！」化粧台の椅子を手探りして腰をおろすと、残りの文面をむさぼるように読んだ。契約や支払いに関する記述のあと、数ヵ月以内にロンドンに来られるかどうか尋ねていた。

「あの訴訟に関すること？　忌まわしい裁判がついに決着したの？」カリオペは期待するようにきいた。「あなたのためにもアダーリー卿には勝訴してもらいたいわ」

ダイアナは満面の笑みでおばたちを見た。だが、この知らせを一番分かちあいたい人がその場にいないため、喜びの陰に一抹の悲しみが潜んでいた。「これは訴訟に関する手紙じゃないわ。わたしが書いた作品をロンドンの会社が出版することになったの」

「あなたがなにをしたですって？」ダイアナがたった今摂政皇太子を暗殺したと宣言したかのように、カリオペは叫んだ。

「本を書いたのよ。小説を。それが出版されるの」有頂天になって繰り返した。

「小説ですって？　いったいどんな小説なの？」そう尋ねたユーフェニアは、カリオペほどショックを受けてはいないようだ。

「題名は『コーロヴスキー伯爵の城』よ。エヴァンジェリンという若い女性と彼女の最愛の男性のロドルフォのロマンスを描いた作品で、邪悪な伯爵が彼女を誘拐し――」

カリオペは傷ついた鳥のような悲鳴をあげるなり、ベッドの縁にどさりと座り、ふっくらした両手で顔を覆った。「もうこれ以上状況が悪化することはないと思っていたのに！　身内に作家が誕生するなんて」そう嘆いた。

カリオペの反応は予想したとおりだったものの、この喜びの瞬間に水を差した。

「喜んでくれないの？　わたしを誇りに思ってくれないの？」ダイアナはユーフェニアにきいた。ユーフェニアなら理解してくれると期待していたが、彼女も姪の快挙にさほど興奮していない様子なのを見て、傷ついた。

「喜ぶ？　誇りに思う？　身内に作家がいるなんてとんだ恥さらしよ」ユーフェニアが口を開かぬうちに、カリオペは叫んだ。「バイロンをご覧なさい。それにギリシャで浮かれ騒いでいるシェリーも。キャロライン・ラムときたら、みんなのことをひどい人物に描いているじゃないの。誰も文書誹毀罪で訴えないのが不思議なくらいよ。フィクション、ですって！　冗談じゃないわ！」

「なかにはいい本もあるわ」ダイアナは反論した。

「そのなかにわたしの身内の本は含まれないわ」カリオペは食ってかかった。

カリオペはダイアナの才能を否定してはいなかったが、それでも彼女はおばの言葉に傷ついた。「ブロムウェル卿の『蜘蛛の巣』はどうなの？」

「ブロムウェル卿は男性よ！」カリオペは言い返した。「それにあれは小説ではないわ」

「たしかに、あなたの作品とは少し違うわね」ユーフェニアがやっと割って入った。

「カリオペの言うとおり、わたしたちはもう充分醜聞にさらされているわ」

「わたしは出版を取りさげるつもりはないわ」ダイアナはきっぱり言い放った。「一生懸命書きあげた作品だし、それが出版に値すると認められたのは嬉しいことだもの。嬉しいなんてものじゃないわ！　最高よ。わたしはこの結果に満足し、誇りに思っているわ。お父さまが生きていらしたら、きっとそう思ってくれたはずよ」

ユーフェニアの表情が一変した。「たしかにそうね、ダイアナ。あなたの努力が認められたのだと考えなかった自分が恥ずかしいわ。本当におめでとう」

カリオペはダイアナとユーフェニアを代わる代わる見ると、心を決めたようだった。ベッドから立ちあがるなり、姪に駆け寄って抱きしめた。「ダイアナ、あなたの言うとおりよ、わたしがばかだったわ」

ダイアナはカリオペを抱きしめ、解決策を思いついた。「おばさまがさらなる醜聞を恐れるのは当然だわ」身を引いて、じっとおばを見つめる。「だから妥協して、ペンネームを使うことにする」

「えっ、なんですって？」それが病気かなにかだと思ったかのように、カリオペは聞き返した。

「偽名よ」一瞬考えたのち、完璧な名前が思い浮かんだ。「お父さまにちなんで、ダイアナ・シリルにするわ。お父さまは本が大好きだったたし、それがわたしにも受け継がれたから、お父さまの名前を使うのは理にかなっていると思わない？」

「ああ、ダイアナ！」カリオペは叫ぶなり、スカーフの端を引っ張って目元をぬぐった。

「すばらしい考えだわ、ダイアナ」ユーフェニアも賛成した。「きっとシリルお兄さまも大喜びするはずよ」

そう言って、おばはわっと泣きだした。

第十五章

ロドルフォの頭を膝にのせてそっと抱きしめながら、エヴァンジェリンは彼の青白い顔を見おろした。唇から一筋の血が垂れ、ほとんど息をしていないかに見える。
「ロドルフォ」自分の力を彼に注ぎこもうと、涙をこらえてささやく。「ロドルフォ、愛しいあなた、どうか行かないで。心から愛しているわ、ロドルフォ。あなたがいなくなったら、わたしの人生は砂漠も同然よ。どうか生き延びてちょうだい、愛しいあなた。お願い……行かないで……」

『コーロヴスキー伯爵の城』

リンカンシャーのダイアナの屋敷の応接室では、蠟燭の火がもう残りわずかになっていた。ユーフェニアは炉床のそばでふかふかした背もたれの椅子に座り、エドモンドの勝訴を報じる《タイムズ》紙の記事を読むふりをしていた。著名作家のブロムウェル卿やハロー校の学友たち、そしてそのほかの共同原告たち数名が、例のいたずらやエドモンドの所業に関するフォールストン卿の話は誇張もはなはだしく、名誉毀損に値するほど悪意に満ちていると明言した。フォールストン卿は敗色濃厚だと気づくと、エドモンドや彼の友人たちが訴訟を取りさげる代わりに、自分は英国を離れるという条件をのんだ。

フォールストン卿は旅立ち、バースの噂話によれば、とあるラム酒製造業者の美しい娘が同じ船に乗りこんだらしい。エリス夫人はその二重のショックから立ち直るべく、ドイツの温泉保養地バーデンバーデンに向かったそうだ。

ユーフェニアが新聞を読む一方、カリオペは刺繍に集中しようとしていた。だが、夕食後に同じ場所を六回もやり直し、いっこうに仕上がりそうにない。

ダイアナはショールを羽織って両開きの扉のそばにたたずみ、曲線を描く私道を眺めていた。食事のとき以外一日中その場を離れず、別のことをするふりもせずに。ほかのことをしても無意味だし、とてもそんなことはできなかった。おばたちも彼女も、今日がどういう日か知っているのだから。

八ヵ月前にリンカンシャーに戻ってきて以来、『コーロヴスキー伯爵の城』の出版の準備をしたり、友人を訪ねたり、慈善活動をしたりして忙しくしてきたが、常に頭にはエドモンドのことがあり、今日の日を待ちわびていた。

今朝目覚めたときは期待に胸が高鳴り、エドモンドが来ないかもしれないという不安はほとんどなかった。エドモンドへの愛は最後に会った日から弱まることなく燃え続け、彼もきっと同じに違いないと希望に胸をふくらませていた。

エドモンドが午前中に到着せず、不安がその希望に暗い影を落とし始めたが、それでも楽観視していた。きっと、彼は途中の村で一泊し、そこからの移動に手間取っているのだろうと。

正午になるころには期待が不安に変わり始めた。ゆうべ彼がリンカーンかスタンフォードに一泊したのでなければ、もう到着しているはず。

さらに数時間が経過すると、おばたちは口数が減り、不安が希望に取って代わった。エドモンドは病にかかったか怪我をしたのかもしれない。ダイアナは自分にそう言い聞かせ、別の意味で不安になった。

でも、もしそうだとしたら、必ず連絡してくれるはずだ。そういう特殊な状況であれば、一年間接触を断ってほしいというわたしの指示どおりにする必要はないと、彼もわかるはずだもの。

エドモンドがこの一年まったく連絡してこなかったのは、わたしの要求をしっかり守るためなんだと思っていたけれど、勘違いだったのかしら？　こんなにも彼を信じたわたしがばかだったの？

エドモンドが到着した場合に備え、一時間遅れて夕食が給仕されたころには、彼が来ないのは本人にその気がないからかもしれないと真剣に思い始めていた。

もうすぐ真夜中になろうという今、ダイアナの神経は矢が放たれる直前の弓弦のごとくぴんと張りつめていた。

ユーフェニアが、小さくなった近くの蠟燭にちらりと目をやりながら、ダイアナの視線をとらえた。「ダイアナ、もう寝たほうがいいんじゃない?」

「まだ大丈夫よ、ユーフェニアおばさま」喉の奥にしこりを感じつつ、かろうじて答えた。「でも、おばさまたちはどうぞ先に休んでちょうだい。今日はとても長い一日だったでしょうから」

カリオペとユーフェニアは悲しげな顔で視線を交わした。「わかったわ」ユーフェニアは言った。「それじゃ、また明日の朝に」

「おやすみなさい」カリオペは刺繡を置いて優しく言った。「本当に残念だわ。あなたのためにもエドモンドが現われて、あんなに彼に批判的だったわたしが間違っていたと証明されるのを願っていたのに」

ダイアナは声が震えないようにこらえた。「彼がわたしを愛していないなら、来てくれないほうがいいわ」

「そうわかっていても、つらいことに変わりないでしょう」ユーフェニアはそう言って退室した。目をうるませたカリオペが無言ではなをすすって、そのあとに続いた。

ダイアナはひとりきりになると向きを変え、満月の光に照らされた私道を眺めた。とたんに悲しみと孤独の津波に襲われた。父を失ったときのように。あのときは、次になにをするか決めるまで、もう二度と幸せだと感じることはないと思った。

今もまったく同じ心境だ。

喉の奥からすすり泣きがもれたが、涙をこらえた。父の死から立ち直ったように、この心の傷も時間がたてば癒《いや》されるはず。おばたちも友人もいるのだから。また別の男性に出会うかもしれない……。エドモンドではない男性に。彼ほど刺激的でも情熱に満ちあふれてもいない男性に。まるで稲妻に打たれたように、わたしの鼓動を乱れさせ、血をたぎらせ、全身をうずかせることもない男性に。

がくりと膝を突き、両手に顔をうずめた。こんなにもエドモンドを愛しているのに、彼は来てくれなかった。

この日をどんなに待ち焦がれたことか。だが、彼は来なかった。こんなに長いあいだ待ってくれと頼むなんてばかだった。そのうえ、今も彼を愛しているなんて、わたしは大ばか者だ。

「ああ、どうすればいいの？」ダイアナはささやいた。

また本を書くのよ。

焦土と化した心から舞いあがる不死鳥のように、その答えが力強く頭に響いた。

また本を書いて、人生を歩み続けるのよ。

涙に濡れた顔から両手を離した。ええ、そうしよう。また本を書こう。

震えながら深く息を吸い、何ヵ月も思い描いてきたものとは違う人生を歩むことになると確信したちょうどそのとき、部屋の奥のカーテンが揺れ、掛け金が音を立てた。

息をするのもままならないまま、彼女は立ちあがろうとした。

突然両開きの扉が開き、エドモンドがよろめきながら飛びこんできた。激しくあえぎ、身を折り曲げるようにして息を吸うと、扉の取っ手にもたれた。髪はぼさぼさで、ブーツは泥にまみれ、乗馬用のジャケットはところどころ破れ、クラヴァットは見あたらず、シャツは汚れて喉元が開いていた。

「ああ、ダイアナ!」彼はあえいだ。「こんなに遅れたことをどうか許してくれ。今朝、四輪馬車の車輪がひとつ外れて急遽《きゅうきょ》馬を駆ることになった。だが、元気な若い馬がなかなか見つからず、やっと見つけた馬は忌々しいことにここから二キロほど手前で私を振り落とすと、走り去り――」

その説明が終わらぬうちに、ダイアナは駆け出してエドモンドの腕に飛びこみ、情熱的なキスをした。

「ああ、来てくれたのね。本当に来てくれたのね!」そう叫びながら、彼の汗や汚れなどおかまいなしに、頬や顎や顔のいたるところにキスの雨を降らせた。

「遅れてすまなかった――」

「しーっ。いいからキスして」

エドモンドは喜んで求めに応じ、ダイアナを抱き寄せて唇を奪った。彼女が記憶していたとおり、激しく情熱的に。

だが、本人が現実に目の前にいて、彼のあたたかくたくましい両手にまさぐられている今、その記憶は徐々に淡くなっていった。

彼は口づけをやめて彼女をきつく抱きしめた。「こんなふうに歓迎してくれたということは、今も私を愛し、結婚したいと思っているんだね？」

「もちろんそうよ。さあ、もう一度キスして、エドモンド、さもないと叫ぶわよ」

彼はわざと驚いたふりをして眉根を寄せた。「えっ、屋敷中の人を起こすつもりか？」

「エドモンド！」

彼は彼女を遠ざけて、汚れたジャケットや泥まみれのブーツを見おろした。「私はひどい格好だ」

「アダーリー卿、今この瞬間、わたしはあなたが糞《ふん》まみれでも気にしないわ」

彼がにやりとして例の邪な光を目に宿すと、ダイアナの胸はハープの弦のように弾かれた。ふたたび唇が重なってきたが、今度は性急なキスではなかった。じっくりと時間をかけて彼女のことをふたたび知ろうとしているようだ。そんな物憂げな口づけに、全身が欲望に張りつめ、胸の頂がドレスの下でつんと尖った。その変化に気づいたのか、エドモンドは体の向きを変え、キスを深めた。彼女は彼のジャケットの下に両手を滑りこませて背中にまわした。なんてたくましくて、すてきなのかしら。

ふたりの口が開いて舌が絡みあうと、快感の波が次々と押し寄せてきた。エドモンドはキスを続けながら、身をかがめてダイアナの膝の下に片方の腕をまわした。ダイアナがエドモンドの首に腕を巻きつけると、彼は彼女を抱きあげ、彼女が駆け寄ってきたときに落としたショールをまたぎながらソファーに向かった。エドモンドは向きを変えて腰をおろすと、彼女を膝にのせた。

長い距離をずっと歩いてきたエドモンドはさぞ脚が痛むに違いない。「きっともうへとへとでしょう」彼の頬にキスをしてささやき、開いたシャツの縁に手をさまよわせた。

「ああ、さっきまではそうだった。だが、今は不思議と元気を取り戻した気分だ。どうしてかな?」

彼女は小首をかしげて考えこむふりをした。「たぶん腰をおろしたせいよ」

「ああ、愛する女性を膝にのせているしね」彼はしごく真剣な顔で同意した。「それに彼女がそこにいるのは実に好都合だ。おかげで顎と喉の境目にキスをするのがずっと楽になったよ」

エドモンドが実演してみせると、快感のさざ波が爪先まで走った。

「待っただけの甲斐があったよ」彼はつぶやいた。

「待つのがこんなに苦しいとわかっていたら、一ヵ月にしていたわ」

「それでは戻ってこられなかった。マデリンとアメリを見つけるのに二ヵ月かかったからね」彼は真顔になった。「真実も突きとめたよ。アメリは私の娘ではなかった」

ダイアナはびっくりして息をのんだ。「そうなの？　それじゃ、誰の子なの？」

「私にもマデリンにもわからない。あの子はマデリンの娘でもなかった」

その情報はすんなりとはのみこめなかった。「でも、アメリはマダム・ヴォワジーをママと呼んでいたわ」

「マデリンは遠足に出かけていた孤児の集団のなかにアメリを見つけ、私と似ていることやあの子の訛に気づいた。ロンドンでフランス人の訛は目立つからね。後日、マデリンは訪ねてきた男から私についてあれこれきかれたとき、アメリのことを思い出し、不《ふ》憫《びん》なあの子を私との娘だと言い張ってひと儲けする計画を思いついた。アメリには養女にするとまで言ったらしいが、用なしになったとたん孤児院に送り返したそうだ」

「なんてこと！　アメリがかわいそうよ！」ダイアナは眉をひそめた。「つまり、あの子はロンドンにいるのね。このまま孤児院に置いてはおけないわ」

エドモンドはダイアナにそっとキスをした。「もちろんそんなことはしなかったさ。

きみがそう言うと思ってね。そういうところも、きみを愛している理由のひとつだよ。唯一悔やまれるのはアメリを見つけるのにずいぶん手間取ったことだ。まず、パリに行ってマデリンを捜すのに時間がかかった。彼女は愚かではないし、私がきっと捜しに来ると踏んでいたよ。マデリンを見つけたあと、アメリのことや、あの子をどうしたのかを聞き出すのに、さらに金がかかった。その後孤児院に直行した」小さな苦笑いを浮かべた。「アメリを引きとって学校に入れたいと院長を説得するのは簡単だった。彼女が私とアメリを代わる代わる眺めたときの顔をきみに見せたかったよ。アメリが私の血を分けた娘だと信じきった表情だった。院長の目つきは、〈パンプ・ルーム〉で私を凝視した別のお嬢さんの視線ほど、人をまごつかせるものではなかったが」

「あなたたちが似ていることが、アメリを助けるのに役立ったのならよかったわ。アメリはとてもいい子に見えたから」

「私もそう思った。あの子は今、ケントの立派な学校に通い、とても幸せそうだ。質より量ではあるが、食事面でも恵まれている。きみが望むなら会いに行くことも可能だ」

「ぜひそうしたいわ。その前に彼女に本を送らないと。アメリは本が大好きなの。それもあって、あなたの子かもしれないと思ったのよ」

「私の子が本好きになると思ってもらえて光栄だが、今すぐ本を送るつもりじゃないだろうね」

「ええ」彼に身をすり寄せた。「今この瞬間そうするわけではないわ」

エドモンドはため息をもらして彼女を優しく抱いた。「アメリは、私が本当の父親でありながら、ある謎めいた理由でそれを隠しているんだと、期待しているようだ」

不意に、ダイアナは新たな小説の筋を思いついた。ある孤児が本当の父親を捜すあいだに海賊につかまりそうになり、ハンサムな海軍将校に救われるという筋を。でも、じっくり考えるのはまたの機会にしよう。「あなたの身辺調査を行なっていた男性は誰だったの？ フォールストン卿に依頼されたのかしら？」

「いや、アデリーナ・フォックスバロの父親が、娘に真剣に関心を寄せていると思われた男を調べることにしたらしい」彼は悲しげにほほえんだ。「この一年間、そのことや、アメリやほかのことについて、何度きみに手紙を書きたいと思ったことか。だが、それがきみとの約束を破ることになるかもしれないと不安でもあった」

彼の広い肩に頭をゆだねた。「わたしもこの別離がどういう形であるべきか、詳細な取り決めをすればよかったと何度も悔やんだわ。でも、あのときはそこまで考えられなかったの。いろいろなことで頭が一杯で」

「そうだろうね――私たちの関係以外にも気掛かりなことがあったんだろう。バギーからきみの本のことを聞いたよ、ダイアナ・シリル。出版業界というのはバースの町のようにこぢんまりとしていて、噂話に目がないようだ。作家や出版社のあいだには秘密がほとんど存在しないらしい」

彼はこのことを気にしている様子はなく、むしろ彼女の成功を喜んでいるようだった。

エドモンドがわたしの成功を知って評価してくれたなんて感激だわ。彼は自分が伯爵のモデルであることに気づいたかしら？「もうお読みになった？」

彼はにやりとした。「ああ、すばらしかったよ」そっと笑い声をもらす。「きみは本当に驚くべき女性だ」

エドモンドはまだ気づいていないようだ。といってもほっとすべきなのか、がっかりすべきなのか、わからない。「そういうあなたはとても刺激的な男性だわ、閣下」

「当然だよ。私は風貌といい口調といい、卑劣なコーロヴスキー伯爵にそっくりだからね。最近、数人から親切にもそう指摘されたよ」

「怒っていないの？」

「実は嬉しかった——伯爵が気の毒なエヴァンジェリンを殺害しようとするまでは。どうして彼女は彼の首を小突いてやらなかったんだ？」エドモンドの指がダイアナの喉元に触れた。そのとたん、彼女の体に快感のさざ波が走った。「たしか、ここを小突くだけでかなり威力があったはずだ」

「エヴァンジェリンは修道院で上品に育てられたんだもの」ダイアナは生意気に答えた。

エドモンドは大袈裟にため息をついた。「きみの本のせいで私は田舎に隠居せざるを得ないかもしれない。女性たちにしょっちゅうじろじろと見られるんだ。きみほどぶしつけではないが、彼女たちの半数は、私に夕食代わりにむさぼられるとでも思っているらしい」

「かわいそうなエドモンド」ダイアナは同情をおくびにも出さずに言った。彼はこの状況をおもしろがっていて、憤慨している様子はちっともない。

「リンカンシャーは暮らすのにとてもよさそうだね。私に対して歓迎的だし」

ダイアナは深く息を吸うと、本が出版される知らせを受けとって以来感じていた不安を口にした。「あなたと結婚してからも執筆は続けるつもりよ、エドモンド」

「そう願うよ。きみからそのすばらしい才能を取りあげようとするのは自分勝手な間抜けだけだ。きみが小説を書くのを楽しんでいるならなおのこと。ただし、次回作は、心をそそる謎めいた黒髪の男をヒーローにしてもいいんじゃないか」

喜びと安堵の念が胸に込みあげ、彼を抱きしめると、別の小説の筋が浮かび始めた。

「あなたがわたしの創作活動に反対しないとわかって本当に嬉しいわ！」

彼は頭をさげて彼女の額にキスをした。「実はきみに告白しなければならないことがある。アメリの件が落ち着いたあと、以前アルプス山脈を登ったときに書いた日記を引っ張り出して読んだんだ。当時の楽しかったことをいろいろ書いた日記で、数時間かけて読み返してみたが、おもしろかったよ」

ダイアナはぱっと目を輝かせた。「もしよければ、わたしもぜひ読みたいわ。アルプス山脈は物語の舞台にうってつけだもの」

彼はジャケットのポケットから小さな薄い革装本を取り出して渡した。

E・ハデス著『アルプス山脈登山日誌』

「これは?」問いかけながらゆっくりページをめくると、〝私の心の女神ダイアナに捧ぐ〟という簡潔な献辞が目に飛びこんできた。

はっと息をのんでエドモンドに目をやると、月明かりを浴びた顔に満面の笑みが浮かんでいた。「私がE・ハデスだ」手に負えないいたずらっ子のように答える。「日記をただ読み返すだけでなく、少々磨きをかけてバギーの出版社に送ってみたんだ。バギーは私の日記は出版に値すると認めてくれた。ただ、読者が限定されるため、私がよく知るある令嬢の本ほど飛ぶようには売れないそうだ――邪悪なおじか継父から逃げる女性かなにかを登場させない限り。その手の小説を書く才能はないと彼に告げたよ。それでも、彼は私の文章は描写に優れ、詩的な響きさえあると言ってくれた」

「まあ、エドモンド、なんてすばらしいの」彼女は冒頭部分を少し読んでから、仰天した顔で彼を見つめた。「本当に雪崩が起きたの? あなたは命を落としていたかもしれないわ!」

「このとおり生き延びたし、幸い仲間も全員助かったよ、愛しい人」

「ええ、そうね」さらに続きを読んでいると、耳のてっぺんにキスをされた。「きみが私の本に興味を持ってくれたようで嬉しいが、今ここで最後まで読ませるつもりはない」彼は両腕を彼女にまわした。「たとえ自分の本でも、本のせいで無視されるなんて納得がいかないな」

ダイアナは本を閉じて彼に向き直った。「こんなにわくわくする書きだしにしたあなたが悪いのよ」

彼はにやりとした。「わくわくするといえば、盗賊が登場する場面があるよ」

「盗賊ですって！」彼女はまた本を開こうとしたが、彼はそっと取りあげてサイドテーブルに置いた。「これは明日読めばいい。今はもっと重要なことがあるからね」

出会った日のように、ダイアナはいかにも純真そうに彼にほほえんだ。「重要なことって？」

「もう一度お互いを知ることさ」エドモンドはダイアナの腕から指先へ両手を滑らせた。「さてと、どこから始めようか？」彼女の手を唇に引き寄せる。「ああ、そうだ」彼はつぶやいた。「まずは……ここだな」

初めて手にキスをされたときのように、体がほてり、欲望がわき起こった。

指を広げてもう片方の手を彼の胸にあてる。「あなたはまだ少し息があがっているようね、閣下」

そのまま愛撫を続けると、彼は目を閉じて唇を噛んだ。「きみがそうしている限り、息は乱れたままだよ」

「わたしはもう一度あなたのことを知ろうとしているだけよ。やめたほうがいい?」

彼はゆっくりかぶりを振った。「いいや」

身を乗り出してエドモンドのほてった肌に唇を押しあてると、彼はあえいだ。「きみは大胆でふしだらな女性だね、ダイアナ。出会ったときからわかっていたよ」

「それは、大胆でふしだらになりたいとあなたに思わされるからよ」

「きみのせいで、そこにつけこみたい気分にさせられる」

「どうぞそうしてちょうだい」

彼はじっとダイアナを見つめながら、彼女を愛撫し始めた。「屋敷の人を起こしてしまうかもしれない」

「かまわないわ」

「私はこの一年かけて、アダーリー卿が放蕩者ではないという評判を築こうとしてきたんだぞ」

「あなたが放蕩者でないことはわかっているわ」

「それに、私は紳士だ」

「今さら恥ずかしがらないで、エドモンド」

「ふうん、それじゃ……こうしたほうがいいのか？」

「ええ……」

「それに、こうしてほしいのか？」

「ええ、お願い……」

「私はいったん立ち去って、明日きちんとした格好で礼儀正しく訪問したほうがいいんじゃないか？」

「そんなのいやよ！」

「私に行儀よく振舞ってほしくないのか？」

「ええ、服従させられた犬のように従順に振舞ってほしくなんかないわ」

その言葉がエドモンドの原始的な欲望を解き放ったらしく、彼の目が月明かりに光った。「気をつけたほうがいいぞ、ダイアナ。私の忍耐にも限界はある」

「今こそ忍耐の限界よ、お互いに」

エドモンドはダイアナの顔をしげしげと見つめ、彼女が本気だと見て取ると、自制心の最後のかけらを手放した。この一年辛抱強く待ち続け、彼女に愛想を尽かされないように努めた。後者は前者ほど大変ではなかった。その努力と引き替えにダイアナを手に入れられるのだから。

こうして再会してダイアナを抱きしめていると、これがふたりのあるべき姿だとひしひしと感じる。

彼は燃えあがる欲求に任せてダイアナを抱き寄せた。唇を奪い、彼女の情熱に火をつける。

そんなエドモンドをうながすように、ダイアナは彼のジャケットを取り始めた。いったんキスを中断し、ジャケットを脱いで床にほうった。続いてソファーに仰向けになり、彼女を自分の上に横たえた。

キスが深まっていくなか、彼は彼女のドレスの背中の組み紐を解き始め、紐がゆるむやいなや、シュミーズもろともドレスを引きおろした。

ダイアナの肩が夜気に触れ、ほてった肌がひんやりしたのもつかのま、エドモンドの手がゆるんだドレスのなかに滑りこんできた。背中に触れる彼のてのひらはなんてあたたかいのかしら！　下腹部に押しつけられた欲望の証を感じながら、少し身を起こし、彼の首筋に沿ってキスの雨を降らせる。

エドモンドの目が欲望と飢えに曇り、彼の両手がダイアナの肩から優しくドレスを引きおろし始めた。肌を滑る生地の感触から、彼がこれからどうするつもりかが伝わってきた。

片方の胸をてのひらで包まれ、つんと尖った頂を親指で軽くこすられたとたん、めくるめく快感が体を駆け抜け、思わず身を弓なりにした。彼はもう片方の胸も包みこみ、彼女が唇を噛んで叫び声を押し殺すまで両方の胸を愛撫した。

やがて、エドモンドは肘を突いて身を起こし、片方の手でダイアナを支えると、胸の頂に口を寄せてきた。乳首を吸いこんで彼女をあえがせてから、その周りに何度も舌を滑らせ、続いてもう片方の胸を同じように味わった。

「きみはなんて美しいんだ」彼はつぶやきながら椅子の背にもたれて彼女を見あげた。「月明かりに照らされた裸のきみを目にすることをずっと夢見ていたよ」

「わたしもよ」そうささやいて頭をさげ、彼にキスをした。

同時にエドモンドのシャツの残りのボタンを外した。シャツを左右に開いて胸板をあらわにし、エドモンドがしてくれたように、唇と舌を使って彼の欲望をかき立てた。

彼はまぶたを閉じて喉の奥からうめき声をもらし、やがてがばっと身を起こして彼女をびっくりさせた。「どうかしたの?」

「本当にいいのかい、ダイアナ? 絶対に後悔しないんだな?」彼はしゃがれた声で問いただした。

「ええ」

「だったら、このソファーじゃだめだ。ブーツについた泥で汚れてしまう。さあ、立って」

ドレスで胸元を覆い、あわてて彼の上からおりた。「泥なんかどうでもいいのに」

「実は私もだよ。あれはブーツを脱ぐための口実さ」彼はブーツを引っ張り、無造作に落とした。「それに、私が思い描いていることをするにはソファーは狭すぎる」

彼女はごくりと唾をのんだ。

彼はシャツを荒っぽく脱ぎ捨て、ソファーのクッションを床にほうった。

月明かりに照らされた床にクッションが落ちた。「このほうがきみがよく見える」彼が狼を彷彿させる笑みを浮かべて言うと、彼女の脚から力が抜けた。すぐにその狼のような笑みは消え、優しい表情に変わった。「きみを見てもいいかい?」

ダイアナはうなずき、つかんでいたドレスを放した。床に落ちたドレスが足元に小さな山を作った。それにシュミーズとペチコートが続き、とうとうエドモンドの前で生まれたままの姿になった。羞恥心は込みあげてこなかった。彼にあんな目で見つめられると、自分がこのうえなく魅力的で特別な女性であるような気分になる。

彼の視線を浴びながら、クッションに近づいてその上に身を横たえ、肘を突いて上体を起こした。「さあ、あなたを見せて」

エドモンドはダイアナから一瞬たりとも目をそらさずに服を脱ぎ捨て、古代ギリシャの神の彫像のような裸体をあらわにした。彼女が想像していたとおりの裸体を。

「さあ、こっちに来てちょうだい」そうささやいて手を差し伸べた。

彼は求めに応じ、仰向けになった彼女の両脚のあいだに膝を突いた。

「愛しているよ、ダイアナ」彼はささやいた。

「わたしもあなたを愛しているわ、エドモンド」

エドモンドが両脇に手を突いて身をかがめてきた。彼女はその重みを喜んで受けとめた。「私がほしいかい？」彼がそっときいた。

「ええ！」

「結婚するまで待たなかったことを後悔しないかい？」

「ええ。もう充分すぎるほど待ったもの」

エドモンドは頭をさげて唇を重ね、ダイアナをじらした。彼女は指先で彼の肌をたどり、つんと尖った乳首で指をとめた。

彼自身が押しつけられるのを感じ、彼女は誘うように無言で腿を開いた。

エドモンドが躊躇したので、目を開くと、彼は依然として確信が持てない表情を浮かべていた。彼女は手を伸ばして彼自身を自分へと導いた。「わたしはまったく不安を感じていないわ、エドモンド。これっぽっちも」

「できるだけ優しくするよ」

「わかっているわ」

互いに目を見つめながら、エドモンドは徐々に身を沈め、ほんの少しだけ押し入った。彼女を見つめたまま身を引き、さらに少し深くまで突く。何度もそれを繰り返すと、ひと突きごとにダイアナの体が潤い、彼を受け入れる準備が整っていった。だが、まだ引きしまっている。ああ、なんてきついんだ。

やがて、ダイアナの準備が完全に整ったのがわかった。深々と貫いた瞬間、処女膜が破れるのを感じた。とたんに動きをとめ、彼女を抱きしめながら待った。かろうじて自制心を保ち、彼女のなかに身を沈めたままで。愛の言葉をつぶやいてダイアナをなだめ、これで最悪の瞬間は過ぎ去ったと約束する一方、罪悪感にさいなまれた。こんなことをしたのは過ちで、行き過ぎた行為だと。あまりにも多くを求め、性急過ぎたと。これまで一年も待ったのだから、結婚するまであと数日……いや数週間であっても待つのはわけなかったはずだ。

胸に触れているダイアナの口元がほころんだ。やがて、彼女は身じろぎをした。「ああ、なんてすてきな気持ち」そう言って吐息をもらした。

思わず喉がつまりそうになった。だが、ショックだったのはほんの一瞬で、彼女が痛みを感じていないという事実に気づくまでのことだった。

ダイアナがゆっくり腰を揺らしだした。エドモンドの自制心を打ち砕くにはそれだけで充分だった。彼がふたたび身を沈めると、彼女は痛みや困惑ではなく快感にあえいだ。

もう一度突くと、ダイアナがエドモンドの肩をつかんで引き寄せた。彼女のすらりと長い両脚が巻きついてくると、奔放な興奮がこちらにも伝わってきて、彼はかつてないほど欲望を覚えた。エドモンドは激しい情熱を込めてダイアナを愛した。毎晩この瞬間を頭に思い描いてきたが、このすばらしい現実に比べたら淡い水彩画も同然だ。

彼女はなんてすばらしいのだろう。まさに非の打ち所がない。聡明で創造力にあふれ、情熱的で、魅力に満ちている。

特別なんて言葉ではとても言い表わせない。

ダイアナが叫び声をあげてエドモンドを締めつけると、彼は絶頂に達し、歓びしか存在しない底知れぬ深みへと落下した。

息を切らしながらも満ち足りた気分で、汗ばんだ彼女の胸に頭を預けた。

「愛の営みがこういうものだなんて夢にも思わなかったわ」彼女はつぶやき、彼の髪を撫でた。「ユーフェニアおばさまは明確には説明してくれなかったから」

彼は両肘をついて上体を起こした。「なんだって？」

「おばさまは、もしわたしが一生独身を貫いたら、結婚生活のある一面を味わえなくなると教えてくれようとしたの。あのときはまったく理解できなかったけど」

エドモンドは彼自身を引き抜いてから、ダイアナに身をすり寄せた。ダイアナの頭を腕にのせ、身を乗り出して彼女の背後からショールをつかみ、くるんでやった。

「あなたは静かな生活に耐えられると思う、エドモンド？」

彼はそっとキスをして、愛と誓いにきらめくダークブラウンの目で彼女を見おろした。「もちろんさ、きみが私の妻になってくれるなら」

甘美なひとときは小さな驚きの悲鳴に引き裂かれた。裸の胸にしっかりショールを巻きつけ、ダイアナがあわてて起きあがると、寝間着姿のカリオペとユーフェニアが戸口に立っていた。カリオペが手にした蠟燭に照らされたおばたちは、想像を絶する恐怖に直面したゴシック小説の中年のヒロインのようだった。

ダイアナは頰を真っ赤に染めながら、すぐさまショールでできるだけ自分たちをくるみ直した。

「ダイアナ、これはいったいどういうこと？」やっと声が出せるようになったカリオペが詰問した。「転んだの？　具合でも悪いの？」そしてエドモンドに気づいた。「まあ！そ、そこにいるのは子爵なの？」

エドモンドはダイアナに向かってわざとうろたえた顔をした。「ほかの誰かが来る予定があったのかい？」

「そんなはずないでしょう！　カリオペおばさま、なにも心配することはないから、ベッドに戻ってちょうだい」

「ベッド？　どうしたらベッドに戻れるの？　わたしは神経がか細いのよ！　気つけ薬はどこ？　いやだ、気つけ薬があるのもこの応接室じゃない！」

ユーフェニアはいつもの落ち着きを取り戻し、カリオペがソファーのクッションの下の気つけ薬を探そうとする前にその腕をつかんだ。「今はそんな場合じゃないでしょう、カリオペ。このことは……明日の朝、みんなで話しあえばいいわ」

「でも、ユーフェニア――!」

「明日の朝よ、カリオペ!」

わめきちらすカリオペはユーフェニアになだめられながら立ち去った。あの騒ぎで屋敷中の人間が起きたはずだ。ダイアナはため息をもらすと、値踏みをするようにエドモンドに視線を這わせた。「ああ、なんてこと。裸で一緒にいるところを見つかってしまったわ」

「だったら仕方がないな」彼はいかめしい口調でこたえた。「結婚するしかない」

「たしか、あなたはまさにこの手の醜態が明らかになってもわたしとは結婚しないと断言していたはずだけど」

「ああ」彼は身を横たえて彼女を抱き寄せた。「だが、あれはきみに恋をする前の話だ。今はまったく違う気持ちだよ。きみと結婚する以上にすばらしい運命など思い浮かばない」

彼女は彼の頬にキスをした。「幸いわたしも同じ気持ちよ、閣下。でも、お互い服を着たほうがいいわ。使用人がおばたちの声を聞きつけたでしょうから。残りの人たちに見つかるのも時間の問題よ。あなたの裸を見るのはわたしだけにしたいの」

「きみは自分勝手だな、もっとも私もきみの裸をほかの誰にも見せたくないが。その特権はきみの夫だけが有するべきだ。つまり、この私だけが」

「それに異論はないわ」彼女はほほえんだ。「でも、今は礼儀作法に従わないと。さもないと、近所中で顰蹙《ひんしゅく》を買うことになるわ」

「たしかに、婚約者の女性への愛情や情熱をあらわにすれば物議を醸すだろう。私たちは上流社会から完全にそっぽを向かれるかもしれないな」

彼女は真顔になった。「あなたさえいてくれれば、誰がなんと言おうと全然気にしないわ」

彼は口元をほころばせ、彼女の顔にかかった一筋の髪を耳にかけてやった。「ああ、ダイアナ、私はきみのものだよ」

愛する男性以外の存在を忘れ、ダイアナは喜びと優しさのこもったまなざしを彼に向けた。「そして、わたしはあなたのものよ、エドモンド。永遠に」

彼は心から安堵のつぶやきをもらし、彼女を抱き寄せてキスをした。

エヴァンジェリンは自分にもたれるロドルフォを支えながら、愛するその男性とともに、伯爵の城から立ちのぼる煙の向こうに沈みゆく夕日を眺めた。あまりにも多くの苦しみや悲しみ、恐怖に見舞われたが、すべて終わった。彼は死に、自由の身となったわたしたちはこれからふたりの人生を歩み始めるのだ。

「さあ」ロドルフォは城に背を向けて言った。「もうあんな恐ろしい場所を眺めるのはよそう。ここで起きたことは忘れるんだ」

「忘れられるとは思えないわ」愛する男性の目をじっと見つめる。「あそこであなたとの愛の絆の強さを知ったんだもの、ロドルフォ。手下を従えたあの男や、強烈な憎悪や邪心より、わたしたちの愛のほうが強いと」

エヴァンジェリンにほほえみかけるロドルフォのブルーの目は、愛にきらめいていた。ふたりはそっとキスを交わしてから、通りへとゆっくり歩きだした。堂々と胸を張り、どんな困難にも立ち向かう決意で。

ふたり一緒に。


『コーロヴスキー伯爵の城』

エピローグ

ブリクストン・スマイス＝メドウェイ卿は長い脚を伸ばして足首で交差させ、両手の指を突きあわせながら、ため息をもらし、亡きディルビー公爵の広い図書室のあちこちにいる友人たちを眺めた。バギーは大きな窓に面した片隅に座り、手にした本に夢中になっている。チャーリーはくつろいだ様子で背後で両手を組み、炉棚に置かれた瓶のなかの船の模型に見入っていた。ドゥルーリーはというと、テーブルクロスの山を抱えて戸口を通り過ぎるメイドたちに目が釘づけだった。

結婚式で余った食事は片づけられ、幸せそうな新郎新婦はヨーロッパでハネムーンを過ごすべく旅立った。屋敷に残った招待客は明日それぞれの帰途につくが、事情が許せばロンドンやブライトンやバースでまた顔を合わすことになるだろう。

「これで」ブリックスは達観したように言った。「ひとつの時代が終わったな。やはりアダーリーが最初に独身生活に終止符を打ったか」

「きみは次に続かないのか？」ドゥルーリーはそう尋ねてワインをひと口飲んだ。

「冗談じゃない」ブリックスは声をあげた。「昔から言っているように、五十になるまで結婚する気はないし、その決意を貫き通すつもりだ」

バギーは注意深いまなざしで、いぶかしむようにブリックスを見た。

「僕にもいくらかは自制心がある」ブリックスは友人の無言の問いに食ってかかった。

ドゥルーリーは懐疑的に鼻を鳴らした。

「本当だとも！」

「さあ、どうかな」チャーリーはつぶやき、船の模型を眺めるのをやめて友人たちのほうを向くと、腕組みをした。「それについて賭けようか、ブリックス？　百ポンドでどうだい？」

「なんだって、たった百ポンドか？」金がないと侮辱されたかのように、ブリックスは食ってかかった。

チャーリーはエドモンドのように悪魔に似た笑みを浮かべた。「わかったよ。じゃあ、千ポンドだ。私はきみが五十前に結婚するほうに千ポンドを賭ける」

ブリックスは顎を突き出した。「いいだろう。千ポンドだ」

「ブリックスが五十前に死んだらどうする？」ドゥルーリーが詰問した。

「彼は見るからに健康そうだ」バギーが大まじめに言った。「もっとも、突然マラリアにかかったり、脳卒中を起こしたりする可能性もあるし、鼻風邪をこじらせて――」

「僕は決して具合が悪くなったりしない」

「ファニー・エッピングはどうなんだ？　彼女はブリックスが五十になるまで待ち続けるとは思えないが」ドゥルーリーが指摘した。

「たとえファニーがこの世で最後の女性だったとしても、彼女とは結婚しない」

「ファニーがブリックスをついにひざまずかせるほうに、さらに五百ポンドだ」チャーリーが言った。

「おい！　僕は目の前にいるんだぞ！」ブリックスはぱっと立ちあがった。「いったい何度言えばわかるんだ？　僕はあんなさえないファニー・エッピングとなんか結婚しない！　そんなことをするくらいならわが家の厨房のメイドと結婚したほうがましさ！」

「私も賭にまぜてくれ」ドゥルーリーはブリックスを無視して言った。「元締めもやるよ」

「元締めは私がやる」チャーリーはペンと紙を探して軍服のポケットをいくつか叩いた。「昔からやっているからな」

「わかったよ。たぶんあの秘書机の一番上の引き出しに紙が入っているんじゃないか？」ドゥルーリーは部屋の反対側の大きな机を指した。「私の父はそこに紙をしまっていた。きみもファニーが勝つほうに五百ポンド賭けるかい、バギー？」

「もちろんさ」

「僕は絶対にファニー・エッピングとは結婚しない！」

チャーリーとドゥルーリーはおもしろがって尊大な笑みを交わした。

「だったら、私たちは全員五百ポンドを失うわけだ」バギーは冷静に指摘した。

「千五百ポンドだ」ブリックスは言い返した。「僕は五十歳まで独身を貫き、ファニーとは結婚しないから、きみたちは皆賭に負ける！」

「賭の勝敗を見守るのに二十二年間はずいぶん長いな」チャーリーが考えこんだ。「私は海で遭難したり孤島に置き去りにされたり負傷して命を落としたりする恐れがある」

「標本の蜘蛛のなかには強力な毒を持つものもある」バギーはいかめしい顔でつぶやいた。「私がその毒にやられる可能性もあるな」

「私だって退屈のあまり浜辺で死ぬかもしれないぞ」ドゥルーリーは指摘した。

「どっちみち、僕の勝ちさ。それにしても、今日は結婚式だったのに、ずいぶんおめでたい話題だな」ブリックスは皮肉たっぷりに言った。「きみたちがせめて食事がすむのを待ってこの話題を持ち出してくれてよかったよ」

「新郎新婦の晴れの日を台無しにする気はないよ」ドゥルーリーはにこりともせずに言った。「ところで、ダイアナの本が国中で売れているというのは本当か？」

「ああ」バギーが答えた。「彼女の出版社が大喜びする一方、私の出版社は戦々恐々だ」

「きみの本だってまだ売れているじゃないか」チャーリーが言った。

「だが、出版社から、ロマンスの要素を加えるためにモデルになりそうな令嬢はいないのかときかれたよ」バギーは顔をしかめた。「ジャングルで蜘蛛を探すための旅に、快く同行してくれる女性がいると思うかい?」

「なぜいないと決めつける?」チャーリーが答えた。「きみにできるなら——」

「私は男だ!」

「エドモンドの花嫁はその気になりさえすれば、やってのけると思うぞ」ブリックスは言った。「彼女みたいな女性がほかにもいるかもしれない——」

「それはどうかな」

「わかったよ、バギー、きみの言うとおり」チャーリーはなだめるように言った。「エドモンドは、ジャングルで蜘蛛を探すのもいとわないほど大胆不敵な、唯一の英国人女性を射とめたわけだ」

「なあ」ブリックスの表情が明るくなった。「ファニーを連れていったらどうだ。彼女を現地に置き去りにできるかもしれない」

バギーはうんざりした顔をした。「ファニーじゃだめだよ。私の見知らぬロマンスの相手は、出版社の詩的な表現を借りれば〝スキャンダルの香りがほのかに漂う〟女性でなくてはならないそうだ。ファニーは純潔そのものだからね」

「エドモンドのように恋に落ちたらどうする、ブリックス?」チャーリーが尋ねた。

「そうなった場合、五十まで待ちたくないだろう?」

「万が一恋に落ちたら——その相手は断じてファニー・エッピングではないが——賭に負けることになるだろう。それにしても、エドモンドは花嫁のとりこだな。あんなに幸せそうな彼は見たことがない」ブリックスは広々とした図書室と蔵書を眺めまわした。「きっと彼はこの部屋で天国のような気分を味わうはずだ」

少なからぬ羨望《せんぼう》の色がドゥルーリーの顔に浮かんだ。「エドモンドが幸せなのは間違いないが、この部屋はそのこととはまったく関係がない」そう言ってグラスを掲げた。「われわれ全員があんなふうに愛に恵まれることを願って乾杯しよう」ブリックスを一瞥した。「それが五十歳以降であろうとなかろうと」

ブリックスはにやりとしてからつけ加えた。「乾杯!」

訳者あとがき

ダイアナ・ウェストーヴァーは公爵令嬢でありながら、社交界を嫌う父親と田舎でひっそりと暮らしてきた。だが、父親の死後、バースに住むおばたちの屋敷に招かれ、初めて社交界に足を踏み入れる。表向きの理由は結婚相手を見つけるためだが、彼女にはある目的があった――ひそかに書き綴っている小説に登場する魅力的な悪漢のモデルを探すという目的が。

放蕩者として悪名高いアダーリー子爵エドモンド・テリントンが、強烈な視線を感じて振り向くと、見知らぬ女性がこちらをじっと見つめていた。その後もことあるごとに鉢合わせし、彼女に監視されている気がしてならない。ついに腹に据えかねた彼は反撃に打って出た。それがどんな結果を招くか、知りもせずに……。

マーガレット・ムーアが摂政時代を舞台に描いたヒストリカル・ロマンス『恋物語の悪役をあなたに』をお届けします。本書は血なまぐさい殺人事件やどろどろした陰謀とは無縁で、ヒーローとヒロインのウィットに富む会話やロマンスを純粋に楽しみたいときにぴったりの作品です。

本書の舞台のバースは、ローマ帝国に支配されていた当時、大浴場が建設されたことで有名な観光名所ですが、ジェイン・オースティンゆかりの地でもあります。現地では、毎年九月下旬にジェイン・オースティン・フェスティバルが開かれ、摂政時代のコスチュームを身にまとった人々が大集結するそうです。

さて、次作は、エドモンドの親友ブリクストン・スマイス＝メドウェイ卿がヒーローとして登場します。五十歳まで結婚しないと断言する彼が、どのようにして真実の愛にたどりつくのか、大いに気になるところです。こちらもＲＨブックス・プラスより刊行される予定なので、どうぞご期待ください。

二〇一一年三月

訳者

恋《こい》物語《ものがたり》の悪《あく》役《やく》をあなたに

2011年4月10日　第1刷発行

著者　マーガレット・ムーア
訳者　長澤 栞(ながさわしおり)
編集協力　株式会社ラパン
発行人　武田雄二
発行所　株式会社 武田ランダムハウスジャパン
〒101-0046 東京都千代田区神田多町2-1
電話03-5256-5691(代表)
03-5256-5692(営業)
http://www.tkd-randomhouse.co.jp
印刷・製本　株式会社東京印書館

ISBN978-4-270-10381-4

訳者略歴
サンフランシスコ州立大学大学院スピーチ・コミュニケーション学科修士課程修了。2003年より翻訳業に携わる。主な訳書に、シャノン・ドレイク『紋章と青き騎士』(武田ランダムハウスジャパン) などがある。